# Mil Palavras

# JENNIFER BROWN

# Mil Palavras

Tradução: Cristina Santana

GUTENBERG

Copyright © 2013 Jennifer Brown
Copyright © 2018 Editora Gutenberg

Título original: *Thousand Words*

Esta edição foi publicada mediante acordo com a Little, Brown and Company, New York, USA. Todos os direitos reservados.

Todos os direitos reservados pela Editora Gutenberg. Nenhuma parte desta publicação poderá ser reproduzida, seja por meios mecânicos, eletrônicos, seja via cópia xerográfica, sem a autorização prévia da Editora.

EDITORA
*Silvia Tocci Masini*

EDITORAS ASSISTENTES
*Carol Christo*
*Nilce Xavier*

ASSISTENTE EDITORIAL
*Andresa Vidal Vilchenski*

PREPARAÇÃO
*Andresa Vidal Vilchenski*
*Carol Christo*
*Nilce Xavier*

REVISÃO FINAL
*Sabrina Inserra*

CAPA
*Diogo Droschi (sobre imagem de Eugene Partyzan/Shutterstock)*

**Dados Internacionais de Catalogação na Publicação (CIP)**
**(Câmara Brasileira do Livro, SP, Brasil)**

Brown, Jennifer
  Mil palavras / Jennifer Brown ; tradução Cristina Santana. -- 1. ed. -- Belo Horizonte : Editora Gutenberg, 2018.

  Título original: Thousand words.
  ISBN 978-85-8235-471-1

  1. Ficção norte-americana I. Título.

18-15301                                    CDD-813

Índices para catálogo sistemático:
1. Ficção : Literatura norte-americana 813
Iolanda Rodrigues Biode - Bibliotecária - CRB-8/10014

A **GUTENBERG** É UMA EDITORA DO **GRUPO AUTÊNTICA**

**São Paulo**
Av. Paulista, 2.073,
Conjunto Nacional, Horsa I
23º andar . Conj. 2310-2312
Cerqueira César . 01311-940
São Paulo . SP
Tel.: (55 11) 3034 4468

www.editoragutenberg.com.br

**Belo Horizonte**
Rua Carlos Tuner, 420
Silveira . 31140-520
Belo Horizonte . MG
Tel.: (55 31) 3465 4500

**Rio de Janeiro**
Rua Debret, 23, sala 401
Centro . 20030-080
Rio de Janeiro . RJ
Tel.: (55 21) 3179 1975

*Para Scott*

# DIA 1

## Serviço comunitário

Fui sentenciada a prestar serviço comunitário em uma das salas de aula do Escritório Central das Escolas Públicas de Chesterton. O Escritório Central, lugar onde meu pai trabalhava e onde passei muitas tardes depois da escola esperando uma carona para casa, agora seria o lugar que me lembraria diariamente da enorme confusão que criei.

Saí da escola e caminhei dois quilômetros e meio até o local, esperando que o ar fresco de outubro me deixasse mais relaxada e ajudasse a acalmar meus nervos. Não adiantou. Eu ainda não tinha ideia do que me esperava e só conseguia me imaginar trancada em uma sala do porão, pintada de cinza-chumbo; algo bem parecido com o centro de detenção de menores onde descobri, em setembro passado, que um grande problema me aguardava.

Sessenta horas. Sessenta horas incrivelmente longas de serviços comunitários para pagar por um crime que eu nem sabia que estava cometendo, quando o cometi.

Sessenta horas para ficar na mesma sala com pessoas que eram criminosas de verdade, que provavelmente tinham feito coisas como vender drogas para crianças no parque ou roubar dinheiro de caixas registradoras; nem de longe nada do que eu fiz. Criminosos de verdade, que dariam uma olhada em mim e, praticamente, me comeriam viva.

Não sabia se sobreviveria àquelas sessenta horas.

Mas o tribunal disse que eu tinha que fazer isso, então enfrentei meu destino, respirando bem fundo até ficar zonza e balançando as mãos até as pontas dos dedos formigarem.

De manhã, minha mãe disse para eu pegar carona com meu pai depois do serviço comunitário e eu estava nervosa por causa disso também. Desde que toda essa confusão começou, eu ainda não tinha ficado sozinha em uma sala com meu pai, muito menos em um carro. Ele não estava conversando muito comigo ultimamente, mas nem precisava falar nada para eu saber o que ele pensava de mim. Meu rosto queimava de vergonha toda vez que eu tinha de passar por algum cômodo em que ele estava.

Quando cheguei ao Escritório Central, me esgueirei por trás da mesa da recepcionista e entrei nas salas internas, onde meu pai e os outros funcionários trabalhavam. Fiquei perambulando por lá como já havia feito um milhão de vezes antes. Vi meu pai lá na mesa dele, o rosto azulado pela luz da tela do computador e o telefone grudado na orelha. Ele estava balançando a cabeça e repetia: "Certo, certo", mas, se me viu, não demonstrou. Pensei em esperá-lo desligar o telefone para acenar, dizer oi ou fazer alguma coisa para tentar quebrar a barreira que se ergueu entre nós. Mas decidi que era melhor não chamar muita atenção para mim, especialmente considerando o motivo que me levou até lá. Voltei para o saguão principal e desci as escadas.

Todas as luzes estavam apagadas, então o corredor estava escuro, mas um retângulo de luz fluorescente se difundia por uma porta aberta lá no fundo. Podia ouvir as vozes vindas de lá. Sala 104... a sala em que eu deveria me apresentar. Fui naquela direção, lembrando a mim mesma de que eu também tinha ficado igualmente nervosa naquela manhã, quando tive que voltar para o colégio, mas até que me saí bem. Parei na entrada da sala, respirei fundo mais uma vez e entrei.

"...ou ele tira a bunda da cama ou vai voltar para a cadeia", dizia uma garota loira, magrinha, com brincos de pena e uma enorme barriga de grávida. Estava inclinada sobre uma folha de papel e coloria alguma coisa cuidadosamente com uma caneta marcador. Falava com uma mulher que estava em pé ao lado da mesa, concordando com a cabeça. Mas, quando a garota me olhou, a mulher virou na minha direção.

Ela vestia calça e blazer pretos com uma camiseta branca por baixo. O cabelo era supercrespo e os cachos modelados com pomada caíam em torno de seu rosto. O batom vermelho bem escuro marcava seus lábios grossos e carnudos.

"Olá", ela me disse, toda formal e metódica, vindo na minha direção. "Você deve ser Ashleigh Maynard."

Balancei a cabeça, concordando. A mulher me estendeu a mão.

"Eu sou a Sra. Mosely. Supervisiono o programa Diálogo Adolescente. Você está aqui para cumprir horas de serviço comunitário, correto?"

Concordei de novo, coloquei minha mochila em uma cadeira e procurei o papel que supostamente deveria lhe entregar. Ela precisava assinar aquilo todo dia até eu completar a pena. Depois, eu daria o papel para Tina, minha advogada, que garantiria para o tribunal que eu havia cumprido as horas de serviço comunitário. Aquele papel era o que estava entre mim e o que eu queria deixar para trás, e me sentia mais do que pronta para deixar aquela confusão no passado. Mesmo que sessenta horas parecessem muito tempo. Uma vida inteira.

A garota loira me deu uma avaliada rápida e então voltou a colorir, balançando a cabeça como se eu tivesse feito algo horrível ao entrar na sala. Eu a ignorei e voltei minha atenção para a Sra. Mosely. Ela pegou meu papel, colocou sobre a mesa, virou-se para mim e voltou a se encostar na escrivaninha de madeira, cruzando os braços no peito.

"Então, você tem que escrever alguns textos sobre mensagens enviadas pelo celular, é isso?", ela perguntou.

"Sim."

"Oohhh...", sussurrou a garota loira, mas a Sra. Mosely agiu como se não tivesse ouvido. Chacoalhei a cabeça e encarei a menina.

Bateram duas vezes na porta e um carinha, que reconheci do colégio, surgiu na sala. Usava jeans preto, bem maior do que ele, e uma jaqueta de couro. Tinha um par de fones de ouvido pendurado no pescoço, como os DJs usam, e segurava uma escova de cabelo em uma das mãos.

"Fala, Sra. Mose", ele cumprimentou. "E aí?" Jogou um papel parecido com o meu sobre a mesa da Sra. Mosely enquanto passava por nós.

Logo depois, apareceu outro garoto, muito grande e muito quieto. Não disse nada e foi para um computador nos fundos da sala. Pegou os fones de ouvido no bolso com as mãos grandes e gordas e se sentou.

"Olá, Darrell", disse a Sra. Mosely. E repetiu, mais alto. "Olá, Mack!"

Mas o grandão no fundo da sala só levantou o queixo como resposta, enfiou os fones na orelha e começou a digitar rapidamente no computador. Outra garota entrou na sala, vestindo um jeans tão justo que dividia a barriga dela ao meio. A cada passo que dava, chacoalhava a parte escondida sob a camiseta igualmente justa. Ela se sentou perto da loira.

"Oi, Sra. Mosely", disse. "Espere até ouvir o que minha mãe falou sobre aquilo que conversamos ontem."

A Sra. Mosely levantou o dedo num gesto de "espere um pouco" e se virou para mim.

"Você, provavelmente, vai querer começar no computador", falou. "Levante alguns fatos, algumas estatísticas. Você é boa em pesquisa?"

Concordei com a cabeça, pensando em como eu era boa em várias coisas. Antes de tudo... Boa na escola. Boa corredora. Boa para fazer amigos. Boa para Kaleb. Agora, no que eu era boa? Em me esconder na multidão? Ignorar cantadas? Baixar a cabeça para uns idiotas de mente suja? Pedir desculpas?

"Ok, excelente. Procure histórias novas, leia blogs, tudo o que conseguir encontrar. Quero que descubra e leia todo o conteúdo de qualquer site que fale sobre o assunto. Deve levar, pelo menos, duas semanas, ok? Você não vai completar a pesquisa em um dia, então nem tente me convencer disso. Você tem que se munir de muita informação. Você sairá daqui como uma especialista no assunto. Não sei se você sabe, mas vai coletar dados para as escolas. Vamos criar pôsteres, folhetos, manuais, esse tipo de coisa.

Antes de ser condenada a trabalhar para o Diálogo Adolescente, já estava familiarizada com o programa. Me lembro de receber material deles desde o ensino fundamental. Panfletos sobre drogas, gangues, *bullying*, direção perigosa ou armas. Nunca li nada. Só via aquilo na sala da coordenação ou recebia em uma palestra aqui ou em um seminário ali. Sempre achei que eram escritos por pessoas que trabalhavam no escritório do meu pai ou pelo psicólogo da escola. Não sabia que infratores escreviam os textos. E, com certeza, nunca imaginaria que um dia eu seria um desses infratores. A Sra. Mosely continuou:

"Precisamos que os dados sejam reais e confiáveis, então você precisa apurar as informações com fontes que tenham credibilidade. Enquanto estiver pesquisando, pode começar a escrever um rascunho. Depois, eu reviso. Então, quando tudo estiver bom, pode começar a criar o projeto gráfico do seu panfleto, pôster ou propaganda, ou o que quer que decida criar. Pode desenhar à mão, como Kenzie prefere, ou fazer tudo no computador. Quando terminar, vamos revisar de novo para ter certeza de que está pronto para ser impresso. A essa altura, você já deve ter cumprido as suas horas. Tudo bem?" Ela se curvou sobre a mesa, assinou meu papel e me devolveu.

"Ok", respondi, pegando o documento, mas minha cabeça estava girando e eu queria ir para casa. Podia sentir os olhos das garotas em mim e, apesar de Darrell ter me olhado só de relance, tinha certeza de que ele sabia o que tinha acontecido comigo, porque também estudava na Chesterton. Era provável que tivesse visto a foto que me levou ao serviço comunitário, talvez estivesse com ela agora mesmo no seu celular, e isso me deixava muito desconfortável. Queria, pelo menos, ficar livre desse sentimento constante de humilhação. Sra. Mosely interrompeu meus pensamentos.

"Cada um que está nessa sala tem um cronograma de trabalho diferente, portanto isso não é uma disputa. Kenzie e Amber já terminaram a pesquisa e o texto, e agora estão criando a arte. Darrell está na fase de redação. Mack está ocupado no computador. E onde está Angel?", ela perguntou para todo mundo.

"Ouvi dizer que ela foi presa", respondeu Amber.

"Nada, cara, ela só faltou", disse Darrell. "Vi Angel ontem à noite perto da casa do Manny."

"E o que você estava fazendo por lá?", a Sra. Mosely quis saber, olhando severamente para ele. Darrell riu como se o que ela tinha dito fosse uma grande piada e abaixou os olhos de volta para seu trabalho, balançando a cabeça.

"Ei, Mose, como se escreve a palavra 'violência'? Com C ou com S?", ele gritou lá do fundo.

"Claro que é com C, seu estúpido", respondeu Kenzie. Ela e Amber deram risada.

Fingindo não ter ouvido o comentário de Kenzie nem as risadas delas, a Sra. Mosely foi até a mesa de Darrell e apontou para o papel.

"É com C, sim. Vê? Bem aqui ó."

Para mim, essa foi a deixa, então fui direto para a mesa com computador no canto da sala e me sentei perto do cara grandão que a Sra. Mosely tinha chamado de Mack. Seus dedos teclavam depressa. Queria fazer aquilo para terminar logo e voltar para casa, mergulhar debaixo do cobertor e dormir. Hoje tinha sido cansativo e amanhã prometia ser outro desafio emocional. Todo dia ia ser assim até que tudo isso – as piadinhas e provocações, as matérias que perdi na escola, o trabalho comunitário, a dúvida se ainda sou amiga da Vonnie, a preocupação com a reunião do conselho que poderia destruir a carreira do meu pai – acabasse.

Entrei no computador e fiquei on-line, me sentindo mais à vontade do que podia imaginar. Fiz uma tonelada de pesquisa para a minha aula de Inglês Avançado e, olhando desse ângulo, o serviço comunitário não parecia muito diferente do colégio. Só de pensar, ficava com os olhos cheios de lágrimas. Tinha ido das pesquisas para os trabalhos de Inglês para as do serviço comunitário, onde teria que criar panfletos de conscientização junto com um cara que não sabia escrever "violência", apesar de saber que foi a violência que colocou Darrell ali.

Antes que eu virasse o assunto de todas as fofocas do Colégio Chesterton, houve rumores de que Darrell tinha dado uma surra terrível no padrasto dele; parece que o cara passou uma semana no hospital com o queixo arrebentado e um pneumotórax. Darrell teve sorte porque pegou uns dias no Centro de Apreensão de Menores e depois foi condenado ao serviço comunitário. Se o padrasto tivesse morrido, ia ser bem pior. Mas agora nada do que Darrell tenha feito parece tão *interessante* quanto o que eu fiz.

Mordi o lábio e tentei não pensar naquilo enquanto teclava as palavras "mensagem de texto", "nudes" e "adolescentes" e dava busca. Apareceu um monte de artigos, um depois do outro, e eu gemi por dentro.

A maioria era sobre mim.

# AGOSTO

> **Número Desconhecido 1**
> MEU DEUS, Ash oq vc tá pensando?!

As festas anuais da Vonnie, no final do verão, eram lendárias. Do tipo que o pessoal ainda comentava no inverno. Do tipo que terminava com as pessoas engatinhando por três horas na grama, procurando as chaves do carro; que quebrava o trampolim da piscina e que sempre enchia, sabe-se lá como – ninguém nunca assumia a culpa – a água da piscina de pó de gelatina azul.

Nunca perdi as festas da Vonnie. Mesmo se ela não fosse minha melhor amiga desde o 6º ano, eu também não perderia. Nas festas dela é que aconteciam as melhores histórias e onde todo mundo que era alguém aparecia.

Mas quando cheguei à festa este ano não estava exatamente no clima, em parte porque a minha técnica de corrida, que se chamava Igo, havia decidido que as férias de verão tinham oficialmente terminado para os atletas da corrida *cross-country*. Praticamente acabou com a gente no treino. Corremos montanha acima, que era como subir mil degraus dentro do forno. Mas havia outras razões para eu não estar em clima de festa. "Você está atrasada", disse Rachel Wellby, assim que passei pela porta. Ela era amiga da Vonnie, da equipe de vôlei, e apesar de conhecê-la por andar com a Vonnie, havia algo nela de que eu realmente não gostava. Parecia meio competitiva demais, especialmente quando o assunto era minha amizade com a Vonnie. Sempre achei que ela não ia com a minha cara, apesar de nunca entender exatamente por quê. Tinha a impressão de que Rachel adoraria se um dia Vonnie resolvesse me dar as costas. Honestamente, nunca entendi por que

Vonnie era amiga dela, mas isso não importava. Vonnie era amiga de muita gente. Eu não era dona dela.

Rachel estava rebolando na minha frente, seu biquíni molhado pingava no hall de entrada, formando uma poça de cloro no tapete de aparência cara. Quase pude ouvir a mãe de Vonnie gritar lá do hotel em Cancún, onde os pais dela estavam passando as férias, que aquele tapete tinha sido feito à mão por um artesão idoso que eles encontraram em uma pequena vila em um país longínquo, cujo nome eu nem saberia pronunciar, e que morreu exatos dezenove minutos depois de terminar de tecê-lo e que ela jamais poderia substituir as lembranças daquela incrível viagem... então, saia agora de cima deste tapete com suas roupas molhadas!

"Nós já estamos praticamente bronzeados", Rachel falou com voz arrastada. "E você perdeu a pizza, acho que não sobrou nada."

"Acredite, sei que estou atrasada", resmunguei. Sentia minha pele tão quente que, se olhasse para baixo, veria o vapor subir das minhas pernas. O cheiro de piscina nela me deixou ainda mais ansiosa para entrar na água. Tirei os sapatos e procurei o biquíni na bolsa de ginástica. "E já estou bronzeada graças ao amor da técnica Igo pela tortura."

"Humm... alguém está nervosinha", disse Rachel e depois cantarolou. "Não se preocupe. Kaleb vai fazer você sorrir novamente."

"Acho que não", rebati. "Ele tem jogo."

Esse era o verdadeiro motivo para eu estar brava. Não era porque estava exausta da corrida, mas porque, em vez de dançar, beber e boiar tranquila na piscina com meu namorado, eu ia fazer tudo isso sozinha. E essa, definitivamente, não era a primeira vez. Era como se eu tivesse passado o verão inteiro fazendo tudo sozinha.

Kaleb jogava em uma equipe de beisebol da vizinhança há uns doze anos. Os caras eram como irmãos, faziam tudo juntos. Esse era o último ano deles em campo. Josh ia entrar na Marinha em duas semanas. Carlos decidiu fazer faculdade em Illinois. Daniel tinha começado há um mês em um emprego novo e não tinha mais tempo para nada. E Jake, pegando todos de surpresa, apareceu um dia com uma passagem só de ida para Amsterdã, onde planejava ficar até traçar bastantes garotas europeias bem sexy que o fizessem esquecer Katie, que terminou o namoro com ele no último dia de aula antes da formatura do ensino médio.

*Tenho que aproveitar meus amigos, Ash*", disse Kaleb, quando sugeri que ele largasse um pouco deles para aproveitar a mais épica festa de verão em volta da piscina. "*Só tenho mais umas semanas com eles.*"

"*Mas você também só me tem por mais algumas semanas*", argumentei. "*De jeito nenhum. Tenho você para sempre.*"

Kaleb era exatamente o tipo de cara com quem eu queria estar junto para sempre. E realmente queria acreditar nele quando dizia coisas desse tipo. Eu costumava acreditar. Houve um tempo em que parecia mesmo que esse *para sempre* ia acontecer para nós. Mas, não sei bem por quê, deixamos de nos achar assim tão *para sempre*. A gente começou a sentir que era tudo passageiro, dramático e estávamos sempre nos afastando um do outro.

O que parecia mesmo para sempre era o tempo que ele preferia passar com os "amigos" em vez de estar comigo. Tive que implorar praticamente o verão inteiro para a gente passar algum tempo sozinhos antes de Kaleb ir para a faculdade. Dentro de alguns dias, ele estaria morando a quatro horas de distância, e eu ficaria presa no Colégio Chesterton para terminar o ensino médio, no que provavelmente seriam os dois anos mais longos da minha vida, enquanto ele estaria festejando com *Deus-sabe-quantas-garotas*. Garotas da faculdade. Garotas que ficariam impressionadas com seu corpo atlético e com seu currículo acadêmico. Garotas que estariam mais preparadas para um *para sempre* do que uma aluna do ensino médio, como eu.

Continuei revirando minha bolsa de ginástica, tentando afastar a irritação e essa lamentável situação com meu namorado, para poder me divertir com os outros na festa. Olhei para Rachel, mas as risadas na cozinha chamaram a atenção dela, que já estava indo para lá, gargalhando antes mesmo de saber o que era tão engraçado. Típico. Fiquei surpresa por ela ter conseguido conversar comigo por tanto tempo.

Encontrei meu biquíni e corri escada abaixo para me trocar no banheiro. Arranquei as roupas suadas da corrida, coloquei o biquíni e aí circulei pela festa, tentando chegar à piscina.

Vonnie estava esparramada em uma espreguiçadeira, com os pés no encosto reclinável e a cabeça encostada onde deveriam estar seus pés. Uma das mãos estava na beira da cadeira e os dedos passavam delicadamente na borda de um copo de plástico vermelho. Cheyenne e Annie estavam perto dela, sentadas em toalhas. Cheyenne brincava com os cabelos molhados de Vonnie, fazendo trancinhas que, certamente, iam demorar anos para serem desfeitas mais tarde.

"Você deveria tirar os óculos de sol", eu disse, pulando para a cadeira vazia perto de Vonnie. "Vai ficar com o rosto marcado."

Ela virou o rosto para ver quem era e, depois de uns segundos, me reconheceu.

"Ashleigh!", ela gritou, se sentou e, meio bêbada, jogou os braços em volta do meu pescoço. "Você veio!"

Como se eu fosse faltar... Ri, abracei-a e fui quase jogada no chão quando ela saltou da espreguiçadeira.

"Desculpe, estou atrasada", respondi, tentando escapar do abraço dela. "A corrida foi longa. Igo quase nos matou hoje." Peguei o copo dela e tomei um gole. A bebida já estava sem gelo e o gosto doce fez meu queixo até doer.

Ela balançou a mão na frente do nariz.

"Eca! Estou sentindo o cheiro!" Vonnie e as outras garotas deram risada e ela, ainda encurvada de tanto rir, gritou. "Stephen! Ashleigh precisa do mesmo tratamento que você me deu agora há pouco!"

Não tinha a menor ideia do que ela estava falando, mas depois de um segundo, Stephen Fillman e seu amigo Cody, que haviam se formado no ano passado e receberam bolsas de faculdades estaduais como jogadores de futebol, surgiram do fundo da piscina e vieram na minha direção, com rios de água escorrendo de seus troncos e das pernas peludas, enquanto andavam no deque de concreto da piscina.

"Não!", berrei, enquanto Stephen se inclinava para pegar meus pés que chutavam o ar e os encaixava debaixo do braço dele. Cody veio por fora e me agarrou pela cintura.

"Parem!", gritei de novo, ofegando por causa da água gelada que pingava do corpo deles sobre a minha pele. Bati na mão de Cody, brincando. Derrubei o copo de Vonnie no deque e a ouvi xingar e gritar:

"Você me deve uma bebida, mulher!"

Mas, honestamente, nem consegui ouvir as palavras dela, porque os garotos estavam me carregando. Depois, me balançaram na borda e me jogaram na parte mais funda da piscina.

Caí direto naquela água, que estava tão agitada e gelada que até me assustei. Soltei bolhas de ar pelo nariz, assim que minha cabeça mergulhou, deixando a água acariciar meu corpo e me levar para baixo, para o fundo azul da piscina. O cabelo dançou em volta do meu rosto e mexi os braços lenta e tranquilamente. Quando meus pés bateram no fundo, me empurrei de volta na direção do céu, que parecia incrivelmente azul filtrado pela água da piscina.

Subi jogando água pela boca e rindo, me sentido leve, como se não tivesse nenhuma preocupação, nenhum medo, como se qualquer peso que eu estivesse carregando tivesse saído dos meus ombros e ficado no fundo da água, como lodo.

Por muito tempo, esse foi o último momento em que me senti assim.

# AGOSTO

> **Número Desconhecido 7**
> Por acaso vc viu a msg que tá rolando por aí?
> Se ñ viu, melhor ver.

Quando o sol começou a se pôr, alguém sugeriu uma partida de polo aquático. Joguei no time dos garotos: um bando de jogadores de futebol e corredores, que tinham passado a tarde bebendo, contra um grupo de garotas do time de vôlei, que já tinham ganhado o título da liga estadual. Os caras precisavam de mim – as garotas estavam acabando com a gente.

Mas a gente não estava nem aí. Perder estava sendo pura diversão. Adam tomou duas boladas fortes na cabeça e todo mundo riu quando ele fez a culpada, Cheyenne, lhe dar beijinhos. Eu subi nos ombros de Stephen para pegar os lances mais altos. Vonnie tinha ligado o som da casa e posicionado os alto-falantes bem perto da porta dos fundos e o jogo seguia um ritmo que combinava com a batida da música.

Tudo parecia diferente na festa desse ano. Nós éramos todos mais velhos agora. Estávamos prestes a ir para a faculdade. Mestres dos nossos destinos. Podíamos fazer isso. Conseguiríamos lidar com tudo que aparecesse por nosso caminho.

Mas, aí, as unhas postiças da Rachel foram arrancadas. O sangue pingava da ponta dos dedos dela na água, o que deixou Vonnie com nojo e ela começou a ter ânsia de vômito, enquanto Rachel fazia um superescândalo. Ela se trancou no banheiro do andar de cima e o jogo acabou. As pessoas se espalharam, uns começaram a se enrolar nas toalhas, outros foram buscar petiscos nos armários da cozinha ou se exibir no trampolim.

Cheyenne, Annie e um grupo de garotos começaram a jogar um frisbee que encontraram debaixo do deque; alguém acendeu as tochas de bambu que enfeitavam o pátio. E eu me estiquei de novo na espreguiçadeira perto de onde Vonnie estava semideitada. Ela ainda estava de óculos escuros, apesar de o sol já ter baixado, e misturava com a mão o novo drinque que havia preparado, sem reparar na poça cor-de-rosa que ficou na beira da piscina.

"Acho que o Stephen tá a fim de você", ela disse depois de um tempo.

Tomei um golinho da bebida que Cody havia me servido antes e fiz cara de espanto: "Do que você está falando? Não está, não".

Sentia minha boca formigando e ria de tudo, o que é uma chatice, eu sei, mas não conseguia evitar. Não me sentia tão bem assim há dias; talvez todo o verão. Queria que Kaleb estivesse lá comigo. Seria legal passar um tempo com ele de vez em quando. Vonnie se sentou.

"Ele está, sim. Estava se esfregando nas suas pernas durante todo jogo."

"Estava só me segurando. Senão, eu teria caído", argumentei.

Vonnie se inclinou na minha direção e puxou os óculos escuros para a ponta do nariz, olhando cinicamente para mim por cima das lentes. Nós duas rimos.

"Ok, talvez", admiti. "Mas não estou interessada. O Kaleb existe, lembra?"

Vonnie tirou os óculos e revirou os olhos.

"Sim, o Kaleb... que, aliás, não está aqui. Se é que você ainda não notou."

Vonnie não teve mais nenhum namorado desde que Russell Hayes partiu o coração dela no último verão. E jurou que não queria mais saber de romances adolescentes e que esperaria pelo amor verdadeiro mais para frente na vida, quando os caras começassem a amadurecer. A partir de então, sua ideia de compromisso era qualquer relacionamento que estivesse disponível no momento. E mais cedo eu teria apostado que Vonnie estava prestes a engatar um "relacionamento" com Stephen naquela mesma noite. Então, por que estava pegando no meu pé sobre Stephen, se sabia como era sério meu namoro com Kaleb?

"Ele tinha um jogo de beisebol."

"O que é muito interessante, já que ele não faz mais parte de um time de beisebol."

"Von, já expliquei, é uma liga amadora. Eles sempre jogaram juntos e todos..."

"Eu sei, eu sei...", ela recitou com a voz aborrecida. "Está todo mundo se separando, porque metade deles está indo embora e a outra metade vai ficar aqui em Chesterton e vai ser tudo muito triste e horrível, porque ele não verá ninguém por um tempão." Ela virou para mim com o rosto sério:

"Mas e você, Florzinha?"

Eu sorri com o apelido com que Vonnie me chamava desde o 5º ano, quando tive uma fase de obsessão por uma música que dizia "Você me ilude, florzinha".

"E eu não estou aqui?"

Dei outro gole na bebida e olhei para os dedos dos meus pés, todos enrugados por causa da água. O esmalte que tinha passado um dia antes estava todo lascado e feio, mas estava me sentindo muito desleixada e relaxada para fazer algo a respeito.

"Claro que está. Não quis dizer isso." Ela se inclinou para encostar a cabeça no meu ombro, mas o espaço entre as duas cadeiras era muito grande e a espreguiçadeira virou, e Vonnie se espatifou no chão. Ela começou a gargalhar e pegou meu braço.

"Sentei em cima da bebida", ela disse, sentindo a poça debaixo da bunda com a outra mão.

"Ei, está apertando meu braço, gata", eu disse, quase sem sentir direito o arranhão e rindo demais para me importar com isso.

Rachel saiu da casa, já vestida, com os dedos enrolados em curativos. Foi direto para a cadeira de Vonnie, colocou-a de volta no lugar e se sentou, deixando Vonnie caída no chão entre as duas espreguiçadeiras. Ela nos olhou, com uma expressão de reprovação.

"Ela está mal", disse Rachel, como se também não estivesse bêbada antes da Grande Tragédia das Unhas.

"Não estou, não", respondeu Vonnie, largando meu braço e deitando no chão mesmo. Ela abanou a mão para Rachel, sem ligar para o que ela disse.

"Estou preocupada com minha melhor amiga. Que tipo de amiga eu seria, se não me preocupasse com minha melhor amiga?"

"Por quê? O que você tem?", Rachel me perguntou.

"Nada", respondi com uma pontinha de irritação. "Está tudo bem, ela está preocupada à toa."

Vonnie ergueu um dedo, meio bêbada.

"Motivo. Ela está perdendo a chance de ficar com Stephen, só porque está apaixonada por um cara que nem está aqui."

"Você e Stephen?" Rachel arregalou os olhos.

"Não!", falei. "Não existe eu e Stephen. Estou com Kaleb."

"Não, não está, não", insistiu Vonnie. "Você está aqui e Kaleb está com o time de beisebol, porque ele não quer se esquecer *deles*."

Sabia do que ela estava falando. Tive o mesmo pensamento várias e várias vezes nos últimos meses. Parecia que eu estava sempre sozinha, só vendo Kaleb à distância, jogando em algum campo por aí. Tinha que me contentar em dar uma piscadinha para ele lá da torcida. Um tapinha na bunda para dar sorte, abraçá-lo depressa depois da partida, enquanto ele já se despedia para ir comer um hambúrguer com o time, sem nunca me convidar para ir junto porque era um programa "só dos caras".

Ele ia ficar longe dos *amigos*. Queria aproveitar ao máximo o tempo junto com *eles*. Mas também não ia ficar longe de mim? Parecia não dar a mínima para isso.

Vonnie estava certa. Kaleb estava com eles porque queria. E eu estava aqui sozinha por causa da escolha dele. Mas não estava pronta para admitir em voz alta que Vonnie tinha razão. Em parte, porque ela não conhecia Kaleb como eu. Não sabia como ele fazia eu me sentir especial quando estávamos sozinhos e como esses momentos valiam aceitar ficar de escanteio por tanto tempo. Por outro lado, também não queria admitir isso em voz alta porque Rachel estava sentada ali e não queria que ela se metesse na minha vida.

"Não é bem assim", resmunguei, curvada para cutucar um resto de esmalte dos dedos dos pés. Meu cabelo estava com aquele aspecto grudento no pescoço, eu estava cansada do jogo na piscina, só queria tomar um banho e ir pra cama. Depois da piscina, da bebida e da corrida daquele dia, me sentia supercansada e estava supercansada de falar sobre Kaleb também. Aquela conversa não estava me ajudando em nada. "Ele também não vai me esquecer."

A música no rádio mudou e, por um momento, nós cantamos juntas, olhando Stephen e Cody escalarem a estufa do jardim, Adam filmar os amigos com o celular, enquanto Rich atirava brinquedos de piscina neles para derrubá-los. Então Rachel disse:

"Você devia mandar uma foto sua para o Kaleb levar com ele."

"Ele já tem um 'zilhão' de fotos minhas."

"Não, quis dizer uma... *foto especial*... de você", ela disse baixando o tom de voz, quase sussurrando.

"Faça issooo!" Vonnie suspirou, escandalizada.

Levei um minuto para entender do que estavam falando. Por que ficariam tão empolgadas para eu tirar uma foto e mandar para meu namorado levar para a faculdade? Aí entendi. Não era qualquer foto.

"*Nude?*", eu sussurrei.

As duas concordaram com a cabeça.

"É exatamente o que você precisa", disse Rachel. Elas se entreolharam e riram.

"Faça isso", Vonnie repetiu.

"Ah, tá bom...", eu disse sarcasticamente, mas elas continuaram a sorrir e vi que estavam falando sério. "De jeito nenhum. Vocês duas estão malucas."

"Assim ele com certeza vai se lembrar de você", Rachel continuou.

"Ele vai se lembrar de mim de qualquer jeito", respondi, brava. Podia sentir o rosto começar a queimar. "O que está acontecendo com vocês? Ele está jogando beisebol. Não preciso ficar amarrada nele 24 horas por dia, todos os dias da semana..."

"Fala sério..." Rachel revirou os olhos, como se eu estivesse agindo como uma criança mimada. "Vai ser um presente de despedida. Aposto que ele vai ficar olhando pra foto o tempo todo. Ninguém vai saber de nada."

"E você tá gostosa", Vonnie continuou. "Ei, Stephen, a Ashleigh não deve ser gostosa, pelada?", ela gritou e então se abaixou rindo histericamente.

"Cala a boca, Vonnie!", eu disse, virando as costas para a estufa para evitar a reação de Stephen, mas também não consegui segurar um risinho.

"Do que você está com medo? De que ele não goste?", Rachel falou enquanto Vonnie ainda dava risada. "Ele é homem. Acredite em mim, ele quer te ver pelada."

Kaleb e eu estávamos juntos, mas ainda não tão juntos assim. Ele já tinha me visto de biquíni um monte de vezes, mas isso era o mais exposta que já tinha ficado na frente dele... ou de qualquer outro cara, aliás. Ele nunca me forçou a nada, mas, às vezes, quando a gente estava se beijando, as mãos dele passavam pelo meu corpo e eu sabia que, se dissesse que ia tirar a roupa, Kaleb ficaria bem feliz.

Agora que pensei nisso, talvez se tivesse tirado a roupa de vez em quando não estivesse ficando para trás toda hora por causa dos amigos dele. Talvez seria Kaleb que ficaria preocupado com o que estava perdendo.

"Sabe, ele vai conhecer um monte de garotas na faculdade", Rachel provocou. "E elas, provavelmente, não terão nenhum problema em ficar nuas na frente dele."

"É verdade", acrescentou Vonnie. "Você deveria ser proativa." Mas enrolou a língua e falou algo como 'porrativa'.

"Muito obrigada, meninas", respondi. "Isso me faz sentir muito melhor. De verdade!"

Não precisava que me dissessem que ele estaria cercado de garotas na faculdade. Já estava meio preocupada com o tipo de garota que Kaleb conheceria. Seriam mais velhas e, provavelmente, estariam dispostas a fazer coisas que eu ainda não fazia.

Quem sabe Rachel e Vonnie tivessem razão. Talvez esse fosse o presente de despedida que ele precisava para tirar os amigos da cabeça e voltar a se interessar por mim. Se teria que competir com garotas na faculdade, talvez eu devesse me tornar mais mulher. Não poderia ser uma menininha para sempre.

"Mas o que eu deveria fazer para... nem sei como...?" Ri, cobrindo o rosto com as mãos. "Nem acredito que estou falando sobre isso."

"Não é nenhuma ciência cosmológica! É só tirar a roupa, bater uma foto com seu celular e enviar para ele", Rachel detalhou. "Simples assim."

Vonnie colocou a mão no meu ombro:

"Ah, e tem que fazer o tipo... 'Viu só o que você está perdendo? Tem muito mais de onde saiu essa foto.' Ele vai ficar louco."

A batida da música ficou cada vez mais alta. Todo mundo estava fora da água, circulando pelo pátio, a luz das tochas refletia na pele de todos, que parecia macia, quente e bronzeada. Naquele momento, achei que o verão nunca terminaria.

Minha cabeça rodava com o barulho e senti um frio na barriga. Estava elétrica, como se todos os meus nervos estivessem vibrando.

"Meninas, eu não consigo", cochichei, mas por dentro estava começando a achar que conseguiria.

"Por que não? Eu superconseguiria", disse Rachel, com desprezo na voz, como se eu fosse a pessoa mais infantil que ela já conheceu. "A namorada do meu irmão faz isso toda hora e está no 9º ano."

"É um ótimo jeito de mostrar para o Kaleb que você o ama", Vonnie comentou com sinceridade. "Lembrá-lo de que você é dele, sabe?"

Era isso o que eu queria. Era *tudo* o que queria, de verdade. Fazer Kaleb entender que, apesar de seus amigos serem importantes, eu era a coisa real. Eu o amava. E queria lhe dar algo especial. Não queria que me esquecesse.

A música mudou, tocou e mudou de novo. Cheyenne e Annie chegaram e se apertaram na cadeira perto de Rachel. Vonnie e elas começaram a comentar o quanto odiavam a técnica de vôlei e, mais tarde, chegaram uns caras mais velhos, passando pelo portão com toalhas penduradas no ombro, como se fossem donos da casa. A festa esquentou com a batida da música, mergulhos e gritos. Mas eu não estava ali de verdade. Estava dentro de mim, navegando nos meus pensamentos, que giravam e giravam até me deixarem zonza e cheia de coragem.

"Eu vou fazer isso!", anunciei, enfim, e Vonnie e Rachel me olharam espantadas.

"O quê?", Cheyenne quis saber. "O que você vai fazer?"

Mas não respondi. Terminei minha bebida em um gole só e levantei. Ainda consegui ouvir Rachel cochichando com as outras garotas quando entrei na casa. Mas não olhei para trás.

# DIA 4

## Serviço comunitário

A gente não precisava trabalhar em silêncio no serviço comunitário, mas eu preferia assim. Darrell, Amber e Kenzie se conheciam de antes e tinham histórias que eram engraçadas, interessantes, empolgantes ou terríveis só para eles. Eu não teria nada para acrescentar, mesmo se quisesse.

A conversa deles era mais ou menos assim:

"Vocês viram que o Benny Gordo foi preso?"

"Quem é esse?"

"Cê sabe, o meio-irmão do Sanchez..."

"Tá falando do Mike?"

"Não, do outro. Aquele ruivo, que apagou uma vez na casa do Ace por causa de uma droga que tava zoada, lembra?"

"Ah, aquele. Pensei que ele tava morto."

"Não, cê tá confundindo com o Travis, o maluco que atravessou a janela da lanchonete com a moto."

"É, isso mesmo, eu lembro. Foi direto na janela."

O papo seguia por aí, enquanto eu tentava acompanhar e me pegava formando pequenas árvores genealógicas na cabeça. Daí, pensava, *Ah, me lembro daquele cara que bateu na janela da lanchonete! Saiu no jornal.* Era surreal estar na companhia de gente que conhecia o cara pessoalmente. Eu nunca dizia nada porque, para mim, era só mais uma notícia, mas, para eles, aquilo tinha sido um acontecimento, e nossas experiências jamais seriam iguais.

Além disso, não queria dar abertura para qualquer conversa sobre o que quer que tivesse sido noticiado a respeito do escândalo da mensagem de texto com conteúdo sexual no Colégio Chesterton. Algo me dizia que eu não gostaria de saber o que eles tinham visto sobre mim.

Então, em vez disso, sentava no computador e fazia minha pesquisa, tentando acompanhar o vai e vem do papo, além de imaginar o que Mack estaria fazendo para ter que teclar tanto, sem se envolver na conversa também.

Mack nunca falou nada. Pelo menos, não que eu tenha ouvido. Cheguei até a pensar que ele não sabia falar. O mais estranho também era que ninguém nunca falava com ele. Nem a Sra. Mosely falava mais do que "Olá" quando ele entrava na sala.

A Sra. Mosely passava a maior parte do tempo debruçada sobre um livro ou, de vez em quando, ia para o corredor falar no celular. Uma vez, a recepcionista do saguão principal desceu e ficou parada na porta até conseguir chamar a atenção da Sra. Mosely, e aí as duas foram para o corredor conversar por um tempo. Mas, uma vez ou outra, alguém conseguia falar alguma coisa que chamava a atenção dela e eu via seu olhar desviar do livro, enquanto ela permanecia sentada, quieta, mas com o olhar indo e voltando entre Darrell, Kenzie e Amber, que pareciam nem notar que havia mais pessoas na sala com eles.

"Minha mãe vai se divorciar de novo", Amber falou, enquanto a gente se acomodava na rotina de trabalho do meu quarto dia. "É o divórcio número cinco. Falo para ela se divertir com quantos caras quiser, mas parar de se casar com eles. Só que ela fala que é inevitável quando se apaixona."

Kenzie se espreguiçou para trás na cadeira e passou a mão na barriga.

"Merda, olha só o que a paixão fez por mim. Me deixou gorda." E as duas riram.

Todo mundo ficou em silêncio por uns minutos e, então, Darrell soltou lá do seu computador:

"Cê nunca se arrependeu? Quer dizer, de transar com esse Jonah?" Darrell sempre fazia isso – fazer perguntas estranhas para os outros em momentos esquisitos.

A Sra. Mosely ergueu a cabeça e estudou a reação de Kenzie. Parei de ler e também virei um pouco a cabeça para conseguir ver os dois de canto de olho.

"Não. Você se arrepende de arrebentar os outros?" O tom de Kenzie foi hostil, mas Darrell apertou os lábios, envergonhado.

"Às vezes, sim. Quando vejo minha mãe chorar, me arrependo. Não gosto de fazer ninguém chorar. É que eu sou esquentado, é isso."

A sala ficou silenciosa por causa daquela situação delicada, que não poderia ser ignorada. Esperei que a Sra. Mosely dissesse algo, mas ela só ficou observando por cima do livro.

Então, finalmente, Amber quebrou o silêncio:

"Todos nós preferíamos estar lá fora nos divertindo do que estar aqui fazendo isso, né? Eu também me arrependo. De muita coisa. Especialmente das coisas que me fizeram estar aqui todos os dias. Não tem nada errado em se arrepender."

"Bom, eu não me arrependo de nada", Kenzie atalhou. "A vida é muito curta pra essa merda." Ela ergueu o corpo e se levantou com a mão apoiada atrás do quadril. "Sra. Mosely, posso usar o banheiro, por favor? O bebê tá sentado na minha bexiga."

Os intervalos para ir ao banheiro tinham hora certa e a Sra. Mosely não costumava flexibilizar. Mas, dessa vez, ela concordou e observou Kenzie se arrastar para fora da sala antes de, finalmente, voltar ao livro.

"Todo mundo se arrepende de alguma coisa", Darrell murmurou depois que Kenzie saiu. "Não seria humano não se arrepender."

E foi o fim da conversa. Mas, por alguma razão, não consegui voltar os olhos para o artigo que estava lendo. Sabia que estava cheio de coisas das quais eu me arrependia. Coisas das quais eu me arrependia tanto que doía só de olhar para elas, só de lembrar. Fechei os olhos bem apertados. Tinha tantos arrependimentos que nem sabia bem onde é que começavam. Meu maior arrependimento era não ter tido coragem de mandar Rachel ir passear? Ou era ter me apaixonado por Kaleb? Ou era apenas a decisão de levantar, virar a bebida de uma vez e entrar na casa de Vonnie naquela festa de verão?

Ou havia algo mais junto com tudo isso? Algo mais profundo, bem dentro de mim?

Abri os olhos e olhei para o lado. Mack tinha parado de teclar e estava olhando direto para mim. Apesar de estar com os fones de ouvido, tenho certeza de que ouviu tudo que os outros falaram. Por alguma razão, eu sentia que ele entendia por que eu ficava tão quieta. Nossos olhos se encontraram por um segundo antes de Mack voltar ao computador.

# AGOSTO

> **Número Desconhecido 13**
> Hum... acho que vc mandou isso pra pessoa errada lol

Tinha pouca gente dentro da casa de Vonnie e estavam todos na cozinha. Foi fácil passar por ali para ir procurar minhas coisas. Se apenas uma pessoa tivesse me parado para conversar, provavelmente teria esquecido a decisão que tinha tomado lá no deque da piscina. Eu continuava com um frio na barriga e até ri sozinha enquanto pegava minha mochila perto da porta da frente e a revirava atrás do celular.

Agarrei a mochila e o aparelho e desci a escada correndo. Notei que via tudo meio granulado. Eu me sentia fora dali, deslocada, como se fossem anúncios passando na TV e eu estivesse vendo tudo como se acontecesse na vida de outra pessoa.

Uma vozinha dentro da minha cabeça perguntava se eu iria realmente fazer aquilo. Eu era uma aluna brilhante. Uma atleta. Jantava todas as noites com meus pais, recebia prêmios e era virgem. Raramente bebia, era responsável, não era o tipo de pessoa que normalmente faria algo assim.

Mas o que "fazer algo assim" queria dizer? Não era nada de mais. As pessoas fazem isso o tempo todo. Era só brincadeira. Quem iria se prejudicar?

Trancada no banheiro, acendi as luzes, tirei o biquíni e, então, me encarei no espelho, imediatamente me sentindo uma boba. Não tinha jeito, eu não iria conseguir tirar a foto. E se ele não gostasse? E se ficasse bravo por eu ter enviado aquilo? E se ele me achasse feia?

Meus seios eram bem pequenos – daquele tipo que os caras atléticos e sarados não curtem. O cabelo estava um horror por causa da piscina, pareciam pedaços de cordas molhadas, e os olhos estavam vermelhos por causa do cloro. Fechei-os e respirei bem fundo, organizando as ideias.

Eu não era feia. Kaleb nunca me acharia feia. Quantas vezes já tinha dito que me achava bonita? Quase toda vez que a gente conversava. Eu só estava nervosa. E nervosa por causa do quê?

Abri os olhos e estudei meu corpo mais uma vez.

Pelo menos, estava bronzeada. Malhava todos os dias e estava em forma. E ninguém é perfeito, certo? Além disso, fala sério, Rachel tinha razão, Kaleb era homem... não ia ficar procurando defeitos. E ele me amava. Ia adorar a foto. Ia gostar de compartilhar isso comigo.

Passei os dedos pelo cabelo para desfazer os nós, então segurei o celular na minha frente e virei de lado para ver o corpo todo no espelho. Ouvia a batida da música lá fora, umas risadas distantes e alguns gritos. Um barulho de água. O ruído de alguma coisa caindo no chão da cozinha. O barulho de um carro. Achei que ouvia até a eletricidade zumbindo nas lâmpadas. Ou talvez fosse o som da adrenalina correndo dentro de mim. Vonnie e Rachel nunca acreditariam que fiz isso.

"Vai lá", disse em voz alta. E, antes de pensar em mais alguma coisa, fiz uma pose sensual levantando meu braço livre e o apoiando sobre a cabeça, arrebitei o quadril um pouco de lado, fiz biquinho com os lábios e tirei a foto.

Virei o celular e olhei a tela. Fiquei surpresa ao ver que não parecia tão ruim quanto eu imaginava. A pose ficou boa e o cabelo molhado deu um ar mais sexy. Meu coração quase explodia enquanto digitava a mensagem – QUERIA Q VC ESTIVESSE AQUI BJS – e apertava a opção Enviar. Então esperei, segurando o celular contra o estômago e me olhando no espelho, sem acreditar no que tinha acabado de fazer.

Vesti minhas roupas, de repente me sentindo muito exposta de biquíni, e corri de volta para a escada. Peguei um copo de água na cozinha, quando passei ali para voltar ao pátio. Sentia minha garganta seca e arranhada e as minhas mãos estavam definitivamente trêmulas.

Assim que Rachel e Vonnie me viram chegar, o rosto delas se iluminou de interesse. Vonnie tinha se deitado na minha espreguiçadeira, mas deslizou para abrir espaço para mim e deu um tapinha no plástico, indicando que eu me sentasse. Pela expressão nos olhos de Cheyenne e Annie, sabia que elas já estavam atualizadas sobre o que eu tinha ido fazer lá dentro da casa.

"E aí...?", quis saber Rachel, enquanto eu me juntava a elas.

Balancei a cabeça e mordi meu lábio inferior.

"Eu fiz."

Todas pareceram prender a respiração.

"Tirou a foto?", Vonnie sussurrou.

Concordei de novo.

"Nu frontal."

"Meu Deus, como assim, nu frontal? Nem a vagabunda da namorada do meu irmão faz isso. Ela só mostra os peitos", comentou Rachel.

Meu rosto estava mais quente do que durante a corrida daquela manhã. Estalei os dedos e, brincando, fiz um gesto apontando para o meu corpo. "É porque a vagabunda da namorada do seu irmão não tem um corpo como o meu", respondi.

Caímos na risada, as garotas diziam que não estavam acreditando, que na verdade nunca tinham feito aquilo, que não tinham coragem e que era inacreditável. Mas o que Kaleb iria dizer?

"Deixa eu ver", disse Vonnie, estendendo a mão. "Nem pensar!" Segurei o celular com força e o escondi atrás do corpo. Ela revirou os olhos.

"Vamos lá, eu já te vi pelada antes. Não sou nenhuma pervertida nem nada do tipo. Só quero ver como ficou."

Enfiei o celular no bolso da frente, imaginando o que aconteceria se eu o entregasse a Vonnie. Já podia imaginar minha foto circulando em volta da piscina e ela guinchando para Stephen que ele poderia me ver nua, se ainda estivesse curioso.

"Pode esquecer. Ninguém vai ver isso a não ser o Kaleb. Prefiro morrer antes."

"Ah, quer dizer que agora você ficou tímida", Rachel comentou e eu a fuzilei com o olhar. Ela ergueu as sobrancelhas e me disse: "É brincadeira! Se faz você se sentir melhor, definitivamente não quero ver a foto."

"Tá bom", falou Vonnie. "Mas pelo menos conta como ficou."

Abri a boca, mas antes que pudesse dizer uma palavra sequer, fui interrompida pela vibração do celular no meu bolso. Tinha recebido uma notificação.

Era uma mensagem do Kaleb.

# DIA 6

## Serviço comunitário

No meu sexto dia de serviço comunitário, Amber terminou de criar seu panfleto e, por isso, a Sra. Mosely trouxe batatas chips, molhinho de queijo, refrigerantes e minidonuts. Aparentemente, sempre que alguém concluía um projeto no Diálogo Adolescente tinha uma pequena celebração. Havia uma apresentação, a Sra. Mosely fazia perguntas e, aí, servia a comida. Todo mundo dava parabéns para a pessoa que tinha usado seu tempo para realizar aquele projeto. Essa era a parte mais importante para nós – a prova de que, finalmente, as horas de serviço iriam acabar e a vida talvez voltasse ao normal. A gente ficou, ao mesmo tempo, com inveja e motivados com a conquista de Amber.

Ela chegou atrasada, usando um macacão preto brilhante, no mínimo dois números menor do que ela, e com sapatos de salto alto. Seu cabelo estava preso em um coque no alto da cabeça, como se ela fosse a um baile de formatura, e me ocorreu que, provavelmente, Amber, Kenzie e os outros garotos nunca mais voltariam a estudar. Em vez de se preparar para a formatura, estavam aqui, criando panfletos, doando seu tempo, e depois voltariam para uma vida cheia de drogas, vandalismo, gravidez e outras coisas que nunca fizeram parte do meu mundo. Mas, assim que pensei nisso, me dei conta de que podia estar fazendo uma avaliação injusta. Afinal, eu estava ali, não estava? Esse era meu mundo agora.

Sra. Mosely nos pediu para colocar as mesas em círculo, assim todo mundo poderia se ver. Kenzie se sentou perto de outra garota que concluí ser Angel, aquela que não apareceu na semana passada. As duas aproximaram as cabeças e falavam baixinho, rindo por trás das mãos. Distraída, Kenzie acariciava a barriga, como fazem as grávidas. Parecia estranho que, dentro de algumas semanas, em vez disso, ela estaria acariciando a cabeça de um bebê; toda sua vida mudaria para sempre.

"Ei, Mose, estou aqui, cara", disse Darrell, aparecendo na porta no último segundo. "Não me dê falta." Logo atrás dele vinha Mack, quieto como sempre. Ele se atirou na cadeira ao meu lado, esticou as pernas para frente e cruzou uma sobre a outra na altura do tornozelo.

"Antes tarde do que nunca, suponho", disse a Sra. Mosely, encostando em sua mesa com os braços cruzados no peito. Darrell jogou o papel na mesa dela e se atirou em uma cadeira do outro lado de Angel. Estávamos todos prontos.

"Ok", falou a Sra. Mosely. "Como todos sabem, hoje é o último dia da Amber. Ela já cumpriu os requisitos e finalizou seu projeto. Daqui a pouco vai compartilhar isso com a gente." Ela olhou para Amber e a garota ficou com o rosto vermelho. Baixou os olhos, enquanto uma de suas pernas balançava nervosamente debaixo da mesa. "Depois da apresentação de Amber, teremos comes e bebes. Vocês vão ter um intervalo de cinco minutos para fazer um pratinho e, então, todo mundo volta ao trabalho, Ok? Isso não é uma festa." Ela olhou para nós, um de cada vez. Me perguntei se, de vez quando, Mosely ficava mais doce. Se quando voltava para casa à noite, vestia um pijama cor de rosa, tirava a pomada do cabelo, limpava a maquiagem e assistia a comédias românticas na TV. Não sei por que, mas eu duvidava.

"Sem problema", respondeu Darrell.

"Ok, lembrem-se de ser educados. A vez de vocês vai chegar logo, logo."

"É isso aí! E o *karma* vai morder a bunda de vocês se mexerem com a minha amiga", acrescentou Kenzie.

A Sra. Mosely respirou fundo, ignorando Kenzie, então chamou Amber e se sentou. Amber pegou alguns papéis e foi para o centro do semicírculo.

"Bom, meu projeto é sobre alcoolismo, porque fui pega no carro da minha prima como menor infratora com posse de bebida. E ela se ferrou por dirigir sob a influência de álcool."

Amber olhou nervosa para Sra. Mosely, que balançou a cabeça para que ela continuasse:

"Então, basicamente, decidi criar pôsteres que falam sobre alcoolismo e sobre como não é legal ficar de porre."

Amber desenrolou um pôster que estampava um garoto em uma festa, todo orgulhoso, levantando um copo de bebida. O slogan era "ELE NUNCA MAIS VOLTOU PRA CASA DEPOIS DESSA NOITE". Aí, desenrolou outro com uma garota em uma cama de hospital, com um monte de tubos e fios conectados ao corpo dela: "QUANDO A BALADA ENVENENA". E mais um com uma criança chorando: "O ÁLCOOL DESTRÓI FAMÍLIAS". E, por fim, um de uma moça com um vestido mais chique, a maquiagem toda borrada, o rosto vermelho de tanto chorar e manchas que pareciam de vômito pela roupa: "ELA QUERIA PARECER SEXY NA FESTA".

Achei que todos os pôsteres tinham uma cara bem profissional, mas, pelo que já tinha ouvido Amber e Kenzie conversarem, ela não acreditava pra valer no que estava escrito ali, porque ainda se jogava nas baladas.

Por outro lado, não podia deixar de pensar que, se eu não tivesse ido àquela festa na noite de agosto, jamais estaria sentada na sala 104. Queria sugerir a Amber que criasse mais um pôster, um de uma garota tirando um nude com o slogan: "O ÁLCOOL DESTRÓI REPUTAÇÕES".

Queria acreditar que foram os eventos daquela noite que me fizeram estar aqui. Queria achar que, se não tivesse bebido ou se não tivesse dado ouvidos a Rachel e Vonnie, ou não tivesse feito outra porção de coisas, nada disso teria acontecido. Mas quem pode ter certeza disso? Talvez eu estivesse destinada a viver essa situação miserável.

Amber continuava a ler um dos panfletos que tinha feito, no qual citava estatísticas sobre alcoolismo entre adolescentes e mortes causadas por bebida, além de alguns mitos.

Quando terminou, colocou os pôsteres e panfletos em cima da mesa da Sra. Mosely e ficou em pé na nossa frente, meio sem jeito.

"Hum... queria dizer que estou feliz por ter feito este projeto porque tenho um monte de tios e primos que são alcoólatras e isso prejudicou toda nossa família. Não quero acabar como eles e tenho medo de que isso aconteça."

A Sra. Mosely, que simplesmente assistiu a toda apresentação com aquele seu olhar severo, deixou as palavras de Amber no ar e, então, disse:

"Agora que você já sabe mais sobre isso, vai se sair melhor, certo? Você não tem que ser como eles. E tomara que atinja mais gente com seus pôsteres, e que essas pessoas também se saiam melhor."

Amber enxugou o canto dos olhos com seus dedos de unhas compridas e concordou com a cabeça. Então a Sra. Mosely se virou para nós.

"Alguém tem alguma pergunta para Amber?"

Darrell levantou a mão.

"Vá em frente."

"Não tenho nenhuma pergunta", disse. "Gostei dos pôsteres. São bem legais. Essa mina de vestido cor-de-rosa está mesmo perdidona. Mas é sexy."

"Está bem, Darrell, obrigada pelo comentário", a Sra. Mosely respondeu com a voz cansada. "Mais alguém?"

Ninguém disse nada, então a Sra. Mosely se levantou, foi até Amber e a abraçou.

"Vamos dar parabéns à Amber por ter terminado seu serviço comunitário." Todos aplaudiram. "Vamos sentir saudade, mas não queremos ver você de volta aqui", disse. Imagino que esse era o jeito dela de ser sentimental. "Ok, os cinco minutos de intervalo começam agora."

Todo mundo se levantou e foi até a mesa de comida, exceto a Sra. Mosely e Amber, que ficaram enrolando os pôsteres e os prendendo com elásticos, e Mack, que continuou sentado na cadeira, olhando para frente, como se Amber ainda estivesse fazendo sua apresentação.

Peguei um prato, me servi de algumas batatas chips e salpiquei um pouco de molhinho de queijo por cima. Meu estômago roncou. Empilhei mais uns minidonuts e comecei a voltar para meu computador, mas quase trombei em Kenzie e Angel, que estavam em pé atrás de mim, encostadas ombro a ombro. Kenzie tinha um sorriso estranho no rosto.

"A gente sabe por que você está aqui", ela disse. Lambeu um pouco de molho de queijo que estava no dedo. Escorreu um pouco e caiu na barriga, mas ela pareceu nem ter percebido.

"Ok", respondi, porque não sabia bem o que dizer. Mas elas não se mexeram nem falaram nada. Eu encarei. "E daí?"

"Seria cômico se não fosse trágico", ela disse. "Como se já não bastasse ser a miss-riquinha-atleta-perfeita, tinha que chamar mais atenção ainda, mandando fotos da sua 'xana' pra todo mundo?"

Meu rosto ardeu quando ouvi a palavra "xana".

"Não era uma foto da 'xana'. Não seja desagradável. E não mandei pra todo mundo, mandei para o meu namorado", falei e, então, emendei: "EX-namorado".

Kenzie e Angel trocaram um olhar. Kenzie parecia se divertir, mas Angel estava irritada.

"Você é que é desagradável. Enviar nudes para o ex-namorado?", Kenzie riu com zombaria. "Céus, que desespero, hein? Nem eu tô tão desesperada assim, e olha que tô esperando um bebê."

"Ele era meu namorado naquela época", falei, como se isso importasse. Sentia meus dedos tremendo e ouvia o barulhinho das batatas chacoalhando enquanto o prato balançava na minha mão, mas não quis recuar. Não sabia por que aquelas garotas estavam no serviço comunitário, mas, definitivamente, não era porque faziam parte do hall da fama das melhores alunas. Elas não podiam falar nada de mim. "Não que eu deva explicações para vocês."

"Não dou a mínima para o seu namorado. O que importa agora é que o *meu* namorado tem a sua foto no computador dele", falou Angel. "E acho que era isso o que você queria. Vagabunda."

É claro que eu sabia que quando a gente faz *upload* de uma foto no computador tudo pode acontecer com ela. Pode ficar circulando por aí mesmo se for deletada do website original em que foi publicada. Só não gostava de pensar nisso. Essa ideia me dava náusea. Só Deus sabia quantas pessoas tinham minha foto.

"Você é nojenta", falou Kenzie, sorrindo para mim por cima do prato de comida.

Não sabia o que dizer. Já tinha me desculpado com todo mundo e, mesmo se não tivesse, nem a pau iria me desculpar com aquelas duas por algo que não tinha nada a ver com elas.

"É problema seu e do seu namorado", falei, enfim, e tentei passar por elas, que deram um passo para o lado e me bloquearam. Minha mão que segurava o prato ainda tremia e eu não queria que elas notassem.

Tentei pensar em algo para dizer para tirá-las da minha frente, mas não precisei falar nada porque antes que eu abrisse a boca alguém falou:

"Deixem a garota em paz."

A voz foi tão alta que todo mundo deu um pulo. Até a Sra. Mosely e Amber olharam. A sala ficou em silêncio enquanto todos olhavam para Mack, que ainda estava sentado em seu lugar no semicírculo, e nem se deu conta de que estavam olhando para ele.

Kenzie e Angel o olharam com raiva e depois lançaram o mesmo olhar de ódio para mim, como se eu tivesse algo a ver com o que Mack falou, e, para minha surpresa, não responderam nada para nós dois. Dali a uns segundos, as duas recuaram, voltaram para suas mesas, puxando as cadeiras para fora do semicírculo e sentando uma ao lado da outra.

Começaram a cochichar de novo, mas fiz o possível para ignorá-las, respirei fundo e levei o pratinho para meu espaço no computador. Tinha perdido o apetite, tudo que queria era sumir o mais depressa possível dali, mas suponho que a Sra. Mosely e o tribunal não iriam cancelar meu serviço comunitário se eu não o cumprisse.

Fiz login no computador e voltei a pesquisar, tentando tirar aquelas duas da cabeça.

Aguentei rever as reportagens sobre meu caso e encontrei histórias de outras garotas em situação parecida com a minha. Uma delas se matou por causa do *bullying*, que foi pesado demais. Engoli em seco enquanto lia aquela história, esperando e rezando para que aquilo não fizesse tão mal para mim. Esperando e rezando para que em um dia horrível eu também não tivesse vontade de acabar com tudo, porque alguém quis se vingar de mim por algo que eu nem tinha feito. Tudo porque algum namorado, irmão ou marido tinha me visto nua. Tudo porque as pessoas me chamavam de nomes que não me descreviam e me diziam coisas que nem eram verdade. Tudo porque as pessoas escreviam palavras de ódio contra mim nos sites, comentando sobre histórias parecidas.

Minha vista embaçou enquanto eu lia as reportagens. Minha garganta ficou seca e eu queria ir para casa. Nem percebi que Mack havia saído do semicírculo e tinha voltado para sua cadeira habitual ali do meu lado, mastigando rosquinhas, com os dedos clicando repetidamente o mouse, como sempre.

Havia algo misterioso nele, era meio assustador e, certamente, eu não era a única a sentir isso. Há pouco, todo mundo ficou quieto porque ele simplesmente disse três palavras. Kenzie e Angel estavam bem na minha frente. Elas se afastaram. Eram duronas, mas claramente tinham medo de Mack. Dei uma avaliada nele, dos cachos oleosos e despenteados até a jaqueta jeans rasgada, às unhas sujas e às pernas enormes espalhadas na cadeira. Parecia ser capaz de matar alguém — o tipo de cara que a gente atravessa a rua para desviar dele, se vier andando na calçada na sua direção.

Mas havia algo mais nele além disso. Os olhos, talvez. O modo como me olhou no dia do papo sobre arrependimentos. Eram claros e brilhantes e o rosto era franco e inocente. Por baixo daquela muralha, do cabelo seboso, dos grunhidos e da aura de mau, era como se... ele se importasse.

Eu me aproximei e encostei de leve no braço de Mack.

"Obrigada", eu disse. "Pelo que você fez."

Ele não respondeu, mas por um instante seu dedo parou de clicar o mouse. Foi um segundo, um gesto de reconhecimento e, depois disso, continuou a mastigar as rosquinhas com a boca cheia e voltou a clicar.

# AGOSTO

> **Número Desconhecido 29**
> QUE MERDA É ESSA?! Pq alguém faria isso?! Idiota!

Kaleb e eu nos conhecemos na corrida de cinco quilômetros dos Monstros do Halloween no outono do meu 2º ano do ensino médio. Pela tradição da equipe, todos os caras tinham que ir fantasiados de mulher. Kaleb usava um vestido de festa azul, a saia curta subia a cada passo, mostrando o short de ciclista preto que tinha por baixo. Usava uma peruca loira de cabelo comprido e batom, mas a peruca caiu da cabeça dele lá pelo segundo quilômetro. Vestida como uma zumbi maratonista, eu corria logo atrás dele, abaixei para pegar a peruca e a levei até o final da corrida.

Não o conhecia muito bem. Ele estava no último ano e eu ainda no segundo. Apesar de Vonnie circular com uma porção de veteranos por aí, eu não era assim tão destemida. Kaleb parecia ser bem mais velho. E era incrivelmente atlético. O pomo de Adão era bem marcado, as pernas feitas de puro músculo, o quadril estreito e quadrado. Nunca o tinha visto sem camisa, mas apostava que a barriga era de tanquinho.

Por isso minhas pernas tremiam e eu me sentia uma menininha quando lhe entreguei a peruca na parada para beber água, logo depois de cruzar a linha de chegada. Apesar de ter parado para pegar a peruca, cheguei apenas três passos atrás dele.

"Aqui!", eu disse, ofegante e com a outra mão no quadril.

Ele derramou um copo d'água na cabeça, jogou o copo no lixo e olhou para a peruca como se nunca tivesse visto aquilo antes.

"Ah", falou depois de um minuto, passando a mão sobre a cabeça descoberta. "Obrigado." Pegou a peruca da minha mão e jogou no lixo por cima do copo plástico que havia usado. Uma gota d'água estava presa nos cílios dele e só aí reparei como seus olhos eram verdes e bem claros. Nunca tinha estado tão perto dele antes. Ele exalava um cheiro de suor e verão. Alguma coisa naquele perfume me deixou totalmente interessada. "Eu realmente não preciso mais disso", ele falou. "Gostei da sua fantasia. Zumbi. Legal."

Olhei para minhas calças de corrida rasgadas, a camiseta com marcas de pneus e manchas de sujeira.

"Obrigada", respondi. "Eu amarelei com a fantasia. Preferi ficar com roupa de corrida. Deve ser bem mais difícil correr de vestido."

"Até que foi legal." Ele sorriu. "Refrescante. Estou pensando em usar saias o tempo todo. No nosso primeiro encontro, com certeza."

Ele fez uma mesura meio desajeitado e não pude deixar de sorrir.

"Se fizer isso, com certeza vão te notar", disse.

Mais tarde, quando estava sentada na calçada comendo *bagels* com outras garotas da equipe que eu conhecia, ele se aproximou e pediu meu celular. Disse que queria manter contato com todos os membros da equipe de *cross-country*. Gostaria de organizar uns encontros e outras coisas. Mas algo no jeito como ele se inclinou para mim enquanto escrevia meu nome e sobrenome nas costas da mão dele com uma caneta vermelha, me fez achar que ele queria meu número por uma razão diferente. Estava tão encantada com a ideia que não conseguia tirar um sorrisinho sedutor do rosto. Ele analisou o que estava escrito em sua mão.

"Ótimo. Mais tarde te mando uma mensagem, Ashleigh."

"Está bem."

Ele parou.

"Você tem um sorriso lindo." E então correu na direção de uns caras que estavam em uma tenda onde vendiam copos com fatias de abacaxi.

*E você é todo lindo*, pensei e tive que me esforçar para não ficar de pé e fazer uma dancinha de alegria.

Kaleb enviou uma mensagem naquela noite e praticamente todas as noites depois daquela. No começo, a gente só falava sobre *cross-country*, maratonas e encontros. Mas, depois de um tempo, começamos a falar de outros assuntos também, como nossas famílias e dos filmes de que mais gostávamos. E daí, começamos a dar umas flertadas. Conversávamos por telefone. Passeávamos juntos na escola. Saímos algumas vezes. Ele me beijou na mesa dos fundos de um restaurante, depois de uma corrida difícil em que torci meu pé quando tropecei em um cone de trânsito. Ficamos praticamente inseparáveis depois disso.

E era perfeito. Durante aquele ano do colégio, estávamos juntos o tempo todo. A gente ia ao cinema e jogava paintball e se divertia com videogame na casa do amigo dele, o Silas, e chamava o *delivery* para comer bobagens gordurosas. Ele me encontrava no intervalo das aulas, me dava carona até o colégio e me trazia de volta para casa. Aí, a gente aproveitava a casa vazia e dava uns pegas até a minha mãe ligar, avisando que estava saindo do trabalho e logo chegaria.

Mas, então, ele se formou. E, apesar de tentar me divertir do mesmo jeito, tentar ficar feliz por ele, não conseguia deixar de achar que aquilo era o começo do fim para nós. Eu sabia que não seria o fim do mundo, mas era exatamente *assim* que eu me sentia. Eu amava Kaleb.

Mas por um momento, na festa de final de verão da Vonnie, depois do fim do jogo de polo e da tragédia das unhas postiças da Rachel ficarem no passado; da Vonnie, meio bêbada, rir de mim deitada na espreguiçadeira, e da minha foto nua começar a navegar pelo espaço cibernético até chegar ao meu namorado... pelo menos, naquele momento... soube que tinha toda a atenção dele.

Sabia que tinha algo que os amigos dele jamais teriam. Eu me senti poderosa. E assim que o telefone vibrou no meu bolso, minutos depois que mandei a foto, um raio de excitação percorreu meu corpo. Ele tinha recebido.

A mensagem dele só dizia: CARACA!

Eu não sabia como responder. Estava muito nervosa, meio envergonhada, um pouco bêbada e excitada, por isso mandei um emoji de sorriso e coloquei o celular de volta no bolso. Os pernilongos começaram a aparecer, então fomos para dentro de casa. Jogamos aquelas brincadeiras de crianças, como girar a garrafa e dizer "verdade" ou "desafio". Tive que beijar o pé da Cheyenne e alguém desafiou Cody a ir até a estrada mostrar a bunda para os carros que passavam. Foi tudo tão hilariante e estúpido, que eu meio que esqueci a foto que tinha enviado.

\* \* \*

Na manhã seguinte à festa, acordei com o telefone vibrando no meu bolso de novo. Virei o corpo e fiquei frente à frente com Starkey, o labrador bege de Vonnie; nós estávamos dormindo juntos no chão do quarto dela. Minha cabeça estava apoiada na sacola de ginástica que, em algum momento, me lembrei de trazer do banheiro para o quarto. Meus pés estavam em cima do estômago de Rachel; que estava meio dentro e meio fora do pufe. Cheyenne e Vonnie estavam apertadas na cama. Vonnie tinha chinelo em um pé só. Cheyenne roncava.

Eu virei de novo e consegui pegar o celular no bolso. Era Kaleb.

lago hj?

Gemi. Estava com tanta ressaca e destruída por causa da noite anterior... Tudo que eu queria era dormir mais. Mas estava com saudade dele. Queria vê-lo. Mal tive tempo de ficar com ele, então, não tinha a menor chance de eu recusar o convite.

sim, qndo?

1 hora, na sua casa

não, aqui na von

OK

Virei de costas, tirei a perna de cima de Rachel e me espreguicei, esfregando os olhos e desejando ter tomado mais água ontem antes de deitar. Pelo menos, estava com o biquíni aqui e não teria que passar em casa antes.

Fiquei piscando um pouquinho para o teto, mas quando os olhos começaram a fechar de novo, me forcei a sentar. Bocejei e mandei mensagem para minha mãe, avisando que estava indo com Kaleb para o lago e voltaria mais tarde para casa. E fui direto para o banheiro de Vonnie tomar um banho.

Nem tinha que pedir, porque a casa de Vonnie era como meu segundo lar e vice-versa. Durante o verão, eu tomava banho tantas vezes na casa dela quanto na minha. Podia usar o xampu, a lâmina de depilar, tudo. Essa era uma das vantagens de se ter uma melhor amiga como Vonnie. Ela não dava a mínima para bobagens desse tipo.

Mamãe respondeu, dizendo — AVISE SE FOR JANTAR COM A GENTE —, enquanto eu entrava no banheiro. Abri a água, arranquei minhas roupas e dei uma olhada no meu corpo no espelho.

O espelho. Deus!

Meu estômago revirou enquanto voltava o fluxo das memórias, vagas e distantes como em um filme que tivesse visto há muitos anos e não conseguisse realmente lembrar. Mas sabia o que havia feito. Tinha enviado a Kaleb uma foto minha. Posando nua.

Os olhos voltaram ao espelho, sem acreditar. Em um segundo, estava completamente desperta.

Me senti tão vulnerável. Mas de um jeito bom. Era para ele ter gostado da foto. Meu Deus, por favor, tomara que tenha gostado. Aquela foto deve realmente ter surpreendido o Kaleb. E, apesar de nem acreditar que tinha feito aquilo, estava bem empolgada também.

Fechei os olhos. Menos de uma hora. Menos de uma hora para eu ver o Kaleb.

Entrei no chuveiro, desejando mais que tudo que ele tivesse gostado do que viu. Nem passou pela minha cabeça que ele poderia ter outro tipo de reação.

\* \* \*

"E aí? Está vestindo alguma coisa embaixo disso ou pensou em nadar nua?", Kaleb perguntou, apontando o vestidinho amarelo-claro que peguei emprestado do guarda-roupa de Vonnie.

Fiquei envergonhada. Podia sentir o sangue subir para o rosto, esquentando minhas orelhas.

"Nunca se sabe."

"Claro que não", ele disse, estacionando a caminhonete e descendo na calçada da casa de Vonnie com um sorriso. "Você é cheia de surpresas!"

Senti meu corpo inteiro pegar fogo. Kaleb parecia realmente feliz, o que era um grande alívio.

"Gostou?"

Ele me encarou com os olhos bem abertos.

"Você tá de brincadeira, né?"

"Bom, eu não tinha certeza se deveria fazer aquilo. Rachel e Von é que deram a ideia."

Ele se aproximou e pegou a minha mão.

"Me lembre de agradecer a elas."

Uma sensação gostosa inundou meu corpo; parte desejo, parte alívio.

"Fiquei com medo de que você ficasse bravo. Ou de que não gostasse."

"Bom..." Ele riu. "Raiva certamente não foi o que senti. Queria mais era estar aqui na festa em vez de estar naquela pizzaria idiota com o time."

Sorri. Missão cumprida. Chamei a atenção dele. Mostrei que tinha algo que os "amigos" dele não podiam oferecer. Imaginei Kaleb sentado em uma mesa engordurada, cercado por todos aqueles caras, mastigando de boca aberta e falando besteira, quando o celular dele vibrou com a mensagem. Por essa mensagem ele não esperava. Imaginei as sobrancelhas dele subindo e ele engasgando com a pizza. Vi um sorriso secreto se abrir no rosto dele e, na minha imaginação, quando um dos amigos notou, Kaleb disse, *Nada, não, só uma mensagem da Ashleigh.* Gostei de imaginar aquilo. Era como roubar um momento com ele, quando não devia estar ali.

"Olhei a foto mil vezes ontem à noite", disse. "Você realmente me tirou do sério." Exatamente o que queria.

Ficamos no carro, em silêncio por um tempo, nossas mãos estavam tão apertadas que as palmas suavam. Pegamos uma cesta com sanduíches e refrigerantes e paramos na casa do tio dele a caminho do lago para pegar o barco. Passamos o dia na água, nos divertindo, aproveitando o sol e nadando. Deitei atravessada na parte da frente do barco e Kaleb me olhou como nunca tinha feito antes. Quando paramos em uma enseada isolada e sombreada para almoçar, os sanduíches e os refrigerantes esquentaram, enquanto a gente se beijava, nossas pernas enroscadas, as mãos dele passando por meu corpo e debaixo do biquíni.

"Você é tão linda", sussurrou no meu cabelo. "Você não devia ter me mandado aquela foto."

"Por quê?" Parei e me afastei dele.

Ele sorriu e, então, se inclinou, beijando minhas costas.

"Porque só me fez querer você mais do que nunca. Não é justo me mostrar o que não posso ter."

Fiz beicinho.

"Ah, coitadinho. Mas você pode ter isso." E o puxei para perto com um beijo longo e suave.

Depois, ele acariciou meu pescoço com o rosto e respirou fundo, dando beijinhos nos meus ombros e no meu peito, bem na altura do top do biquíni. Encostou o queixo no meu peito e me olhou com o olhar intenso.

"Não precisa me enviar fotos como aquela, Ashleigh. Quero estar com você sempre."

Passei os dedos pelo cabelo dele.

"É exatamente por isso que mandei. Também quero estar com você. Quis mostrar isso."

"Sim, mas e se cair na rede? Vou ter que chutar a bunda de todo cara que colocar os olhos naquela foto."

"Isso não vai acontecer. Só mandei pra você. Não mostrei a foto pra Rachel nem pra Von."

"Ótimo", ele falou, passando o dedo no meu queixo. "Ia ser muito cansativo chutar a bunda de todo mundo e eu prefiro fazer isso." E apertou mais forte o corpo contra o meu, me beijando ainda mais.

Quando estávamos voltando para casa, minha pele estava seca e queimada do sol, o cabelo cheirava água do lago e meu sorriso era tão verdadeiro que eu achava que nunca mais ficaria chateada com ele.

Kaleb ainda tinha um jogo de beisebol para ir, mas eu nem estava ligando. Quando passou os braços em volta da minha cintura e me deu um beijo de despedida, sabia que não precisava mais me importar com os "amigos" dele. Logo iam seguir caminhos diferentes e eu seria a única a estar por perto. Eu seria a única de quem ele se lembraria enquanto estivesse fora. Era só a minha foto que ele veria.

* * *

Quando entrei em casa, mamãe estava sentada no escritório, franzindo a testa enquanto encarava a tela do computador. Ela me olhou, enquanto eu passava, e tirou os óculos.

"Olá, estranha", ela disse. "Vai passar a noite em casa?"

Mudei a rota e fui para perto dela, mergulhando na cadeira de couro ao lado da escrivaninha.

"Bonito vestido. É da Vonnie?"

Concordei com a cabeça.

"É... Mas agora está cheirando água do lago. Tenho que lavar antes de devolver."

Mamãe sorriu.

"Foi bom o dia com Kaleb?"

Balancei a cabeça de novo, torcendo para o "tão bom" daquele dia não estar estampado no meu rosto. Ela ficaria desapontada se me visse grudada em Kaleb de biquíni, dando uns pegas em um barco. O que diria, então, da foto, se soubesse disso? Não podia nem imaginar o sermão que ia tomar. Ela ficaria louca da vida. Registrei mentalmente que tinha que apagar aquilo do meu celular assim que subisse as escadas.

"Você parece cansada. Está tudo bem?"

"Suave na nave", respondi. Era coisa nossa. Desde que me lembro, esse era o jeito que ela checava se estava tudo bem comigo. Essa história veio do pai dela, do tempo que mamãe era criança. Quando vovô tinha um ótimo dia, costumava dizer "Suave na nave!". Mas, quando as coisas não iam tão bem como queria, ele falava "Tudo bem, mas o astral precisa de conserto". Isso sempre fez a mamãe rir. Então, ela me passou a história. Sempre que me perguntava "Tudo bem?" eu deveria responder "Suave na nave" ou "Meu astral precisa de conserto".

"Só estou cansada", continuei. "Não dormi muito na noite passada."

"Ah", disse. "Bom, nem eu." Recolocou os óculos e se virou de novo para o computador. "Estou tentando finalizar esse orçamento, mas os números não fecham. Acho que essa semana seu pai não estaria disposto a trocar de lugar comigo — ele gerencia a pré-escola e eu fico com o mundo acadêmico, que tal?"

Franzi o nariz, olhando para ela.

"Duvido."

Meus pais se conheceram na faculdade, os dois se graduaram em Pedagogia. Eles se formaram, casaram e papai começou a lecionar no 6º ano, enquanto mamãe foi ser diretora de uma pré-escola. Depois que nasci, ia com ela todos os dias para o trabalho e papai fez carreira até chegar a diretor de uma escola de ensino fundamental. Foi diretor por bastante tempo até que, no ano passado, quando o Superintendente Regional de Ensino se envolveu em um escândalo público e foi descoberto que havia muita sujeira para limpar na gestão dele, meu pai se candidatou ao posto e conseguiu. Mamãe amava o trabalho dela, apesar de não pagar muito bem, porque sempre adorou as crianças da pré-escola. Costumava dizer que ficava contente por ser o papai, e não ela, que tinha que trabalhar na superintendência regional. Dizia que ele é o "doutor superintendente" e falava que ele estava sempre muito ocupado "salvando o mundo". E quando falava essas coisas, tinha um ar de... algo por trás da voz dela. Sarcasmo? Ciúme, talvez? O trabalho do papai era importante e parecia que a gente não ia a lugar nenhum sem que aparecesse alguém para reconhecê-lo e dizer que precisavam conversar sobre algum assunto ou mudança que devia ser feita.

"Bom, então. Acho melhor terminar logo esse orçamento", ela disse. "Vai jantar com a gente?"

"Claro. Vou tomar outro banho antes. E talvez tirar uma soneca."

Franziu a testa e tirou os óculos de novo.

"Tem certeza de que está tudo bem?"

"Suave na nave, mamãe. De verdade."

De fato, estava tudo muito suave na nave. Depois do dia que passei com Kaleb, eu estava pra lá de ótima.

Arrastei-me escada acima para ir para o quarto, as coxas doendo da corrida de ontem, meu corpo inteiro parecia moído e desidratado, mas não ligava a mínima. Tirei os chinelos enquanto fechava a porta e abri o laptop para checar os e-mails.

Havia uma mensagem da minha amiga Sarah, que tinha um irmão, Nate, na equipe de beisebol de Kaleb.

Era só uma frase. Uma frase que nunca vou esquecer, não importa quanto tempo viva.

**NATE DISSE Q VIU UMA FOTO SUA PELADA ONTEM.**

# DIA 10

## Serviço comunitário

"Tina quer que você se encontre com Kaleb", foi o que papai me disse em vez de me cumprimentar enquanto eu entrava no carro depois do colégio. Parei, com uma perna ainda para o lado de fora.

"O quê?" Não ouvia o nome da minha advogada desde o dia da sentença.

Papai ligou o carro e eu pus a perna para dentro, fechei a porta e passei o cinto de segurança.

"Mas achei que o juiz queria a gente bem longe um do outro", disse. "Eu não deveria ter mais contato com ele. Aconteceu alguma coisa?"

Papai checou o retrovisor e entrou no fluxo de trânsito.

"Aparentemente, há um pedido de desculpas envolvido. Acho que o advogado dele está tentando arranjar isso. Não sei direito, mas talvez esteja tentando entrar com alguma apelação no caso dele."

O coração martelava no meu peito. Não vi mais Kaleb desde aquele dia em que bati a porta da caminhonete dele e fui embora. E não ouvi mais a voz dele desde aquele último e horrível telefonema. Pensei nele um milhão de vezes, como a vida dele tinha mudado, se já tinha decidido se tudo aquilo tinha valido a pena. Perguntei a mim mesma se ele estaria feliz com o rumo que tudo aquilo tomou.

Feliz.

Lembrei de quando Kaleb e eu éramos felizes. Antes de toda briga, antes de tudo... aquilo.

Pensei na gente enroscado um no outro no ônibus de ida e volta das reuniões esportivas. Naquela época, não me importava que ele fosse dois anos mais velho do que eu. Ninguém achava nada de mais. A gente era feliz. Mesmo depois de tudo o que aconteceu, ainda não consigo olhar para esses momentos como algo ruim. Não importa o que aconteceu, esses momentos que tivemos foram muito bons. Com certeza, ele também pensava isso.

"Quando?", perguntei.

"Bom, ainda não concordei", disse papai. "Queria ter certeza de que você estaria à vontade com isso. É claro que tenho a minha própria opinião a respeito do que ele te deve, mas se não quiser vê-lo, eu compreendo."

Pensei naquilo. Depois de um dia como hoje, que passei escondida na biblioteca durante o almoço e andando sozinha pelos corredores enquanto Vonnie, Cheyenne, Anne e todo mundo que antes eu chamava de "amigo" estava se divertindo, rindo e esquecendo que eu existo; em que sabia que seria maltratada por Kenzie e Angel durante o serviço comunitário... Será que eu realmente queria vê-lo? Um pedido de desculpas seria suficiente? Ou será que eu ainda ia acabar sentindo pena dele? Não estava pronta para sentir pena dele. Mas decidi que ele realmente me devia um pedido de desculpas. Mesmo que significasse ajudá-lo a conseguir uma apelação no caso, eu queria ouvir.

"Onde?"

"Não sei." Papai deu de ombros, virando o carro para entrar no estacionamento do Escritório Central. "Talvez no tribunal. Ou quem sabe na delegacia de polícia. Ainda tenho que conversar com Tina sobre isso." Ele parecia cansado desse assunto. A imprensa continuava a persegui-lo por causa dessa história. Ele foi exposto publicamente e eu tinha lido que alguns membros da comunidade local queriam ir à próxima reunião do conselho para pedir a renúncia dele do cargo de Superintendente ou pressionar para que os conselheiros o demitissem. Papai nunca falou nada disso em casa; só fiquei sabendo por causa da pesquisa que estava fazendo e tinha medo de falar sobre isso com ele.

Mamãe também estava de bico calado diante de tudo que estava acontecendo. Colocava um sorriso no rosto toda noite quando eu voltava para casa. A gente fazia o jantar juntas, como sempre. Ela falava sobre as crianças e sobre o dono da pré-escola, que, às vezes, a deixava louca da vida. Mas a gente nunca conversava sobre a foto. Nunca falava sobre o que ainda estava acontecendo, sobre o serviço comunitário e sobre o papai. E ela também nunca mais me perguntou se estava "tudo bem". Acho que já sabia a resposta para essa pergunta.

Ou, quem sabe, nem ligava. Talvez achasse que, se não estava tudo bem, era minha culpa.

"Você iria comigo?", perguntei para o meu pai.

Ele manobrou o carro na sua vaga de estacionamento e o desligou.

"Seria melhor a sua mãe ir com você dessa vez, Ash", respondeu. Não parecia bravo nem chateado, apenas cansado e receoso. "Não sei quanto deveria me aproximar desse assunto agora. E não sei se posso confiar em mim mesmo a ponto de estar na mesma sala com Kaleb."

Sabia aonde ele queria chegar. Certamente queria arrancar a pele de Kaleb, e a última coisa de que precisava era dar outra história para a mídia; dessa vez, envolvendo o Superintendente das Escolas Públicas de Chesterton em uma agressão a alguém na sala do tribunal. Especialmente alguém que estava tentando se desculpar. Tudo que papai não precisava era parecer desequilibrado por causa disso tudo. Abrimos as portas do carro, deixando o vento fresco do outono nos abraçar. Respirei fundo, me preparando para outra sessão de serviço comunitário.

"Ok", disse. "Diga a Tina que me encontrarei com ele. Talvez seja bom ouvi-lo admitindo o que fez."

E percebi como essa afirmação era verdadeira. O quanto eu queria, depois de meses de negativas e mentiras, ouvir Kaleb finalmente admitindo que traiu minha confiança. De algum modo, era isso que sempre quis dele.

Era muito pouco e tarde demais, mas era alguma coisa.

\* \* \*

Quando entrei na sala 104, logo reparei que tínhamos um novo companheiro no Diálogo Adolescente. Não demorou muito para Kenzie fazer todo mundo saber que seu nome era Cord e que estava ali por causa de drogas.

"Isso é o maior papo furado", cochichou para Angel, alto o bastante para todo mundo na sala ouvir. "O diretor disse que ele estava vendendo no estacionamento, mas ninguém nunca conseguiu pegar o cara. Procuraram no armário e nas coisas dele. Aí, tipo, lá pela terceira vez que deram busca no carro dele, finalmente acharam um saquinho plástico e todo mundo começou a gritar 'maconheiro!'. Ele vendia desde o 7º ano, mas não tinham prova, porque ele é mesmo muito bom em esconder."

"Caraca, como é que você sabe disso tudo, hein?", perguntou Darrell, que ficou um tempão parado perto da mesa da Sra. Mosely com o grampeador na mão. A Sra. Mosely tinha saído da sala, deixando a gente sozinho inclusive Cord, que estava sentado dois computadores atrás de mim, ouvindo música no seu iPod. "Você não sabe de nada."

"O caramba que eu não sei", Kenzie devolveu. Virei na cadeira e pude ver que as pontas das orelhas dela tinham ficado vermelhas, enquanto balançava bem devagar uma tesoura na frente do corpo. Não era uma ameaça, mas o suficiente para Darrell entender a dica. "Minha amiga é daquela escola e comprava dele toda hora." A essa altura, Kenzie não estava mais cochichando, e lancei um olhar para Cord, que parecia alheio à conversa. O que, provavelmente, era ótimo. Não sabia o que faziam com quem se envolvia em uma briga no primeiro dia de serviço comunitário, mas não podia ser nada bom.

"Sua 'amiga'... Sei...", Darrell debochou, fazendo aspas com os dedos. "Tá bom."

"Tá bom mesmo", respondeu Kenzie.

"Por que não deixa pra lá, Darrell?", interveio Angel, mas falou baixinho. Todo mundo sabia que Angel e Darrell eram amigos há muito tempo. "Nem é sobre você."

Ele olhou para Angel e balançou a cabeça.

"Kenzie, você é tão metida. Acha que sabe tudo de tudo", ele disse e largou o grampeador em cima dos papéis, voltando para o computador. "Sabe bosta nenhuma!", resmungou enquanto puxava a cadeira.

"Tá bom, vai falando, Darrell", Kenzie retrucou e ainda acrescentou algo sobre o hálito dele e Angel e ela morreram de rir.

Voltei a olhar para o computador, feliz por ninguém ter me enfiado na conversa. Já tinha tido minha dose de interação com Kenzie — estava sempre me chamando de supermodelo e fazendo piadinhas para mim a respeito de enviar mensagens. Queria mais é que ela terminasse seu folheto ou que tivesse logo o bebê, assim a gente poderia ficar em paz. A Sra. Mosely voltou para a sala e olhou o relógio.

"Alguém precisa de um intervalo para ir ao banheiro?"

Todo mundo levantou, como a gente fazia todo dia. Precisando ir ao banheiro ou não, esse intervalo era bom simplesmente para descansar os olhos da tela do computador ou os ouvidos da falação de Kenzie.

Saímos em massa para o corredor. Kenzie e Angel voaram para o banheiro feminino, enquanto Darrell seguiu na direção do masculino. Cord parou em pé diante de um quadro de avisos, como se aquilo fosse a coisa mais interessante que já tinha visto na vida. E Mack foi para a máquina de doces embaixo da escada, como sempre fazia.

Fiquei circulando perto das escadarias, principalmente para matar tempo, mas também olhando na direção da máquina de doces. Além do dia em que mandou Kenzie e Angel me deixarem em paz, nunca ouvi outra palavra de Mack. Dia após dia, ele se sentava quieto em sua cadeira, com os fones de ouvido, clicando, clicando e clicando o mouse. A Sra. Mosely nunca perguntava como estava indo o projeto dele. Nunca se oferecia para ler o trabalho. Nem nunca lhe deu nenhuma orientação. Nem mesmo quando se aproximava do meu computador e ficava com o ombro literalmente esbarrando no dele.

Eu pensava sobre Mack. Um monte. Me perguntava qual seria a história dele e por que essa era a única que Kenzie parecia não conhecer. Ou, pelo menos, por que essa era a única que ela não ficava comentando com todo mundo se conhecia.

Vi sua sombra enquanto colocava moedas na máquina e apertava alguns botões. O jeans da jaqueta estava desgastado no cotovelo e sua pele pálida estava aparecendo ali. Suas calças estavam largas na cintura e a barra estava suja e rasgada.

"Quer um doce?", ele perguntou e na hora não percebi que estava falando comigo.

"Hã?"

Ele não se virou, mas repetiu:

"Quer um doce?" E acrescentou: "Tenho umas moedas a mais, se quiser um doce".

"Ah..." Dei uns passos na direção dele, colocando o cabelo atrás da orelha. "Sim. Claro."

Colocou mais moedas na máquina e apertou os botões. Uma caixa de balinhas caiu e ele se abaixou para pegar. Trouxe para mim, fazendo isso tudo sem me olhar nos olhos.

"Obrigada." Peguei a caixa e abri.

"Sem problema." Ele rasgou sua caixa, levantou o queixo e despejou umas balinhas na boca. Podia sentir o cheiro de canela.

Não sabia bem o que dizer a ele. Eu sabia tão pouco sobre Mack que me parecia impossível começar uma conversa. Estava curiosa, mas não queria me meter na vida dele, fazendo uma porção de perguntas. Gostava do meu anonimato, assim do jeitinho que era, e odiei quando Kenzie resolveu falar sobre mim, então quem era eu para me meter na vida pessoal de alguém?

Mas me senti como uma idiota, parada lá comendo doces sem falar nada, então fiz a pergunta que me pareceu menos invasiva:

"Você estuda no Chesterton?"

"Não mais."

"Ah..."

A porta do banheiro foi aberta e ouvi conversas ao fundo. Não sei por quê, mas parecia que Mack e eu estávamos escondidos nas sombras debaixo da escada, afastados dos outros, afastados de todo aquele drama.

"Mas você era aluno de lá, não era?", perguntei.

Ele concordou com a cabeça.

"Até uns meses atrás. Nós fizemos aula de Artes juntos no 9° ano. Você fazia dupla com aquela garota Vonnie."

"Ela é minha melhor amiga. Bom... mais ou menos", corrigi. Tinha visto Vonnie no corredor mais cedo naquele mesmo dia. Estava andando com Will Mabry e ele estava com o braço em volta dela. Acenei, imaginando quando esse rolo começou, quando ela ficou com Will e por que não tinha me contado nada, mas Vonnie não viu meu aceno — ou, pelo menos, eu achava que não tinha visto — e foi embora.

"Ela é meio nojenta", disse Mack. "Você devia ter uma melhor amiga mais legal."

Queria defender a Vonnie, dizer para o Mack que ela era uma ótima melhor amiga. Mas, naquele momento, não dava. Não sabia como a gente estava. Não sabia se ela estava brava comigo ou se eu deveria estar brava com ela, não sabia se ainda era amiga de Rachel, o que parecia uma barreira intransponível entre nós, por mais que eu entendesse que Vonnie ficou meio dividida entre nós duas depois do que aconteceu. Era muito estranho Vonnie e eu não estarmos mais juntas, passeando por aí. Era como se, depois daquilo tudo ter acontecido, ela tivesse seguido em frente sem mim. Não parecia estar brava comigo, parecia apenas desinteressada.

"É melhor a gente voltar antes que Mosely fique brava com a gente", eu falei e ele riu.

"A Mosely é legal", resmungou e passou por mim, seguindo pelo corredor, distraído, com a caixa na mão e ignorando completamente Darrell, que tentou pegar umas balas dele.

Fiquei ali na sombra por mais um instante. O que ele quis dizer com 'eu devia ter uma melhor amiga mais legal?'. E por que não conseguia me lembrar desse cara no Colégio Chesterton? Especialmente se fizemos a mesma aula juntos?

Quando enfim consegui sair do lugar e segui-lo pelo corredor, Mack já estava no seu computador com os fones no ouvido.

# AGOSTO

> **Número Desconhecido 73**
> Oi, moça!
> Ñ sei se vc tá sabendo... mas tá todo mundo falando de vc.
> Alguma coisa sobre uma foto...?
> Sabe o que tá rolando?

Liguei para Kaleb assim que li o e-mail de Sarah sobre o irmão dela ter visto a foto que eu enviei na noite passada. Minhas mãos tremiam enquanto eu segurava o celular. *E se isso vazar na rede?* Kaleb tinha me perguntado no lago. Tinha perguntado por que sabia que já estava na rede?

"Já está com saudade?" Ele ainda estava na caminhonete, dirigindo.

"Pelo amor de Deus, Kaleb, como Nate viu minha foto?"

Silêncio... exceto pelo barulho da caminhonete passando pelos buracos da estrada.

"Hã? Como assim?"

"Sarah me mandou um e-mail, dizendo que o Nate viu uma foto de mim nua. Você mostrou pra ele?"

"Não. Ele não viu. De jeito nenhum. Não mostrei pra ninguém."

"Você falou disso pra ele?"

"Bom... sim... falei, mas... Juro que não mostrei pra ninguém."

Meus olhos arderam.

"Você falou disso pra ele?! Contou pra todos seus amigos?"

Outra pausa para o silêncio. Ouvi o som distante dos freios acionados e o barulho do motor da caminhonete diminuindo. Ele tinha parado o carro.

"Não inventa problema, Ash."

"Pra mim é um grande problema. Não mandei aquela foto pra você exibir por aí."

"Eu não exibi por aí. Já te falei."

"Então como foi que o Nate disse que viu? Droga, Kaleb, a gente teve um dia tão legal."

"Não sei por que ele disse isso. Não tenho ideia." Ele ficou calado e acho que voltou a dirigir. "Olha, tenho que ir. Não arruma confusão com isso. Vou falar com o Nate e descobrir o que está acontecendo. Eu te ligo mais tarde, ok?"

Fechei os olhos e esfreguei o rosto com as mãos. Não acreditei nele. Nunca tive essa sensação com Kaleb. Nunca desconfiei dele. Mas algo dentro de mim sabia que ele estava mentindo. E detestava a sensação de estar tão brava com ele agora, depois de termos passado um dia tão bom juntos.

"Ok", disse.

"Eu te amo, Ash. Eu fui o único que viu a foto."

"Ok", repeti, incapaz de fazer minha boca dizer "eu te amo", porque a única palavra que meus lábios queriam falar era "mentiroso".

Desliguei o celular e fiquei um tempo sentada na cama, com os olhos grudados no e-mail de Sarah.

**NATE DISSE Q VIU UMA FOTO SUA PELADA ONTEM.**

Olhei fixamente para aquelas palavras, desejando que se misturassem, mudassem e formassem outra frase diferente. Que não estivessem dizendo aquilo que eu mais temia: *Seu namorado é um mentiroso que traiu sua confiança.*

Ouvi a porta da frente abrir e fechar, o som abafado das vozes dos meus pais. Papai estava em casa e minha mãe provavelmente o impediu de fugir para sua toca. Logo o cheiro do jantar chegaria até meu quarto e eles esperariam que eu descesse.

O odor da água do lago no meu cabelo, de repente, me deu náusea. Suspirei e me forcei a ir tomar banho. Dessa vez, evitei me olhar no espelho.

Nate ainda estava no Chesterton, assim como dois outros garotos da equipe de Kaleb. E se realmente tivessem visto a foto? Eu ia morrer toda vez que encontrasse com eles no corredor.

Entrei debaixo da água quente do chuveiro e desejei acreditar em Kaleb. Me forçar a acreditar nele não era muito difícil. Pode ser que Kaleb tenha se gabado da foto que enviei a ele, e Nate era apenas um dos garotos que estavam por ali. Os caras costumam mentir sobre sexo toda hora. Por que Nate não mentiria sobre isso? Provavelmente ficou com inveja. Era bem a cara dele ficar com inveja e aí agir como se fizesse parte da história de algum jeito.

Quando desliguei o chuveiro, a água estava ficando fria, e eu estava quase convencida de que tudo ficaria bem. Tudo daria certo.

Me vesti e desci as escadas, onde o cheiro de frango com curry estava tão forte que praticamente queimou meu nariz por dentro.

"Aí está ela", disse meu pai do seu lugar à mesa, com a testa aparecendo por cima de um jornal. Era um ritual noturno dele. Chegar em casa, conversar com a mamãe sobre alguma crise que ela estava enfrentando na pré-escola, trocar de roupa e vestir umas calças que ele chamava de "roupa de descanso", mas eram apenas umas calças cáqui velhas e macias, sentar em sua cadeira à mesa da cozinha e comentar as notícias do jornal enquanto a mamãe preparava o jantar.

"Oi, pai." Inclinei-me sobre o jornal para dar um beijo na bochecha dele, tentando disfarçar a sensação de vergonha que estava começando a sentir, como se ele também já soubesse da foto. Sabia que não era possível, mas até algumas horas atrás, eu também diria que era impossível que Nate soubesse sobre aquilo.

"O que fez hoje?", papai perguntou.

Lembrei de Kaleb e eu dando uns amassos no barco do tio dele e minha vergonha aumentou mais ainda. Baixei os olhos com medo de estar vermelha.

"Lago", foi tudo que respondi.

"Com Vonnie?"

Balancei a cabeça.

"Com Kaleb."

"Ah", falou por trás da sua parede de jornal. "E quando é que o Sr. Namorado vai para a faculdade?"

"Em algumas semanas."

"Vou tentar não chorar", papai entonou. Ele nunca foi fã de Kaleb. Não tinha nenhuma razão concreta para não gostar dele — exceto que, para ele, Kaleb tinha "um ar de prevaricador", que não merecia confiança. Mamãe achava que papai tinha receio de que Kaleb tirasse a inocência da sua garotinha, porque é isso que os garotos gostavam de fazer. Se ao menos ele soubesse...

"Para com isso, Roy!", mamãe falou lá ao lado do forno, então tentou mudar de assunto. "Você pode fazer a salada, Ash?"

"Claro", balbuciei, contente por poder mergulhar no ar frio da geladeira. Me escondi ali, fingindo estar procurando por ingredientes.

Enquanto servia o meu jantar, ouvindo os dois conversarem sobre a escola, *cross-country* e Kaleb, a mesmice do nosso ritual familiar me fez ter mais medo de que a história da foto com Nate piorasse em vez de melhorar. E se Nate tivesse mesmo visto? E se a foto vazasse e mamãe e papai descobrissem que fui eu que mandei? *E se aquilo vazasse pra todo mundo?*

Quando Vonnie ligou perguntando se eu queria dar uma volta no shopping, eu estava uma pilha de nervos, angustiada, tentando encontrar o que fazer para tirar tudo aquilo da cabeça.

\*\*\*

"As aulas voltam em uma semana. Você não pode aparecer com as mesmas roupas do 2º ano", Vonnie me disse assim que entrei no carro, seu anel gigante de flor refletiu o sol e quase me cegou, enquanto ela dava marcha a ré na frente de casa. "Agora somos veteranas. É meu dever garantir que você esteja gostosa." Tive medo só de pensar em voltar ao colégio. Ainda não tinha contado a Vonnie sobre o e-mail de Sarah. Não queria parecer gostosa. Não com Nate e seus amigos circulando por ali, sabendo da foto que eu tinha enviado para Kaleb. Desejei nunca ter enviado aquilo. Se pudesse voltar atrás, voltaria.

"Sei...", respondi e liguei o rádio bem alto durante todo o caminho para o shopping, assim não precisaria ouvir a falação dela sobre me deixar gostosa.

Circulamos pelas lojas com Vonnie gritando e pulando cada vez que encontrava um "colega perdido" desde o começo das férias. Eu ficava meio escondida atrás dela, brincando com uma mecha do meu cabelo e pensando em Kaleb. Mal consegui dar oi para alguém.

"O que você tem?", Vonnie perguntou enquanto vasculhava uma arara de cardigãs. "Está quieta demais hoje. E nem comprou nada."

"Não é verdade", respondi, erguendo a sacolinha que estava enrolada em volta da mão. "Comprei os brincos, lembra?"

"O quê? Vai aparecer de brincos e pijamas no primeiro dia de aula? Tão glamorosa!"

Passei pelos cabides das araras para parecer ocupada. Tudo era muito chique, muito casual, muito decotado ou muito recatado para mim.

"Vou encontrar alguma coisa legal, só não estou muito no clima de fazer compras."

Vonnie olhou para mim fixamente como se eu fosse uma estranha, a mão dela parada no ar sobre uma arara.

"Nunca vi você sem clima pra fazer compras."

"Acho que tem a primeira vez pra tudo, né?", eu disse encolhendo os ombros. "Ahã", ela disse, balançando o dedo na minha frente como uma professorinha, as pulseiras chacoalhando no braço. "Aconteceu alguma coisa. Fala agora."

Respirei fundo, esfreguei a mão no rosto e sentei em um pufe acarpetado.

"Acho que Nate Chisolm pode ter visto a foto."

"Que foto?" Vonnie parecia confusa.

"Você sabe, *aquela foto*. Minha." Ainda parecia estar confusa. "Na sua festa."

Ela arregalou os olhos, colocou a mão sobre a boca, puxou o ar fundo e todas as pulseiras tilintaram até chegar ao cotovelo.

"O *nude*? Tinha esquecido completamente disso!"

"Psssiu!" Olhei em volta. Felizmente, não havia ninguém por perto. Já estava pronta para morrer de vergonha, tudo o que não precisava era de uma multidão ouvindo aquilo. "Caramba, Von, fala um pouco mais alto. Acho que o povo no estacionamento ainda não te escutou."

"Desculpa". Sentou perto de mim. "Mas você está falando da foto pelada, certo?", perguntou, dessa vez sussurrando.

Concordei com uma expressão miserável.

"Kaleb contou para o time todo e Nate disse que viu."

"Não acredito. Que idiota!"

Revirei os olhos.

"É só que... Kaleb diz que não mostrou para Nate, mas, não sei por que, acho que ele tá mentindo pra mim. Quer dizer, por que Nate mentiria? Kaleb não quer que eu faça tempestade em copo d'água por causa disso, mas... Não sei. Ainda estou louca da vida."

"Ah, mas é claro que tem que estar. Eu também estaria louca da vida com ele. Não podia imaginar que faria isso. Os caras que já estão na faculdade não deviam ser mais maduros?"

"Kaleb ainda não está na faculdade e Nate, definitivamente, não é maduro." Cobri o rosto com as mãos, apoiando os cotovelos nas pernas. "O que eu vou fazer?"

Vonnie se aproximou e afagou as minhas costas.

"Tenho certeza de que vai ficar tudo bem, Florzinha. Provavelmente, Nate é o único que está mentindo e nem viu nada."

"Queria não ter enviado a foto", lamentei, com o rosto ainda enterrado nas minhas palmas.

"Ah, gatinha, não fala assim. Kaleb vai embora daqui a umas semanas. Você ama o cara. Ele te ama. O Nate que é um zé-ninguém."

"Por favor, não conta pra ninguém."

"De jeito nenhum", Vonnie jurou, levantando e estendendo a mão para mim. "Nem em um milhão de anos."

"Espero não encontrar o Nate por um tempo. Seria a morte pra mim." Vonnie chacoalhou a mão no ar e fez um barulho meio "pffffit!".

"Mesmo que seja verdade e ele tenha visto a foto, você provavelmente fez o ano do cara. O Nate é um idiota. Não vai ver outra garota nua, tipo, pelo resto da vida. A não ser que você tire outra foto." Ela apertou os lábios, segurando um sorriso malicioso.

"Isso não ajuda em nada."

Vonnie inclinou a cabeça de leve.

"Sério, Florzinha. Ele já deve ter esquecido. Todo mundo já esqueceu. Até você tocar no assunto hoje, eu já tinha deixado pra lá. Você é a única que ainda tá pensando nisso."

Segurei a mão dela e deixei que me puxasse. Estava me sentindo um pouco melhor. Vonnie tinha razão. Se Nate tinha visto, já tinha esquecido. Em uma semana, já estaria interessado em outro escândalo. No final do ano, nem se lembraria de ter visto a foto.

Fiquei animada e passei o resto da noite experimentando roupas confortáveis que caíam superbem no meu corpo; sempre imaginando o que Kaleb acharia, como gostaria dessa ou daquela combinação de peças. Tentando me lembrar de que o amava e que tinha enviado aquela foto porque queria que ele me desejasse. Não havia nada de errado em querer ser desejada. Todo mundo quer, não é mesmo?

Tomamos milk-shakes na lanchonete com um grupo de amigos, incluindo Rachel, que estava com seu primo, e conversamos sobre tudo, menos mensagens, fotos e a festa de Vonnie. Quando ela me deixou em casa, sentia tanta falta de Kaleb que chegava até a doer.

Mamãe e papai estavam vendo TV no quarto deles e o restante da casa estava no escuro. Gritei que estava em casa e, então, fui até a geladeira pegar um refrigerante.

O celular tocou, eu levei um susto e bati a parte de trás da cabeça na porta da geladeira. Esfreguei um pouco, enquanto tirava o aparelho do bolso. Era Kaleb.

"Oi", atendi.

"Desculpa, gatinha. Não devia ter contado pra eles."

"Tudo bem", falei, soltando um suspiro. "Mas tem certeza de que não *mostrou* pra eles?"

"Claro. Falei com o Nate. É só um idiota. Ele não vai mais tocar no assunto."

"Ok. Que bom."

"Me perdoa?"

Fiquei quieta. O que havia para perdoar? Afinal, eu também havia contado sobre a foto para as minhas amigas. Kaleb não era culpado por nada que eu também não tivesse feito.

"Tudo bem. Mas daqui pra frente, nossas histórias são só nossas, tá bom?"

"Sim, claro. Já pisei na bola uma vez, não vai acontecer de novo."

"Ok. Ótimo." Subi a escada para o meu quarto. "A gente se fala amanhã?"

"Claro. Te amo."

"Também te amo."

Mas enquanto desligava, não pude deixar de me perguntar se o tom que estava sentindo nas palavras de negação de Kaleb não seria aquele "ar de prevaricador" de que papai falava.

E não conseguia ignorar a vozinha dentro da minha cabeça que dizia que se ele pisou na bola uma vez, por que não pisaria de novo?

# AGOSTO/ SETEMBRO

**Número Desconhecido 81**
GOSTOSA pra caraaaaaalho!

Voltamos às aulas em uma terça-feira de agosto. Kaleb viajou na quinta-feira seguinte para participar da orientação dos calouros. A faculdade sugeriu que o melhor jeito de os calouros não sentirem muita saudade de casa durante a orientação era evitar o contato durante a primeira semana. Assim, já iam se acostumando a morar sozinhos e podiam se concentrar em conhecer melhor o campus.

Na quarta-feira à noite, ficamos juntos no porão da casa dos pais dele até o último segundo antes do meu toque de recolher. A gente se beijava e se abraçava como se quiséssemos compensar o tempo que ficaríamos longe um do outro. Chorei quando ele me deixou em casa. Aquilo parecia tanto um adeus. Não sabia como ia conseguir passar um dia, muito menos uma semana, um mês, um semestre sem ele.

No começo, eu parecia um zumbi, sem pensar em mais nada além de Kaleb. O que estaria fazendo e com quem estaria convivendo. Estava tão apaixonada e com tanta saudade que chegava a doer. Não tinha conseguido ficar com ele tanto quanto queria durante o verão. Mas agora era diferente. Pelo menos durante a temporada de beisebol eu podia dar uma passada por lá, se quisesse; podia vê-lo um pouquinho. Com Kaleb na faculdade, eu não tinha escolha a não ser ficar longe dele.

Quando a primeira semana acabou, ele não me ligou. E nem atendia quando eu telefonava. Estava convencida de que algo horrível tinha acontecido com ele, e de que algo terrível tinha acontecido com a gente. Então, quando finalmente nos falamos uma semana e meia depois que ele tinha viajado, brigamos.

Eu liguei e ele finalmente atendeu, mas disse que estava muito ocupado para falar. No fundo, ouvi barulho de pratos batendo e risadas de garotas.

"Estava preocupada com você. Você devia ter me ligado há dias", argumentei.

"Estou mesmo muito ocupado. Você não entende. A gente tem que fazer um milhão de coisas durante a orientação. Não dá tempo de falar com ninguém. Mal consegui conversar com meu colega de quarto. Olha, tenho mesmo que desligar."

Meus olhos se encheram de lágrimas e mordi o lábio, me sentindo paralisada. Ele estava tão distante que eu mal reconhecia sua voz.

"Tudo bem. Você me liga mais tarde?"

"Talvez amanhã ou depois."

Agora meus olhos estavam ardendo, e eu sabia que iria chorar se a conversa continuasse. Primeiro os amigos, então a semana de orientação e agora ele estava ocupado demais. Por que parecia que sempre havia algo mais importante para Kaleb do que eu? Estava com muita saudade dele, não queria dizer mais nada.

"Ok. Eu te amo."

Ele ficou quieto e ouvi de novo as vozes de garotas ao fundo.

"Hã... não estou sozinho aqui."

"E daí? Por isso não pode dizer que me ama?"

"Não agora."

"Por que tem garotas aí, né?"

"Não, porque tem mais gente aqui, Ashleigh." Sua voz era baixa e sussurrada no telefone, como se estivesse tapando a boca com a mão ou falando virado para a parede, algo assim. "Sem chilique."

"Não é chilique", respondi, as lágrimas finalmente escorrendo. Enxuguei os olhos. Sempre chorava quando ficava brava. Odiava isso. Queria ser fria e venenosa. Gelada. Em vez disso, sempre virava uma menininha, era uma vergonha. "Não acho que seja muito pedir pra você dizer que me ama. Estou com saudade."

"É que você não entende. Você ainda tá no colégio..."

"Ah, então agora eu sou uma garotinha imatura do ensino médio? Não era isso o que você pensava no mês passado, quando mostrou minha foto na mesa da pizzaria."

"Eu não mostrei a foto. Já falei."

"Ah, claro. Então o Nate conseguiu ver por conta própria."

Uma parte de mim ficou surpresa por falar de novo nessa história do Nate. Kaleb jurou que tinha dito a verdade e que não deixou ninguém ver. Jurei que acreditava nele e nós dois prometemos deixar isso para lá, mas meu coração não concordava. Não podia. Porque, no meu coração, eu não acreditava mais nele.

Por fim, deixei Kaleb voltar para o que o deixava tão "ocupado". Desligamos, bravos, e depois desse dia mal conseguíamos nos falar sem que a conversa voltasse mais uma vez para essa briga. Foi uma reviravolta horrível: eu o acusava de mentiroso, dizia que nunca me amou; e ele falava que eu era imatura, que não conseguiria entender o que ele estava passando até que chegasse minha vez de ir para a faculdade. Então nós desligávamos o telefone e dali a três horas começávamos a trocar mensagens, dizendo que estávamos arrependidos, que a gente ainda se amava demais, que os dois andavam muito estressados. E que eu devia deixar para trás essa história da foto, porque eu estava errada.

Até que um dia cruzei com Nate no corredor do colégio. Meu coração deu um salto no peito e instantaneamente comecei a transpirar. Tentei ao máximo disfarçar, porque estava junto de outras garotas da equipe de *cross-country* e não queria que percebessem o que estava acontecendo.

Nate olhou diretamente nos meus olhos, acenou de leve e, então, fechou o armário, chamou alguém que eu não consegui ver do outro lado do corredor e foi embora. E foi isso. Olhou bem para mim. Não houve nada tipo "eu sei da foto". Sem olhar de malícia. Sem insinuações. Sem comentários.

Talvez ele nunca tivesse visto mesmo a foto. Talvez Kaleb estivesse dizendo a verdade todo esse tempo. Me senti superculpada por todas as acusações que havia feito.

Liguei para ele naquela noite porque queria dizer como estava me sentindo mal. Para confessar que sabia que ele estava dizendo a verdade, que deveria ter confiado nele desde o começo, porque nunca tinha feito nada para que eu desconfiasse e que ele não merecia minhas dúvidas.

Mas uma garota atendeu o celular dele.

"Quem é?", perguntei, com a garganta apertada e os dedos já formigando.

"É a Holly", respondeu a vozinha atrevida do outro lado da linha. "E aí, quem é?" E então ouvi um risinho alegre ao fundo... de outra garota... e alguns murmúrios e uma gargalhada, que reconheceria em qualquer lugar. Kaleb.

Foi preciso alguns segundos para o meu cérebro registrar o que estava acontecendo ali e para a minha boca ser capaz de dizer tudo o que estava pensando, e nada disso era bom.

"O Kaleb está? Aqui é Ashleigh, a *namorada* dele."

Forcei bem a palavra *namorada*, talvez até demais, porque ouvi um barulho abafado e, então, pude ouvir a garota dizer longe do telefone: "Kaleb, é a sua *namorada*", forçando bem a pronúncia como eu tinha feito antes, me zoando. Me senti como uma criancinha sendo provocada por outras mais velhas e a raiva subiu tão vigorosamente que me travou a garganta.

"Oi, Ash", Kaleb atendeu. Ele teve a cara de pau de parecer relaxado, o que me deixou ainda mais enlouquecida.

"Se divertindo por aí?", falei com um nó na garganta.

"Hã?"

Respirei fundo, mas não foi o bastante para reequilibrar minha voz.

"Então, quem é Holly? Deixa eu adivinhar... É uma colega de estudos."

Houve uma pausa, ouvi passos e o barulho de uma porta se fechando, como se ele tivesse ido para um lugar com mais privacidade.

"Na verdade, ela é, sim. Você não vai dar chilique de novo, vai?"

"Na verdade, eu vou, sim!", gritei no telefone, já totalmente fora de controle. "Toda vez que ligo, você não pode falar ou está rindo com algumas garotas, e vem me dizer que elas são suas colegas de estudo?! Que mentira, Kaleb! Você está transando com elas?" E lá estava eu de novo, acusando-o de coisas de que não tinha realmente provas. Era como se não conseguisse parar, não podia mais confiar nele.

"Não", ele disse com voz fria e cortante. "Fazemos parte de um grupo de estudos. Tem dois caras também, Mark e Gannon. E não estou transando com elas, minha nossa!"

"E o que ela estava fazendo com o seu celular?"

"Estava em cima da mesa e era quem estava mais perto para atender. Isso é ridículo. Tenho que ir. Estão me esperando."

Dei uma gargalhada de escárnio bem alta, que me fez parecer bem perturbada. E talvez estivesse mesmo. Finalmente, parecia que tinha perdido a cabeça.

"Claaaaaro que são todas colegas. Você está me traindo na cara dura, Kaleb. Não sou idiota. Você gostaria se eu te traísse? O que sentiria se me ligasse e outro cara atendesse meu telefone?"

Sua voz cortante ficou ainda mais afiada.

"Não posso nem acreditar que você tá agindo assim."

"E não estou!", gritei já sem saber o que eu queria dizer com aquilo. Queria alguém ali para tapar a minha boca e me fazer parar de falar. "Só estou tentando te mostrar como me sinto quando telefono para você e outra garota atende. É uma merda! Você não devia achar que é o único cara que me quer, Kaleb. Porque você não é." Partia meu coração falar aquilo, mas minha boca estava fora de controle e não havia mais como recuar.

"Beleza, então tá bom. Se tem uma fila na sua porta, pode fazer andar. Não estou mais no colégio e você está agindo como uma..."

"Uma garotinha de colégio?", interrompi. "De novo? Ótimo! Talvez seja porque eu sou uma estudante de ensino médio, sim! O que você já sabia quando começou a me namorar."

"Não, na verdade ia dizer que você está agindo como uma vaca."

Fiquei sem ar. Kaleb nunca tinha me chamado de vaca. Aliás, nunca tinha me xingado antes. Não sabia o que dizer. Paralisei, agarrando o telefone, a boca aberta sem acreditar em nada daquilo.

"Tenho que ir", ele disse, enquanto eu não respondia.

"É assim? Não vai nem pedir desculpa?"

"Não. Você vai?"

Fiquei quieta. Será que devia um pedido de desculpa? A gente deve se culpar por ficar triste quando o namorado fica andando por aí com outras garotas? Que uma dessas garotas se meta a atender o telefone dele? Deve se culpar por amar tanto, que só a ideia de perder o cara já seja uma dor tão forte e absoluta como se já tivesse realmente perdido?

"Pelo quê?", falei por fim, porque honestamente não sabia pelo que deveria me desculpar.

"Por... só por... deixa pra lá, Ashleigh. Não tenho tempo pra isso."

"Você não tem tempo pra mim, é isso. Porque agora tem que cuidar da Holly", provoquei. Não queria que a conversa terminasse assim. E se o único jeito de continuar conversando era continuar a briga, então que fosse. Além disso, ainda estava me sentindo ofendida. Queria que Kaleb se sentisse mal pelo palavrão. Queria que tivesse pena de mim.

"Tá bom", foi só o que falou, "Tchau. Ligo para você daqui uns dias."

Quando finalmente telefonou, três dias depois, estava no carro, vindo passar um feriado prolongado em Chesterton. Parecia mal-humorado. Falou que queria me ver logo. Disse que nós precisávamos conversar.

Mas não disse que me amava.

Não disse que estava animado para me encontrar.

E apenas desligou.

# DIA 18

## Serviço comunitário

No dia seguinte ao que Mack me comprou um doce, eu trouxe umas moedas e comprei umas pastilhas azedinhas para a gente. E no dia seguinte nós dois dividimos um pacote de bolachas recheadas, porque a gente não tinha dinheiro suficiente para comprar um pacote inteiro sozinho. Logo criamos essa rotina de ir direto para a máquina de doces durante o intervalo do banheiro; eu, para descansar os olhos da luz brilhante da tela do computador no corredor sombrio; e ele, para suspender as calças, que estavam eternamente caindo da cintura.

Todos os dias a gente se encontrava ali e todos os dias a gente conversava um pouco. Mas era sempre eu que começava.

"Onde você mora?", perguntei uma vez.

"Em Chesterton."

"Tá, mas onde?"

"Hoje em dia, eu praticamente moro aqui."

Mack riu e enfiou um monte de M&M's na boca. Eu dei risada com ele, porque também costumava me sentir assim, mas logo percebi que estava rindo sozinha, enquanto Mack já voltava para a sala. Ele sempre fazia isso — sair andando no meio da conversa, me deixando para trás, meio abobada e me perguntando se tinha dito algo errado. Dessa vez, porém, fui atrás dele.

"Moro em Lake Heights", disse, correndo atrás dele com os M&M's esquentando na palma da minha mão.

"Eu sei. Você mora naquela casa verde. Aquela que tem a piscina."

"Não, essa casa é da Vonnie. A minha fica perto das casas menores da vizinhança. Então, você mora por ali também?"

"Não. Todo mundo conhece a casa verde com piscina."

Claro que sim. Como eu disse, as festas da Vonnie eram famosas.

"O que você gosta de ouvir?", perguntei, apontando para os fones de ouvido casualmente pendurados no pescoço dele.

"Música."

"Dããããr." Revirei os olhos. "Que tipo?"

"Todo tipo."

"Quem é seu favorito?"

"O que estiver tocando na hora."

"Posso ouvir?"

"Por que não traz a sua música?"

"Porque não consigo me concentrar na música e no trabalho ao mesmo tempo."

"Então, é melhor não ouvir nada. Não quero distrair você. Ei, olha, um M&M duplo!" Me mostrou dois doces grudados e o assunto estava encerrado. Mack tinha um talento especial para encerrar conversas.

\* \* \*

Um dia antes do meu encontro com Kaleb, a Sra. Mosely se atrasou e a sala 104 estava trancada. Kenzie e Angel estavam sentadas no chão. A barriga de Kenzie estava tão grande e tão alta que parecia estar engolindo a cabeça dela. Angel pintava as unhas de Kenzie, que estava com a mão aberta sobre o tapete do corredor, enquanto o cheiro de esmalte se espalhava no ar.

"Porra, garota, fecha essa merda", Darrell reclamou, largando a mochila no chão e encostando na parede. "Você vai zoar seu bebê com esse cheiro."

"Não fala nada do meu bebê, Darrell", Kenzie respondeu, mas foi ignorada.

"Só tem mais duas unhas pra passar", Angel interveio. Olhou para Darrell. "Quando terminar aqui, posso fazer as suas." Ela e Kenzie riram e até mesmo Darrell pareceu se divertir com a gracinha.

"Nunca ninguém vai pintar minhas unhas", afirmou. "Eu sou macho de verdade."

"Não foi o que ouvi por aí. Dizem que você tem as unhas dos pés pintadas de rosa por baixo desses sapatos", provocou Kenzie.

Cord, que estava perto do quadro de avisos, deu uma risadinha e Darrell o encarou como se fosse começar uma briga, mas pensou melhor. Em vez disso, disse para Angel:

"Aquele cara ali está esperando para depilar as pernas com cera."

Cord olhou feio para Darrell. Desencostei da parede e me mandei para a escadaria, mantendo distância antes que a coisa ficasse feia. Para minha surpresa, Mack já estava lá perto da máquina de doces, com as mãos nos bolsos e avaliando suas opções.

"É minha vez", eu disse, pegando uma porção de moedas no bolso e chacoalhando-as na mão. "Hoje é um grande dia. Rosquinhas de canela!"

Ele pegou as moedas e colocou algumas na máquina. O pacote com as rosquinhas açucaradas caiu no fundo da máquina e ele se abaixou para pegar. Notei que agora os dois cotovelos da sua jaqueta estavam bem esgarçados. Ver os cotovelos dele aparecendo pela jaqueta me deixou desconfortável e me senti uma garota mimada.

"Qual é a ocasião especial?", Mack perguntou, me entregando as rosquinhas e se virando para colocar mais moedas na máquina.

Suspirei, sentindo o peso das rosquinhas na minha mão.

"Vou ver meu ex-namorado amanhã."

Ele ergueu as sobrancelhas, mas não respondeu. Mesmo achando que ele já sabia, eu não tinha compartilhado nenhum detalhe do que tinha acontecido entre mim e Kaleb. Kenzie e Angel tinham falado um monte, mas eu nunca disse nada sobre a foto.

"Com minha mãe e meu advogado. No escritório do advogado dele. É pra ele pedir desculpas."

"Uau!" Mack ergueu as sobrancelhas de novo e rasgou o plástico das rosquinhas. "Que bizarro." Pegou uma e enfiou na boca.

"Pois é. Eu tenho tanta sorte. Ele me deu um pé na bunda, me chamou de vaca e daí arruinou minha vida. Mal posso esperar pra vê-lo de novo", falei sarcasticamente, mas quase perdendo a voz. Não gostava de revisitar o modo como toda aquela história tinha acabado.

Um par de saltos altos fez barulho nos degraus da escada e a gente ouviu a voz da Sra. Mosely se desculpando por nos fazer esperar.

"Bom, boa sorte", Mack disse, levantando uma rosquinha como se estivesse fazendo um brinde. Também levantei meu pacote e bati na rosquinha dele, como se fossem duas taças.

"Obrigada."

"Tomara que valha a pena", falou, seguindo pelo corredor, porque a sala agora estava aberta. "Acho que ele lhe deve desculpas. Na verdade, muito mais do que desculpas."

Sorri, embora ele já não me visse mais. Sorri nas sombras debaixo da escadaria, iluminada apenas pela luz brilhante da máquina de doces, porque acreditava em Mack. E concordava com ele. Kaleb me devia mais do que um pedido de desculpa. Muito mais.

Por fim, fui para a sala, onde a Sra. Mosely estava dando um sermão sobre o nosso comportamento nos corredores, mesmo que ela estivesse atrasada, e como era inadequado estragar propriedade pública com esmalte de unha ou qualquer outra coisa, e entendi que tinha perdido o que aconteceu entre Kenzie, Angel e Darrell, mas realmente não ligava a mínima. Aqueles três não me queriam na panelinha deles e muito menos eu queria fazer parte dela.

Coloquei meu papel do serviço comunitário, que estava ficando bem cheio de assinaturas, sobre a mesa da Sra. Mosely, e fui direto para o computador. Mack já estava clicando no mouse dele. Sentei, abri meu pacote de rosquinhas e dei uma pequena mordida antes de abrir o navegador da internet.

Depois de uns minutos, senti uma batida no ombro. Era a mão de Mack, segurando um fone e entregando para mim. O outro fone estava no ouvido dele e eu podia ouvir a vibração de guitarras saindo de lá. Coloquei o fone no ouvido.

E pela primeira vez desde o que parecia uma eternidade, eu sorri.

# SETEMBRO

**Número Desconhecido 94**
Credo, que indecente!

**Número Desconhecido 96**
Sério? Isso não é nada legal. Mesmo

Tomei banho, arrumei o cabelo, passei maquiagem e tentei ficar ainda mais bonita para Kaleb. Estava vestida com uma calça capri justa e uma regata. Sentei na varanda em frente de casa e esperei, virando o pescoço para olhar a rua toda vez que ouvia o barulho de um carro.

Quando, finalmente, ele apareceu, dei um sorriso brilhante e o beijei forte, passando a mão pelos cabelos dele, que cresceram enquanto estava fora, e agora as mechas escorregavam entre meus dedos.

"Deus, como é bom te ver", eu disse, me enroscando no corpo dele. Adorava o cheiro de Kaleb; me fazia lembrar de tudo que a gente já tinha feito juntos e fiquei toda derretida. De repente, as brigas já não importavam mais. Parecia impossível que esse cara pudesse ter me machucado alguma vez.

Lembrei da noite em que me pediu para ir ao baile de formatura com ele. Apareceu do nada lá em casa, trazendo uma grande caixa branca. Já estava bronzeado de jogar beisebol e tinha comprado um novo perfume — o mesmo que estava usando essa noite — e parecia nervoso e animado. Ele estava usando a corrente de prata que eu tinha dado de presente no Natal, e as mechas do seu cabelo escapavam por baixo do boné, um pequeno tufo saindo pelo buraco atrás da cabeça.

Abri a porta e ele me entregou a caixa sem dizer uma palavra. Dentro tinha um monte de cupcakes — todos lindos demais para serem comidos — e os do centro eram decorados com palavras que formavam a pergunta: ASHLEIGH, VOCÊ QUER IR AO BAILE DE FORMATURA COMIGO? As letras eram feitas com glacê cor-de-rosa. Sentamos na varanda em frente de casa e devoramos todos os cupcakes que nossos estômagos suportaram. Um dava bolo na boca do outro, enquanto tirávamos sarro da quantidade absurda de fotos que, provavelmente, nossas mães iriam tirar de nós. Aquela noite foi mágica e a noite do baile foi mais mágica ainda. Queria de volta um pouco daquela mágica.

"Senti saudade", disse, abraçando Kaleb bem forte.

Ele não respondeu e seus braços estavam molengas ao redor de mim. Mas, quando me afastei, ele me deu um meio sorriso. Parecia cansado, como se não tivesse dormido muito na noite passada.

"Aonde vamos?", perguntei, entrando no lado do passageiro da caminhonete. Apesar de ultimamente as coisas estarem ruins entre nós, tinha certeza de que tudo se ajeitaria assim que tivéssemos uma conversa frente-a-frente.

Kaleb se sentou atrás do volante e fechamos as portas. Mas ele não virou a chave do motor. Em vez disso, ficou parado ali, parecendo agitado.

Encostei no braço dele, tentando ignorar os sinais de alarme que apitavam dentro de mim.

"O que foi?", perguntei.

Por fim, ele olhou para mim, deixando as chaves no contato e a caminhonete desligada.

"Você está linda demais." Ele segurou uma mecha do meu cabelo e o deixou cair pelo meu ombro.

"Obrigada." Sorri. "É tudo pra você." Inclinei o corpo na direção dele para beijá-lo, mas Kaleb se esquivou.

"Escuta, Ash." Ele pigarreou, mas continuou quieto. E meu sorriso desapareceu do rosto. Já sabia o que era antes que ele dissesse uma palavra.

"Você vai terminar comigo", falei com a voz falhando e amarga. Era uma afirmação, não uma pergunta.

Ele concordou com a cabeça, fechando os olhos, triste.

"Por causa dela, né?" Ele parecia confuso. "Holly?" Provoquei e ele revirou os olhos, balançando a cabeça como se dissesse, *sabia que você ia falar dela.*

"De certo modo, acho que sim..."

"Sabia!", eu disse. "Sabia que você estava transando com ela."

"Não estava! E não estou. Mas... é isso! É o jeito que você sempre me acusa de alguma coisa. Sempre arranjando briga. Não aguento mais. Não aguento mais fazer você sofrer e me fazer sentir culpa, quando nem fiz nada errado."

Cruzei os braços, levantei o queixo e olhei para frente, vendo minha própria imagem no reflexo do vidro. Estranhamente, dessa vez, não houve lágrimas. Estava com tanta raiva que até tremia, mas meus olhos estavam secos.

"Desculpa por te amar demais", falei sarcasticamente. "Peço desculpas por ter medo de pensar que você pudesse estar se apaixonando por outra pessoa."

"Viu?", falou, sua voz mudando para aquele tom amargo e cortante que ouvi tantas vezes nos últimos tempos. "É disso que estou falando! Você deduz que estou apaixonado por outra pessoa e aí começa a me acusar. Está sempre me acusando de fazer coisas das quais eu não fiz."

"Mas sempre peço desculpa. É o que os casais fazem quando brigam. Pedem desculpa e tentam consertar tudo. Não desistem quando enfrentam um momento difícil."

Ele ficou quieto por alguns segundos, então umedeceu os lábios e disse:

"Mas eu não quero mais consertar as coisas. Não quero estar com alguém que sempre tem que se desculpar. Eu quero desistir."

Encostei no banco e me deixei afundar. Kaleb estava mesmo terminando comigo e não havia mais nada que eu pudesse fazer. Sabia que ficaria com o coração partido por perdê-lo, mas, naquele momento, estava tão furiosa por ele ter feito essa escolha e ter me deixado acreditar que queria me ver; e estava tão confusa e desesperada para não me separar dele, que me agarrei na chance de que aquela visitinha seria somente para consertar nosso namoro. E para quê? Por que eu estava tão desesperada para não me separar dele? Para continuar sendo jogada pra escanteio, enquanto ele jogava beisebol e se divertia com seu grupo de estudos na faculdade?

"Ótimo", disparei. "Eu mereço mais do que isso mesmo. Mereço alguém que me valorize sem que eu tenha que implorar por atenção. Sabe, nunca reclamei quando você preferia jogar beisebol em vez de estar comigo. Sempre fiquei lá atrás do banco de reservas, sentada na minha estúpida cadeirinha de praia, vendo você jogar, em vez de sair e me divertir com meus amigos. Não disse nada quando você não foi à festa da Vonnie. Até mandei aquela foto pra mostrar o quanto te amava e tornar nossa relação mais real. Que idiota!"

Ele piscou, pareceu novamente confuso e, de repente, era como se tivesse entendido do que eu estava falando.

"Não pedi pra você me enviar aquela foto."

"E eu não pedi pra você mostrar a foto para o Nate!"

Ele jogou a cabeça para trás e soltou um resmungo.

"De novo isso? Deus, você não vira o disco, Ashleigh. Não fiz nada errado. É tudo coisa da sua cabeça."

"Você admitiu que falou com o Nate sobre a foto. Não estou imaginando nada. E foi aí que nossos problemas começaram."

Ele balançou a cabeça de novo.

"Isso é ridículo. Na verdade, foi você quem começou os nossos problemas. Jamais ficaria com você para o resto da vida. Você é maluca."

"Vai se danar, Kaleb", disse e agarrei a maçaneta da porta. "Já terminamos?"

Ele concordou com a cabeça.

"Muito mais do que isso."

"Ótimo. Foi bom conhecer você", falei com todo sarcasmo escorrendo da boca. Podia sentir as lágrimas chegando e queria sair da caminhonete antes de lhe dar a satisfação de me ver chorar. "Graças a Deus eu nunca transei com você. Deve ser um saco ambulante de DSTs."

"Olha só quem fala! A garota que tira fotos nua em festinhas."

Fulminei Kaleb com o olhar, desejando mais do que tudo na vida jamais ter ouvido a sugestão de Rachel naquela festa. Jamais ter mandado aquela foto para ele. O jeito que ele disse aquilo, como se eu tirasse fotos nua toda hora, me fez ficar mais do que envergonhada. Me senti humilhada.

"É melhor você deletar a foto do seu celular", eu disse.

Ele fez uma expressão de escárnio.

"Acredite em mim, já fiz isso há muito tempo."

Bati a porta da caminhonete e corri para dentro de casa, segurando o choro até chegar à segurança do meu quarto. Me joguei na cama com o rosto enfiado no travesseiro e chorei até derramar todas as lágrimas. Daí liguei para Vonnie.

"O que foi, Florzinha?", ela cantarolou ao atender. Podia ouvir ao fundo o barulho dos tênis correndo no chão de uma quadra de esportes. "Desculpa, terminei o treino de vôlei. Agora estou esperando Annie sair do treino da equipe reserva. Você acredita que ela não conseguiu ficar na equipe oficial de novo? Está pensando em desistir. Não a culpo. Falo sério, se estivesse treinando desde os 9 anos de idade e a técnica nunca me escalasse para o time oficial, seria mesmo uma droga."

"É", falei sem convicção na voz. "Acho que sim."

"Xi, você parece triste. Devo começar uma petição?" Riu. "Brincadeirinha, o que aconteceu?"

Funguei e puxei um fio na colcha, vendo o tecido enrugar.

"Kaleb e eu terminamos."

"O quê? Quando?", Vonnie engasgou.

"Agora. Ele está na cidade."

A técnica apitou e tive que afastar o telefone do ouvido. Quando voltei, Vonnie estava no meio de uma frase.

"... aconteceu? O que ele disse? Ele está saindo com outra garota?"

O fio que eu estava puxando escapou, então peguei outro e puxei mais forte. O tecido enrugou ainda mais.

"Não. Quer dizer... meio que sim. Ele me chamou de louca porque sempre o acusava de estar me traindo."

"Como assim, ele te culpa? Quer dizer, ele tá sempre, tipo..., tá sempre com ela, não é? Isso é uma tática de distração. Claro que ele tá, sim, transando com ela e não quer que você se intrometa nisso."

"Não sei, Von. Ele jurou que não estava. Que não tá. E, depois, por que mentiria se queria terminar comigo de qualquer jeito? Por que não admitiria simplesmente?"

"Hum, por que ele é homem? É o que eu acho. Mentir é só o que eles sabem fazer."

"É, acho que sim", falei, apesar de não ter certeza se acreditava nisso. Desde que Russell tinha partido o coração dela, Vonnie estava convencida de que todos os caras eram horríveis como ele era. O segundo fio escapou e fiz uma bolinha com os dedos. "Mas não importa. Está tudo definitivamente acabado entre nós."

"Sinto muito, Florzinha. Mas, quer saber, você vai ficar melhor sem ele. Kaleb estava sempre se divertindo com aqueles aspirantes a jogadores de beisebol e você sempre ficava sozinha. Daí ele muda de cidade e fica todo nervosinho porque você sente saudade dele?" Ela grunhiu alto no telefone. "Não vale a dor de cabeça. Agora você pode encontrar um cara que vale a pena."

Senti as lágrimas ameaçando a escorrer de novo, principalmente porque não concordava. Kaleb tinha valido a pena. Tive com ele o namoro mais longo da minha vida. Tivemos muitos momentos ótimos antes das férias desse verão. Por mais brava que eu estivesse agora, era impossível esquecer como tínhamos sido felizes. Escutei mais apitos e ouvi mais tênis rangendo no chão de madeira da quadra.

"Olha, a Annie terminou. Tenho que ir. Eu ligo mais tarde, ok?"

"Ok", respondi enquanto me deitava em posição fetal, pressionando o telefone entre a orelha e a cama para não ter que segurar o aparelho.

"Não esquenta. Logo, logo você vai achar bom ele ter ido embora. Você disse que ele vai ficar uns dias na cidade?"

"Sim. O final de semana."

"Na casa dos pais dele?"

"Acho que sim."

"Ok, ótimo." E então desligou.

E eu caí em um sono pesado e sem sonhos. Só quando acordei, uma hora mais tarde, é que me dei conta do que ela tinha falado. O que exatamente Vonnie quis dizer com ótimo?

# DIA 19

## Serviço comunitário

O escritório do advogado de Kaleb era um desses lugares pretensiosos e metidos, onde todos os móveis são de couro cor de vinho e uma luz suave é projetada por abajures estrategicamente posicionados, enquanto a música clássica soa bem baixinha no ambiente e você só consegue ouvir se estiver realmente prestando atenção. Era um lugar onde a gente acha que deve sussurrar, como se falar em voz alta não fosse permitido.

Tremia, insegura do que esperar. Tinha visto a caminhonete de Kaleb no estacionamento e só o fato de saber que ele estava ali no mesmo prédio que eu, já me deixava tremendamente nervosa. Ia vê-lo pela primeira vez desde o nosso término e não sabia bem o que isso significaria. Sentiria saudade? Sentiria aquele frio na barriga de novo? Ia chorar? Deus, por favor, me diz que não vou chorar.

Tina foi direto para a porta e esperou que a recepcionista — uma senhora esbelta com cabelos castanhos muito bem penteados e batom — abrisse a porta de vidro que dava para o saguão de entrada e a sala de espera.

A última vez que tinha estado com Tina foi durante a sessão do tribunal. Estava tão apavorada, que só olhei para as manchas no carpete do chão da sala, que não parecia nada com aquelas que a gente vê nos filmes da TV. Era mais como a sala de reuniões do Escritório Central. Uma grande mesa cercada por dez ou mais cadeiras giratórias. O juiz usava jeans por baixo da toga e falava em um tom cansado e preguiçoso.

As outras cadeiras eram ocupadas pelos advogados. Um deles era do escritório da procuradoria, com terno bege e uma maleta que parecia ser cara e sentou perto de uma moça bem mais jovem do que ele, que vestia um terninho azul-marinho muito bonito. Concordava sutilmente com a cabeça toda vez que o outro falava e sempre lhe passava documentos na hora certa.

Tina, que meus pais contrataram logo depois da nossa primeira reunião na polícia, sentou ao meu lado. Comparada aos outros advogados, ela parecia desajeitada, com seus sapatos de salto baixo, magra, o cabelo cheio de frizz e uma boca bem grande e enrugada.

Eu tremia em minha cadeira enquanto os advogados e o juiz repassavam a sequência de eventos que me levou até ali – eu enviando a foto depois de ficar bêbada em uma festa, o término e tudo o que aconteceu depois disso. Tina pontuou que eu era, tecnicamente, uma vítima do que havia acontecido, e não a autora do crime.

"Nós não pretendemos piorar as coisas, Meritíssimo", disse o procurador que vestia terno bege. "Somos compreensivos com o que aconteceu com a senhorita Maynard e concordamos que ela também foi uma vítima. Mas é preciso estabelecer o precedente. Enviar fotos de adolescentes nuas é distribuição de pornografia infantil e temos que assumir uma posição diante dos jovens se quisermos mesmo acabar com esse comportamento."

O juiz balançou a cabeça em concordância, disse uma porção de coisas técnicas para Tina e os outros advogados e, então, olhou para mim.

"Senhorita Maynard, parece que você aprendeu uma boa lição aqui."

Concordei com a cabeça. "Sim, Senhor Juiz."

O juiz fez uma pausa, pensou e, em seguida, deu a sentença: prestação de serviço comunitário. E tinha acabado.

Mamãe segurou minha mão enquanto a gente saía da sala do tribunal. Papai nos guiou pelo saguão. Fiquei uns passos atrás, ouvindo meus pais e Tina comentarem sobre a sessão, usando palavras como "sortuda", "bom juiz" e "foi tudo bem", depois vi meu pai apertar a mão de Tina e agradecer a ela. Supostamente, eu também deveria ter agradecido a ela pelo que aconteceu ali, mas não consegui. Vi quando se afastou, seu cabelo arrepiado em meio à multidão, e torci para nunca mais ter motivo para voltar a vê-la.

Mas aqui estava eu de novo, em outro escritório de advogado, observando o cabelo cheio de frizz de Tina enquanto ela esperava ansiosa a recepcionista abrir a porta de vidro.

"Estão aqui para ver o Sr. Frank?", a recepcionista sussurrou enquanto abria a porta.

"Sim", Tina concordou. "Ashleigh Maynard?" Ela disse meu nome como se fosse uma pergunta, como se não tivesse certeza de que eu deveria estar ali. Honestamente, por mim, eu não estaria ali. Se ela tivesse dito, "Sabe, foi um equívoco. Não estamos aqui para ver o Sr. Frank", teria levantado toda contente e corrido lá para fora. E eu poderia esquecer o pedido de desculpa de Kaleb – não preciso disso no fim das contas.

Alguns minutos mais tarde, a porta se abriu e um homem vestindo um terno sofisticado entrou na sala. Ele cumprimentou Tina com a cabeça e estendeu a mão para mamãe.

"Sra. Maynard? Sou Byron Frank, o advogado de Kaleb", ele disse.

Mamãe levantou e apertou a mão dele, apesar de parecer que não queria realmente fazer isso, então ela pendurou a bolsa no ombro e deu passos confiantes na direção da porta.

"Pode me chamar de Dana. Essa é Ashleigh."

Sr. Frank balançou a cabeça para mim e depois agiu como se eu não existisse. Então me ocorreu que ele poderia ter visto a foto, e essa ideia me fez sentir ainda mais desconfortável, como ele também parecia estar. Uma coisa era pensar que os garotos do colégio tinham me visto nua; outra era imaginar que homens adultos pudessem ter visto também. Afastei a ideia da cabeça, porque estava muito nervosa para me preocupar com isso agora. Não precisava de mais nada para me preocupar.

Sr. Frank segurou a porta aberta com as costas e estendeu um braço nos convidando a entrar na sala.

"Kaleb está esperando por nós na sala de reuniões. Vocês gostariam de algo para beber?"

Mamãe e eu agradecemos com um gesto de cabeça e seguimos Tina pela porta. O interior do escritório era tão sofisticado quanto a sala de espera. Havia até um lustre de cristal no teto do corredor, lançando luz em formas geométricas nas paredes. Não é à toa que a recepcionista sussurrava. Se eu trabalhasse em um lugar tão metido e pretensioso, acho que também falaria baixinho. Ou, quem sabe, tivesse o desejo incontrolável de fazer muito barulho, dar cambalhota, girar no ar e gritar só para ter certeza de que ainda estava viva.

Depois de fechar a porta, Tina e Sr. Frank avançaram, guiando-nos pelo corredor. Falavam tão baixo um com o outro, que a gente nem conseguia ouvir o que diziam. Por fim, Sr. Frank olhou por cima dos ombros para mamãe e eu.

"Obrigado por terem vindo", disse. "Isso é importante para Kaleb."

"Por quê?", perguntei e me dei conta de que pareci agressiva e descrente, mas estava realmente curiosa. "Quero dizer, o que o fez tomar a decisão de fazer isso?", perguntei com um pouco mais de suavidade.

Sr. Frank passou a caminhar mais devagar.

"Ele sente muito remorso por tudo que aconteceu", falou. "E quer que você e o tribunal saibam disso."

"Ah...", comentei, porque ainda não tinha tanta certeza do remorso de Kaleb. Ele não me pareceu muito arrependido na última vez em que nos falamos. Eu achava, porém, que ele queria fazer o tribunal acreditar no remorso dele. Eu também ia querer isso, se estivesse com o mesmo tipo de problema.

Não importava o que o Sr. Frank dissesse, eu sabia por que Kaleb estava me oferecendo esse pedido de desculpa. Não era porque estava realmente arrependido, e sim porque alguém recomendou. Porque esperava que isso pudesse ajudá-lo. Não tinha ainda sido julgado – o fato de já ser adulto tornava a situação dele um pouco mais delicada – e, segundo papai, era pouco provável que conseguisse se safar com uma sentença de serviço comunitário, como aconteceu comigo. Talvez o pedido de desculpa para mim e para minha família fizesse o juiz vê-lo de forma mais favorável. Isso não era realmente desculpas, era? Ele não estava mesmo arrependido. Só estava arrependido pelo problema em que tinha se metido agora.

Chegamos a uma sala toda cercada de janelas de vidros com as persianas abaixadas. Sr. Frank parou, deixando a mão na maçaneta da porta.

"Espero que você tenha a mente aberta em relação ao meu cliente", ele disse e eu não entendi bem se falou isso para mim, para mamãe, para Tina ou para todas nós.

"Claro", respondeu Tina, com seus cabelos mais arrepiados a cada vez que abria a boca. "Espero que ele também esteja com a mente aberta."

Sr. Frank concordou sutilmente com a cabeça, então abriu a porta e fez um gesto para a gente entrar.

Tina se virou para mim.

"Pronta?", me perguntou e tentou dar um sorriso compreensivo, que pareceu tão desconfortável no rosto dela que calculei que não tinha o hábito de fazer apresentações gentis. Balancei a cabeça positivamente e mamãe segurou minha mão.

Kaleb estava sentado na outra ponta daquela longa mesa com um refrigerante e um pedaço de papel diante dele. Parei, esperando que algo acontecesse, que meu coração disparasse ou que minha garganta apertasse ou que minha barriga roncasse ou que a raiva me subisse à cabeça ou... nada.

Parecia tão pequeno. Estava magro, muito abatido. Definitivamente tinha perdido peso desde a última vez que a gente se viu. Tinha círculos escuros sob os olhos. Nem lembrava o Kaleb que já tinha beijado uma vez. A aparência estava envelhecida, parecia estar doente. Tudo que senti foi choque por ver meu ex-namorado naquele estado.

Ele nos observou enquanto entrávamos na sala, mas não fez nenhum movimento. Deixou as mãos paradas no colo, os papéis e o refrigerante intocados na frente dele. Não demonstrou nenhuma emoção no rosto. E eu não conseguia tirar meus olhos dele. Apesar de saber que havia mais três pessoas na sala, era como se meus olhos só focassem nele e houvesse apenas nós dois ali. Sr. Frank entrou, fechando a porta atrás dele, foi rapidamente para a cadeira ao lado de Kaleb e colocou as mãos sobre a mesa.

"Não querem mesmo beber nada?", Sr. Frank voltou a perguntar para mim e mamãe, e de novo nós balbuciamos "não". "Bem, não queremos prolongar isso", disse. "O Sr. Coats acha que deveria se desculpar por sua parte no que aconteceu e preparou uma declaração para isso. Kaleb?"

*Sua parte no que aconteceu*, pensei acidamente. *Sua parte era tudo o que aconteceu. Sem a parte dele, nada teria acontecido.*

Kaleb olhou para seu advogado e, então, lentamente, muito lentamente, pegou o papel. A folha balançou no ar e vi que as mãos dele tremiam. Isso me deu um pouquinho de alegria. Antes de começar, limpou a garganta.

"Ashleigh e Sr. e Sra. Maynard", ele começou, então parou, fez contato visual e baixou os olhos novamente. "Quer dizer, hum... Sra. Maynard. Os últimos meses não foram fáceis para mim e tenho certeza de que também não foram bons para vocês. Tive muito tempo para pensar sobre o que fiz e cheguei à conclusão de que devo um pedido de desculpa a todos vocês. Sra. Maynard, estou realmente arrependido por ter causado constrangimento à sua família. Me dei conta de que minhas ações causaram danos à vida profissional e pessoal de vocês e estou muito arrependido." Ele parou, fez novamente contato visual e fiquei surpresa por ver mamãe assentir para ele, sem maldade.

"Obrigada", ela disse baixinho. Não acrescentou que as desculpas estavam aceitas e sabia que mamãe tinha feito isso de propósito, ou seja, a desculpa não estava aceita, porque uma porção de frases ensaiadas não era o suficiente. Não pelo que ele havia feito à nossa família. Não pelo estrago que havia feito na carreira do meu pai.

Kaleb moveu os olhos na minha direção e, pela primeira vez, senti alguma coisa. Algo como... não sei bem... nostalgia. Uma saudade do que a gente já tinha sido um para o outro. Percebi o quanto tive que amadurecer para odiá-lo e desejei que não tivesse tido que passar por isso. Mas sabia que nunca o teria de volta. Não teria nós dois de volta, não do jeito que já tinha sido. Não seria possível depois de tudo que aconteceu. Queria minha inocência de volta... aquele tipo de inocência que me fazia acreditar que o garoto que eu amava jamais me faria sofrer.

Ele voltou a limpar a garganta e colocou o papel na sua frente de novo. "Ashleigh, sei que lhe causei muito sofrimento. Violei sua confiança e sua privacidade, e estou arrependido. Também peço desculpas por tudo que fiz você passar. Peço desculpas pelo fato de as pessoas falarem de você e por você estar prestando serviço comunitário, porque você jamais quis me ferir com aquela foto, mas eu quis te agredir e isso foi errado."

Eu não disse nada. Quando enfim ele me olhou, fiquei ali, sentada, imóvel, apesar de sentir o olhar de mamãe e Tina sobre mim. Ouvir Kaleb falar me deixou entorpecida e pesada. Eu não era madura o bastante para agradecer seu pedido de desculpa, ou pior, dizer a ele que estava tudo bem.

"Espero que possa me perdoar", falou finalmente, então colocou o papel de novo sobre a mesa e voltou a pôr as mãos no colo.

Ficamos todos ali por alguns longos minutos, no meio daquele silêncio desconfortável. Sabia que todo mundo estava esperando que eu dissesse alguma coisa, mas não podia. *Era isso?* Eu quis gritar. *Você não disse nada! Não se desculpou coisa nenhuma! Foi só um monte de palavras vagas, que, provavelmente, seu advogado escreveu para você!*

Eu queria sair. Queria ir embora. Sair de perto desse cara arruinado e parar de ouvi-lo falar. Queria acabar com toda essa confusão de uma vez. Fazer as coisas voltarem ao normal. Voltar para um lugar onde pudesse passar por um corredor sem ver as pessoas cochichando sobre mim. Voltar ao tempo em que meus pais confiavam em mim e a gente era próximo. Saber de novo exatamente quem eram os meus amigos e quem me trairia. Precisava disso mais do que daquele arrependimento. Como podia ter imaginado que o pedido de desculpa de Kaleb fosse o suficiente? Mesmo que tivesse sido sincero?

"Está bem", Tina finalmente interveio. "Obrigada."

Ela e o Sr. Frank conversaram sobre o julgamento de Kaleb, que estava se aproximando, mas não consegui ouvir o que diziam. As emoções, pensamentos e sentimentos de injustiça, que estavam se juntando dentro de mim desde que tudo isso começou, finalmente se encontraram. Estava sendo movida, controlada e direcionada por eles. Toda vez que olhava para baixo, lá estavam minhas mãos, repousando confortavelmente sobre a mesa diante de mim. Lá estavam minhas pernas, estendidas na cadeira de couro cor de vinho da sala de reuniões. Lá estava minha mãe, parecendo sutilmente raivosa, desapontada e triste. Como é que podíamos estar todos tão calmos e controlados?

"Nós agradecemos por terem vindo", disse Sr. Frank, empurrando a cadeira e começando a se levantar, olhando o relógio como se aquele encontro fosse apenas mais um dos compromissos de sua agenda. Provavelmente, tinha que seguir em frente para atender clientes maiores e melhores, que tinham casos maiores e melhores também. Aquilo era a nossa vida, mas não passava de mais uma tarefa diária para ele. Enquanto isso, os pensamentos e emoções que me consumiam precisavam ser liberados.

"Não fiz nada para magoar você", explodi, e o Sr. Frank retornou ao seu assento. Ele olhou para Kaleb. "Depois que a gente terminou, eu deixei você em paz. Eu não te procurei. Por que você fez aquilo, Kaleb?"

Ele olhou para baixo e balançou a cabeça lentamente.

"Não sei." Ele olhou para mim e pude ver o sofrimento nos olhos dele. "Mas quero que você saiba que não imaginei que tudo ficaria tão fora de controle. Não tinha ideia de que teria toda essa confusão. Pensei que ia ficar entre poucas pessoas."

"Ah, então seu objetivo era me humilhar só um pouquinho? Poxa, obrigada, agora me sinto muito melhor."

"Não, meu objetivo era... eu não sei." Ele esfregou a mão no rosto. "Estava puto e fazer isso não foi inteligente e nem correto. Aconteceu. E estou arrependido."

"Arrependido por ter feito isso ou arrependido porque você acabou se ferrando com toda essa história?" Poderia apostar que ele não estaria arrependido se nunca tivesse sido pego. "Está arrependido exatamente de quê, Kaleb?"

"Sra. Culver", disse Sr. Frank para Tina, "nossa intenção não foi dar uma oportunidade para a sua cliente atacar o Sr. Coats. Estamos aqui para um pedido de desculpa."

A mão enorme de Tina se abriu na frente dele.

"N-nãão, claro que não", ela gaguejou. "Mas é compreensível que minha cliente tenha alguns pensamentos que deseja expressar..."

"Acho que o mínimo que ele pode fazer é responder a algumas perguntas da minha filha, não acha?", questionou mamãe, interrompendo Tina. E colocou o braço por trás da minha cadeira.

Sr. Frank estendeu a mão para minha mãe, mas falou para Tina.

"Bem, entendo que a Srta. Maynard esteja magoada com esse equívoco infeliz. Mas você precisa compreender que o Sr. Coats também foi prejudicado. Talvez mais do que ela."

"E você precisa entender que isso não foi um equívoco", falou mamãe, elevando o tom de voz. "Você o ouviu dizer que agiu deliberadamente. Isso não me pareceu nenhum tipo de acidente."

A mão de Sr. Frank ficou pairando sobre a mesa e quase pude vê-lo entrar no modo advogado. A expressão do rosto dele ficou muito séria e sua linguagem corporal mudou. Ele voltou a se sentar, com a palma da mão virada para mamãe, como se quisesse segurá-la fisicamente. Tina também deve ter percebido alguma mudança porque levantou e juntou suas coisas, como se fosse me levar embora rapidamente dali.

"Foi um erro de avaliação. Como ele já admitiu. Mas, de novo, não estamos aqui para..."

"Está bem", Kaleb interrompeu. Respirou profunda e tremulamente. "Vou responder as perguntas dela." Virou para mim. "Estou arrependido por não ter terminado com você assim que fiz 18 anos", disse. "E não falo isso no mau sentido, nada disso. É só que, se a gente tivesse rompido lá atrás, hoje eu não estaria..." A voz dele sumiu, então balançou a cabeça e parou. Pude ver lágrimas brilhando nos olhos dele. Fiquei tão surpresa que minha cabeça rodou; estive tão preocupada em não chorar na frente dele e, em vez disso, era Kaleb quem estava chorando na minha frente. "Não estaria no meio dessa confusão toda", disse e vi seu pomo de Adão subir e descer enquanto engolia as lágrimas. "Dizem que aquela foto é pornografia infantil. Se eu for condenado, posso ficar fichado como agressor sexual. Quero ser professor, Ashleigh, mas agressores sexuais não podem dar aula. Terei que mudar da casa dos meus pais, porque moram na mesma rua da escola de ensino fundamental em que estudei. As pessoas vão partir da ideia de que sou algum tipo de pervertido doente e você sabe que isso não é verdade. A gente nem transou. Em primeiro lugar, nem pedi para você me enviar aquela foto. Então, peço desculpa por não ter terminado com você antes, e se pudesse voltar atrás, acredite, eu voltaria."

Sr. Frank abaixou a mão para o colo e assumiu uma pose pedante com as pernas cruzadas. Olhou novamente o relógio.

"Se estivermos satisfeitos...?"

"Ashleigh?", Tina disse. "Tem mais alguma coisa que gostaria de dizer?"

Chacoalhei a cabeça. O que mais poderia dizer? Estávamos os dois ferrados e tudo por causa de um estúpido jogo de vingança infantil.

Mamãe levantou, colocando a bolsa no ombro.

"Bom, lamento por tudo que você passou, Kaleb", disse. "Mas você escolheu fazer o que fez. Meu marido, por outro lado, provavelmente vai perder o emprego por algo com que não teve escolha. Você decidiu isso por ele."

"Dana...", Tina falou com uma voz suave e acolhedora.

Sr. Frank também ficou em pé e arrumou a cintura das calças.

"Tenho que interrompê-la agora Sra. Maynard, porque não foi para isso que vieram hoje aqui e o Sr. Coats e eu temos outro compromisso, portanto, temos que adiar essa conversa." Era muito conveniente para Sr. Frank, que nos recebia ali. Nosso tempo estava esgotado e tínhamos que ir embora – deixou isso bem claro.

"Sim, acho que encerramos por aqui", disse mamãe. "Podemos encontrar a saída sozinhas." E foi para a porta. Eu a segui, olhando para trás para ver Kaleb mais uma vez. Ele olhava para baixo, para o papel amassado sobre a mesa, e limpava as lágrimas com a mão. Olhou para mim e nossos olhos se encontraram antes de eu desviar o olhar, concentrando-me na nuca de Tina enquanto a gente saía.

Eu finalmente havia dito a Kaleb exatamente como me sentia. O problema é que não me sentia nem um pouco melhor do que quando entrei naquela sala. É possível até que estivesse me sentindo pior.

# DIA 20

## Serviço comunitário

No dia seguinte, como papai tinha uma reunião, ele me pegou direto na saída do colégio e me deixou no serviço comunitário. Estava adiantada, mas não ligava. Quando chegamos, Mack estava sentado em um banco de concreto em frente à porta dupla do prédio, com a gola da jaqueta erguida em volta das orelhas, por causa do vento frio do outono.

Fui para perto dele e coloquei minha mochila no chão, entre os pés.

"Oi", disse.

Mack balançou a cabeça. Pude ouvir a música vinda dos fones de ouvindo, mas de alguma maneira ele ainda conseguia me ouvir. O vento estava forte e eu fechei a jaqueta bem apertada no meu corpo. Gostava do frio batendo no rosto, aquilo me acordava. Foi o mais acordada que eu já estive naquele dia.

"Está aqui faz tempo? Suas bochechas estão vermelhas", eu disse.

Ele deu de ombros.

"Um pouco", respondeu.

"Posso ouvir?" Estendi a mão e, depois de hesitar um pouco, Mack tirou o fone e me entregou. Eu batia o pé no chão, acompanhando o ritmo da música. Era um ritmo bom, só instrumental, que eu nunca tinha ouvido antes. Durante toda música, ficamos sentados lado a lado, sem nenhum de nós precisar dizer nada, sem nem ligar para o frio.

A música acabou.

"Como foi ontem?", Mack perguntou, baixando o volume. Não olhou para mim. Em vez disso, estava com os olhos focados no movimento dos ônibus, porque havia um ponto final ao lado do prédio do Escritório Central. Os ônibus estavam chegando ao estacionamento com seus motores roncando.

"Terrível."

Ele mordeu o lábio inferior e por um longo momento pensei que aquele era o fim da conversa, mas ele observou um ônibus se afastar e, daí, disse: "Então, quer dizer que as desculpas dele não fizeram você se sentir melhor?"

"Aí é que está", comecei a falar. "Ele não se desculpou. Não de verdade. Disse que estava arrependido por tudo ter saído do controle e contou sobre o quanto tem sofrido, mas não disse nada específico, sabe?" E percebi que isso, provavelmente, era o que mais tinha me chateado naquele encontro com Kaleb. Você poderia colocar aquele pedido de desculpa em praticamente qualquer tipo de situação e ia servir. Era o mesmo que não ter dito nada.

"Você queria que ele pedisse desculpa por algo específico?" Finalmente, Mack olhou para mim. O céu acinzentado refletiu nos olhos dele e os deixou mais escuros.

Tirei o fone de ouvido, coloquei no meu colo e fiquei olhando para baixo.

"Não. Eu queria que ele se desculpasse por tudo." Balancei a cabeça. "Sei que não faz muito sentido. Só queria..." Olhei de novo para os ônibus, tentando encontrar as palavras certas. "Só queria que ele dissesse isso. Assumisse o que fez. Foi como se ele não tivesse admitido nada."

Mack voltou a observar o movimento no ponto de ônibus, especialmente dois homens que caminhavam animadamente ao lado de um ônibus, que estava com o capô aberto. Concordou com a cabeça, como se estivesse remoendo o que eu tinha dito.

"Ouvi-lo dizer isso não mudaria o que aconteceu", falou depois de um instante.

"É, acho que não mudaria", concordei.

Ele aumentou de novo o volume e colocou um fone de volta no meu ouvido. Ficamos lá sentados, ouvindo música, até que Sra. Mosely passou por nós, abraçando um livro com os braços e com a alça da bolsa atravessada no peito.

"É melhor vocês dois entrarem antes que morram de frio", falou.

Vimos quando ela empurrou a porta da frente, mas ficamos sentados ali por mais um tempo. E depois, sem falar nada, devolvi o fone de ouvido para Mack. Nós dois levantamos e fomos atrás dela.

# SETEMBRO

**Número Desconhecido 107**
Puta disponível! Ashleigh Maynard! 555-3434

Empurrei um pedaço de panqueca no meu prato, fazendo um desenho com as marcas de manteiga e mel que ficaram para trás.

A voz de papai, que estava zumbindo e reclamando há uma eternidade, entrava e saía da minha consciência.

"...o cara é um burro pomposo... acha que todo mundo lhe deve... vou ter que dizer a ele..."

Mamãe respondia com ruídos de conversa para mostrar a ele que estava ouvindo. Fazia "ahã, ahã" e "huum", enquanto comia seu mingau de aveia devagar.

Já fazia dias que papai não mudava de assunto. Era alguma coisa sobre o presidente do conselho com quem ele nunca se entendeu muito bem. O cara tinha acusado meu pai publicamente de não ter feito um bom trabalho com um recente corte de verbas. Papai andava se lastimando pela casa, resmungando na frente da TV, gritando coisas no telefone, bebendo copos de vinho em velocidade recorde, depois de lidar mais um dia com as palavras precipitadas do presidente do conselho no trabalho.

"...você vai ter que conversar pessoalmente com a imprensa, suponho...", mamãe estava dizendo. Eu dei um gole no meu suco de laranja e olhei o relógio, tentando me convencer da ideia de ir para o colégio. Depois de terminar com Kaleb, estava tão deprimida que quase não queria me mexer, muito menos ouvir os professores por sete horas seguidas. Mas pensar em Kaleb só me dava vontade de voltar a chorar e estava muito cansada de lágrimas. Não queria ser uma daquelas garotas que circula pela escola fungando em um lenço e anunciando, chorosa, seu último rompimento para quem tivesse o azar de cruzar com ela pelo corredor, ou que fosse bobo o bastante para perguntar o que tinha acontecido.

"Tenho que ir para o colégio", disse, levantando para levar meu prato até a pia.

Os dois olharam para mim, deixando a lamentação do papai momentaneamente de lado.

"Você não comeu nada", mamãe observou.

"Não estou com muita fome hoje. Além disso, vai ter rosquinhas na aula de matemática", menti. "Porque fomos bem na prova."

"Ah, parabéns, meu amor!", disse mamãe, mas meu pai avançou por cima da mesa, apontando o garfo na minha direção. "Vê, só? Eles me culpam pelos problemas no orçamento, mas enquanto isso, os professores enfiam comida na garganta de todos os alunos, só porque tiram boas notas nas provas..."

Corri para a porta, peguei a mochila e deslizei os pés nas sandálias. Mamãe ergueu a cabeça e me observou, ignorando o papai.

"Você está bem?", perguntou, parecendo suspeitar de algo.

Dei um sorriso e tentei parecer casual.

"Suave na nave, mamãe, juro. Só comi demais ontem à noite."

"Bom, é só me chamar se sentir mal ou algo assim, ok?"

"Claro." Na frente de casa, Vonnie deu dois toques na buzina do carro e eu pulei. "Von está aqui!" Voltei dois passos para entrar de novo na cozinha e dei um beijo em mamãe. "Tenha um bom dia na escola", disse.

"Epa, essa fala é minha." Ela sorriu para mim. Outra de nossas brincadeiras de família.

Corri para fora e imediatamente ouvi a música no carro de Vonnie. Cheyenne e Annie estavam no banco de trás e todas estavam comentando a música. O som estava tão alto que a batida do baixo refletia na lateral das casas vizinhas. Vi a Sra. Donnelly sentada na cadeira de balanço da varanda, com seu roupão rosa bem fechado na cintura e uma caneca de café *espresso* apoiada no colo. Sorri e acenei para ela, que respondeu de má vontade.

Quando abri a porta do carro, o som escapou com violência, como se tivesse aberto o galpão de uma rave. Vonnie ria alto e enxugava o canto dos olhos com os dedos, tentando evitar que o rímel borrasse.

Saltei no banco do passageiro e coloquei a mochila no colo. Cheyenne e Annie cantavam a plenos pulmões, com seus copos de café transpirando nas mãos. Estava quente lá fora, o tipo de dia que fazia a gente desejar que as férias do verão fossem prolongadas até a chegada do inverno e as aulas não voltassem agora em agosto.

"Oi, Florzinha!", Vonnie gritou. "Desculpe, pegamos o café sem você. Estamos mortas!" Ela olhou para o banco de trás pelo retrovisor e todas morreram de rir.

"Tudo bem", respondi sem entender o que era tão engraçado. "O que foi?", perguntei.

"Nada", disse Vonnie inocentemente. "Juro."

Saímos do bairro e pegamos a estrada.

"Cara, sério, acho que machuquei o joelho ontem à noite", Annie falou enquanto se inclinava para baixar o som. "Caí direto naquela vala. Juro, tenho manchas de grama na pele. Não é na roupa, é na *pele*."

"Ainda tenho graxa de sapato na mão direita", Cheyenne disse. "Você teve sorte que o vizinho entrou direto na garagem, Annie. Ele teria visto você, com certeza."

"Claro. Foi por isso que me enfiei na vala. Estava apavorada."

"O quê?", perguntei de novo. "O que vocês fizeram ontem à noite?" Outra vez, elas trocaram olhares pelo retrovisor, mas ninguém disse nada. Logo depois, caíram de novo na gargalhada. "Não, fala sério", afirmei. "Do que vocês estão falando?" Estava começando a ficar irritada, apesar de as risadas delas estarem me fazendo sorrir também.

"Justiça com as próprias mãos", Vonnie enfim falou.

Ainda não tinha entendido.

"Seja o que for. Nem quero mais saber."

Finalmente, Vonnie desligou o rádio e olhou para mim, enquanto seguia pelo trânsito da autoestrada. Como de costume, tinha trânsito no desvio do caminho da escola.

"Justiça com as próprias mãos", Vonnie repetiu. "Nós consertamos um erro."

"Total!", Cheyenne disse com o canudinho na boca e depois deu um arroto. Annie a chamou de nojenta e atirou um guardanapo amassado nela.

"Fala logo", falei com um sorrisinho malvado no rosto. O que quer que fosse, parecia bem maluco, pela gritaria delas. Senti uma pontinha de ciúmes por não terem me levado junto.

Meu celular vibrou. Uma mensagem. Olhei e minha respiração parou. Era de Kaleb. Parte de mim ficou brava por ele já estar me mandando mensagens depois de ter dito que nunca mais queria falar comigo, e outra parte torcia para ele se desculpar e me pedir para voltar. Abri a mensagem sem nem conseguir respirar.

Tudo que dizia era:

> que merda é essa?

Tinha certeza de que não era para mim, porque não tinha a menor ideia do que ele estava falando. Quem sabe estava querendo mandar aquilo para a Holly, ou sei lá para qual garota por quem ele brigou comigo.

Mandei de volta:

> ???

Vonnie ultrapassou uma van, que tínhamos certeza que era da mãe de algum aluno do 2º ano. A segmentação dos carros era muito importante na nossa escola. A gente sempre sabia dizer quem era quem pelo carro que dirigia. Minivan ou Volvo? Era um aluno do 2º ano dirigindo o carro dos pais. Um carro antiquado com adesivos dizendo coisas como 'meu outro carro é uma 4x4', meio disfarçado? Era um novato dirigindo seu primeiro carro próprio. Um Mustang novinho estacionado fora da área coberta? Esse tem um veterano na direção, com certeza. E aquele carro batido, meio enferrujado, pintado de spray e com os quatro pneus recauchutados? É de um dos malucos. Desses carros, a gente ficava longe. A menos que quisesse problemas com a diretoria durante uma batida antidrogas.

"Nós fizemos justiça por você."

"Por mim? Do que vocês estão falando?"

"Não fica brava. Tudo isso foi por amor a você", Cheyenne disse, dando uns tapinhas no meu ombro.

"Nem sei por que deveria ficar brava", falei, mas estava começando a entender. O que quer que tivessem feito, foi algo bem errado.

Annie se inclinou para frente.

"Mostramos ao mundo o que é certo e o que é errado."

Vonnie acelerou um pouco mais, pisando no freio com pequenos golpes que faziam o carro se mover ao som de uma música que só a gente estava ouvindo. A van na nossa frente demorou demais para fazer a curva e ela apertou a buzina.

Olhou para mim.

"Você vai adorar, Florzinha. Nós demos o troco nele."

"Ele, quem?"

Em resposta, meu celular vibrou de novo. Olhei para baixo. Kaleb. Ah, não. Elas não fizeram isso. Abri a mensagem.

creme de barbear? jura? vê se cresce

Tudo fez sentido.

"Vocês passaram creme de barbear na casa do Kaleb?" Espirrar creme de barbear no vidro das janelas de alguém parecia ousado quando a gente era criança. Era difícil de tirar o creme, porque quanto mais água, mais espuma. Além disso, o creme limpava muito o vidro e deixava a janela marcada, então era preciso lavar completamente para que tudo sumisse. Ou seja, era uma chateação enorme, o que tornava a coisa hilária, mas desde os nossos 12 anos de idade nunca mais tínhamos feito isso.

As garotas caíram na gargalhada de novo, enquanto a van na nossa frente finalmente acelerou na direção da escola e Vonnie seguiu na direção do estacionamento.

"Todas as janelas da frente da casa dos pais dele", disse entre acessos de riso.

"E também passamos graxa de sapatos nas janelas da caminhonete dele", Cheyenne acrescentou. "Mas temos que dar a maior parte do crédito à Vonnie. Ela é uma ótima artista, especialmente quando se trata de desenhar pênis."

Mais gargalhadas, enquanto eu sentia um nó se formar em minha garganta. Era tudo muito engraçado, mas podia calcular pelas mensagens de Kaleb que ele não estava achando nada divertido. E eu não poderia culpá-lo por isso.

"Você desenhou vários pênis nas janelas da caminhonete dele?"

"E também escreveu 'adoro pintos'", Annie disse, mas ria tanto que teve que parar várias vezes antes de conseguir dizer a palavra 'pintos'.

"E ainda escrevemos 'pinto pequeno no volante' na janela do motorista. Nada demais. É tudo lavável. Não fique tão brava, Florzinha. Era o mínimo que ele merecia depois do que fez com você."

"Não estou brava", respondi, mas minha voz estava fraca e minhas mãos transpiravam. Respondi para Kaleb:

não fui eu

Elas continuaram falando, me contando de suas travessuras e aventuras e não paravam de rir, enquanto eu estava ficando com dor de cabeça por tentar manter um sorriso no rosto, como se aquilo fosse a coisa mais engraçada do mundo, esperando o tempo todo que Kaleb não me odiasse demais e sabendo que, provavelmente, já me odiava. Eu não odiaria a pessoa, se achasse que ela fez esse tipo de coisa comigo?

Finalmente, enquanto Vonnie terminava de estacionar o carro, meu celular vibrou pela última vez naquela manhã:

vai ter volta! vai pro inferno

# SETEMBRO

**Número Desconhecido 111**
Quem tá mandando isso aí tem q parar.
Ñ quero isso no meu cel, é nojento.
Ñ quero ver os peitos de uma garota toda vez q abrir meu celular.

**Número Desconhecido 112**
Q peitos caidaços lol

**Número Desconhecido 113**
Eu ia morrer se fosse ash maynard

**Número Desconhecido 114**
ME DÁ VONTADE DE VOMITAR TODA VEZ Q VEJO ISSO!

Sabia que seria durante o treino de *cross-country* que mais sentiria falta de Kaleb. De algum jeito, parecia que as corridas eram uma coisa nossa. Era parte de nós. Nós nos conhecemos na corrida de oito quilômetros, treinávamos lado a lado, sentávamos juntos no ônibus que nos levava aos encontros de atletas, disputávamos e comemorávamos as vitórias de cada um durante as competições. Quando a técnica Igo apertou meus treinos, dizendo que eu estava lenta, ele ajudou na minha recuperação. E quando eu queria desistir – ou seja, quase todo dia – Kaleb me animava. Nós tínhamos outros amigos na equipe, mas fizemos nosso próprio casulo e era ali que mais relaxávamos, só nós dois. Quando Kaleb foi para a faculdade, levou junto meu maior motivo para continuar com a *cross-country*. Sem ele, aquilo parecia apenas quente e suado, estava sem fôlego, cansada e enjoada de praticar o mesmo esporte desde o 8º ano.

Mas quando nos separamos foi ainda pior. No começo, imaginei que ele viria para casa para me ver participar de algumas competições, mas agora já sabia que isso nunca ia acontecer. Imaginava Kaleb se alongando com outra garota, alguém da faculdade, e olhando para os shorts dela, quando conseguisse ultrapassá-lo, ou carregando a bolsa de ginástica para ela.

Não ajudava muito o fato de a última mensagem dele ter sido uma ameaça, como se me odiasse. Mandei mensagem de volta, explicando que não fui eu, que foram outras pessoas que fizeram aquilo e que eu nem sabia de nada até aquela manhã. Ele nunca respondeu. Não tinha como acreditar em mim; especialmente porque foi justo depois do nosso término. Mesmo que conseguisse convencê-lo de que foi Vonnie, ainda iria pensar que fui eu que a mandei fazer aquilo. Até telefonei na hora do almoço, escapando pela porta do Centro de Artes, aonde todos os fumantes iam se esconder atrás dos arbustos, mas ele não respondeu.

Uma parte de mim estava realmente brava com Vonnie, mesmo sabendo que o coração dela estava certo.

Entre as aulas e na hora do almoço, ela me disse várias vezes que eu estava muito quieta. *Sei que você está brava, Florzinha*, ela disse, *mas você vai superar isso e aí vai me agradecer. Total. Vamos, admite! Foi hilário o que a gente fez!*

Sorri, repeti que não estava brava, que aquilo tinha sido mesmo hilário, que estava triste por causa do rompimento e que era só isso. Mas por dentro achava que ela tinha estragado tudo e esperava que daqui para frente não se metesse na minha vida.

Coloquei a roupa de corrida, usei um banco para alongar as panturrilhas e, então, saí para o calor, apertando os olhos e protegendo-os com o braço.

"Que bom que você conseguiu aparecer", disse a técnica, parada na porta do ginásio. "Achei que tinha desistido da equipe. Você está atrasada."

"Desculpa", falei. "Tem muita coisa acontecendo."

Ela fez cara feia para mim.

"Posso lhe garantir que não tem nada acontecendo com a equipe de garotas de Washington Springs. A única coisa que acontece por lá é treino. A primeira competição é na próxima semana. Você não pode ter tanta coisa, não dá. A essa altura, nem sei se você vai correr contra elas."

"Sim, senhora", falei, me sentindo mal e já esperando por mais punições. Já tinha visto a técnica fazer algumas colegas ficarem correndo nas arquibancadas por chegarem atrasadas, mesmo quando tinham boas desculpas. E eu não tinha nenhuma.

Ela me encarou por mais um minuto e, então, suspirou.

"O primeiro grupo saiu há alguns minutos. Pode correr com Adrian, Philippa e Neesy. Vamos nos reunir para uma conversa, quando todo mundo estiver de volta."

"Tudo bem", respondi e fiquei agradecida pela técnica ter me colocado no pequeno grupo de atletas experientes, correndo lado a lado com elas, com nossos rabos de cavalo balançando. Eram as corredoras mais rápidas, estaria bufando e resfolegando para conseguir correr com elas e a técnica sabia disso, mas, pelo menos, não ia ficar correndo para cima e para baixo nas arquibancadas até os músculos das minhas coxas praticamente explodirem. Definitivamente, ela estava sendo legal comigo.

A gente corria pelo estacionamento e depois virava à esquerda para pegar nossa trilha favorita, que era cercada por um condomínio residencial. Tinha sombra, mesmo no calor, como hoje, e nós suávamos menos. Dentro de um mês, todas as folhas teriam caído no chão, deixando a corrida mais macia sob nossos pés. Adorava o barulho do meu tênis amassando as folhas no outono; era como se a gente não estivesse se esforçando tanto, como se estivesse correndo em uma nuvem.

Distraí a cabeça assim que entrei na trilha, pegando uma subida com contra o vento. Neesy era tão rápida.

Meu rosto entrava e saía na luz do sol filtrada pelas folhas das árvores e esse efeito me acalmava e relaxava. Lembrei que no outono passado corri com Kaleb por esse mesmo trecho da trilha, nós dois usando gorros e luvas, apesar dos shorts e da camiseta de corrida. As bochechas e o nariz de Kaleb ficaram manchados de vermelho por causa do frio. Os olhos dele lacrimejavam por causa do vento e as lágrimas escorriam até suas orelhas.

Tínhamos passado por um casal que caminhava, um senhor de cabelos grisalhos e uma senhora usando bengala. Estavam bem agasalhados, se moviam devagar e estavam de mãos dadas. Pareciam satisfeitos, como se estar juntos fosse tudo que tinham planejado para aquele dia. Automaticamente, mudamos o passo, com Kaleb indo para trás de mim para ultrapassarmos o casal e depois voltando a correr ao meu lado.

Corremos um bom tempo em silêncio, tão perdidos em pensamentos que até fiquei surpresa quando ele falou, enquanto recuperava o fôlego.

"Então, você acha... que a gente vai ficar como eles?"

"Como quem?" Olhei espantada.

Ele apontou com a mão enluvada sobre o ombro.

"Como eles... o casal de velhinhos."

"Ficar como eles como?... Você quer dizer, velhos?"

"Não." Ele parou, abaixou o corpo com as mãos apoiadas nos joelhos. Nuvens de vapor se formaram em volta de seu rosto por causa da respiração ofegante. Demorei alguns passos para perceber que estávamos parando. Tive que voltar um pouco. Ele estava parado e segurou minha mão. "Quero dizer... vamos andar por essa trilha quando a gente ficar velho? Vamos estar de mãos dadas? Apaixonados como eles?"

Sorri e pareceu que todo sangue do corpo correu para o centro do meu peito. O calor me inundou e eu nem ligava para o vento e para o frio. Apertei as mãos dele.

"Espero que sim", falei e ele me abraçou pela cintura, me erguendo do chão. Fiquei só com a ponta dos pés apoiada e nos beijamos profunda e apaixonadamente, nossas bocas quentes contra o vento frio que nos cercava.

Ficamos assim até ouvir os passos de outro grupo de corredores se aproximando de nós: era o resto da equipe.

"Aí, Kaleb, manda ver!", um deles gritou enquanto passavam por nós. Kaleb sorriu e encostou sua testa na minha, esperando o grupo desaparecer da nossa visão.

"Também espero que sim", disse. "Vamos, você está tremendo, tem que se mexer."

E começamos a correr novamente, mas o que ele não sabia era que meu tremor não tinha nada a ver com o frio; estava empolgada por estar com ele e não conseguia parar de tremer, nem mesmo quando terminamos o percurso e estava em pé debaixo da ducha quente e cheia de vapor, que deixou minha pele vermelha.

Costumava gostar dessa lembrança. Costumava guardá-la como se fosse preciosa. Agora eu odiava aquilo, porque pensar nisso enquanto corria naquele mesmo trecho da "nossa trilha", me lembrava do quanto tinha sido apaixonada por ele. E estava tentando desesperadamente esquecer aquilo.

Quando terminamos o treino, eu estava vários passos atrás de Neesy e das outras. A técnica Igo estava em pé ao lado da cerca em volta da trilha, tampando o sol com uma prancheta, e a abaixou, registrando nossos tempos conforme nos aproximávamos. Tentei não parecer tão exausta quanto realmente estava, mas era impossível. Meus pulmões doíam. Minhas pernas doíam. Meu coração doía.

Passamos pelo portão e caminhamos um pouco para recuperar o fôlego. Adrian, Philippa e Neesy andavam lado a lado, cochichando suas fofocas, me deixando uns passos para trás, como se não tivessem notado que eu estava correndo com elas. Não me importava com a conversa delas, mas aquilo só me fazia sentir ainda mais falta de Kaleb. Normalmente, eu estaria andando por ali com ele.

Todos os grupos foram, aos poucos, retornando do treino. Uma porção de gente agora tirava os tênis de corrida, descansando os pés em chinelos, tomando isotônico, brincando nas arquibancadas, enquanto a técnica Igo ficou lá perto da cerca, anotando tempos na prancheta e balançando a cabeça com desgosto.

Ouvi os passos e me afastei para dar passagem a um grupo da equipe masculina.

"Oi, Ashleigh", um deles falou quando passou por mim. Era Silas, da equipe de beisebol de Kaleb. Todos eles riram ao passar.

"Oi, Silas." Tirei o elástico do cabelo, deixando as mechas caírem suadas e molhadas sobre os meus ombros.

O garoto que andava ao lado dele – acho que era Kent do 2º ano, mas não tinha certeza – deu uma risadinha malvada. Silas devolveu o sorriso malicioso, como se só os dois soubessem de uma grande piada.

"O que foi?", perguntei.

"Nada", Silas disse e, dessa vez, não conseguiu se conter. Deu um soco no ombro de Kent e os dois gargalharam. "Quase não reconheci você."

"Tá booom", respondi devagar. "Que seja."

Eles continuaram a andar, passando por Neesy e as outras garotas, dando tapinhas uns nos outros e fazendo gracinhas a cada passo. Idiotas. Provavelmente, estavam tirando sarro porque Kaleb terminou comigo.

Mas, quando estava fazendo a última curva do percurso, já tinha notado uns caras olhando para mim e rindo também. E também outras duas garotas. Passei a mão pela parte de trás dos meus shorts, imaginando que podia haver algo de errado. Passei a mão no cabelo, discretamente limpei o nariz com o dedo indicador e dei uma olhada geral para ver se havia algo fora do lugar. Não reparei em nada diferente.

Só Deus sabia o que Kaleb teria dito a eles.

Decidi não ligar para o que quer que seja que Kaleb tivesse falado. Precisava bloquear todo pensamento sobre Kaleb se quisesse superar nosso rompimento. Terminei de esfriar o corpo, prestei pouca atenção na bronca que a técnica nos deu por estarmos lentos e fui para o vestiário sem nem me lembrar mais da existência de Silas e de seus amigos idiotas.

Tomei banho, me vesti e fui para o ginásio, onde a equipe de vôlei de Vonnie estava treinando, para me encontrar com ela e pegar uma carona. A técnica apitou e, com gemidos, as garotas comemoraram o fim do treino.

"Vejo vocês amanhã à noite", a técnica gritou. Enquanto algumas subiam a arquibancada, outras se jogavam no chão ali mesmo e umas, incluindo Vonnie, voavam para a porta. "Todo mundo chegando na hora!"

O cabelo de Vonnie, que estava arrumado em uma trança, agora estava bagunçado, totalmente diferente da aparência normal dela, e seu rosto e o peito brilhavam de suor. Estava em um astral definitivamente maluco.

"Vamos lá", disse, voando ao passar por mim, sem diminuir o passo. "Vamos embora dessa merda."

Ela pegou a sacola de ginástica e foi para a porta.

"Vou esperar você no saguão enquanto toma banho."

"Que nada, vou tomar banho em casa", rosnou.

Não foi nada fácil aguentá-la enquanto a gente ia para o carro. Vonnie reclamou da técnica o tempo todo.

"É uma vaca, obrigou todo mundo a ficar correndo por causa da Olivia, que chegou atrasada. Não é que ela estivesse por aí de bobeira. Estava fazendo um maldito teste de maquiagem. Não é justo. Você devia fazer seu pai descontar tudo isso nela. Demitir aquela bundona."

"Não acho que ele vá demiti-la. Além disso, você não foi a única. A técnica Igo também ficou brava comigo", disse. "Cheguei atrasada e ela me fez correr com as mais experientes. Achei que ia morrer no percurso sem ninguém perceber."

"São duas idiotas, incompetentes. Deviam formar um clube."

Vonnie abriu o carro. Sentei no banco do passageiro, colocando minhas coisas no colo.

"Cadê a Cheyenne e a Annie?"

"Foram para casa com o irmão da Annie. Não vieram para o treino. Espertinhas."

"A técnica vai cobrar isso delas."

Vonnie bufou.

"Sim, provavelmente. Conhecendo a técnica, ela vai fazer todas nós pagarmos por isso." Vonnie deu a partida no carro e saiu da vaga. "Quer aparecer lá em casa? Acho que Rachel vai passar por lá mais tarde."

"Não", disse. "Não hoje. Ainda estou meio chateada."

"Deixa disso, Ashleigh, em algum momento você vai ter que superar."

"Só faz dois dias."

"Na verdade, não", continuou. "Você passou o verão inteiro com a sua bunda naquela cadeira na grama, vendo Kaleb jogar aquele beisebol idiota. Você mesma disse isso. Devia estar feliz por se livrar dele."

"Sabe, há pouco tempo você estava me dizendo para mandar a ele uma foto minha para que se lembrasse de mim na faculdade."

"Hum, bom, estava errada quando disse isso."

"É, mas mesmo assim eu mandei."

"Não devia ter mandado", retrucou.

Ficamos em silêncio enquanto Vonnie dirigia pelas ruas, indo para minha casa um pouco mais depressa do que o habitual. Sentada ao lado dela, eu estava fervendo e até achei que ela não estava correndo o bastante. Enfim, me deixou na calçada de casa e suspirou.

"Desculpa, estou uma fera por causa do treino de hoje. Só quis dizer que... você não devia ter tirado a foto, porque é você quem está magoada agora. E odeio ver você assim, é só isso."

"Sem problema", respondi, apesar de, por dentro, ainda achar que aquele era um grande problema. Precisava do apoio de Vonnie. Queria que compreendesse como eu estava magoada, fosse isso culpa minha ou não, e me fizesse sentir um pouco melhor. Não queria "justiça com as próprias mãos" e nem que ficasse insistindo para eu superar tudo aquilo.

Mamãe estava na poltrona reclinável com um livro nas mãos e os óculos escorregando do nariz.

"Oi", disse quando entrei. "Chegou mais tarde hoje. Como foi o treino?"

Dei de ombros.

"Opa, o que isso quer dizer?"

Fui para a cozinha, peguei uma garrafa de água na geladeira, ouvindo o barulho da poltrona reclinável fechar. Mamãe entrou na cozinha atrás de mim e tirou os óculos.

"E aí", falou. "Você está bem?"

Dei de ombros de novo.

"Não sei. Acho que sim."

Mamãe franziu a testa. Eu não tinha dado minha resposta habitual, "Suave na nave", ou "Meu astral precisa de conserto", mas não estava a fim de brincadeiras. Ela se sentou à mesa e puxou uma cadeira para mim com os pés.

"Conta tudo", ela disse.

Dei um longo gole na água e me sentei ao lado dela.

"Vonnie e eu meio que brigamos. Não é nada de mais."

"Ah, logo vocês fazem as pazes. Vocês sempre se entendem." Inclinou o corpo para frente, tentando observar no meu rosto. "Mas tem mais alguma coisa?"

"Nada. Estou meio cheia do *cross-country*. Não sou muito boa. Tenho sempre que me esforçar mais para ficar no mesmo ritmo que as outras."

"É bom se esforçar mais."

"Não quando seus pulmões quase queimam. Além disso... Não sei... não tem mais graça."

Ela colocou os óculos sobre a mesa.

"Ah, Ashleigh. É por causa do Kaleb, não é? Você sente falta dele. Tenho certeza de que ele vem ver você correr."

Olhei para ela e tomei outro gole d'água.

"Eu não contaria com isso."

"Bom, acho que você devia contar. Ele adora você."

"Não desde que a gente terminou, mamãe. Agora, ele me odeia."

Ela pareceu chocada. Agora eu me sentia ainda pior do que antes por ver que mamãe ficou surpresa e magoada por saber que Kaleb não fazia mais parte da minha vida e por eu não ter lhe contado antes.

"O que aconteceu?", perguntou. "Vocês já estavam juntos há um bom tempo."

Pensei um pouco. Pensei em Holly. Minhas acusações. Nossas brigas. Sobre a fotografia que começou tudo aquilo. Como poderia contar a ela o que aconteceu? Era um assunto meu, território em que mãe não entrava. Dei de ombros de novo.

"Estava difícil manter um namoro à distância."

Mamãe se inclinou e me envolveu em um abraço. Respirei fundo, sentindo o aroma reconfortante de seu cabelo que cheirava xampu de coco e perfume. Não tinha ideia de qual perfume ela usava, mas aquele odor sempre me trouxe segurança, um sentimento de felicidade e a sensação de conforto.

"Ah, querida, que pena. Sei como dói terminar com o garoto que a gente realmente gosta."

Fechei os olhos e as lágrimas ameaçaram voltar. Visualizei a última mensagem de Kaleb, aquela em que ameaçava se vingar de mim pela brincadeira da Vonnie, e tentei conter as lágrimas.

"Obrigada, mamãe, mas vou ficar bem." Me afastei e peguei a garrafa de água. "Tenho que fazer o dever de casa antes do jantar."

Ela balançou a cabeça, concordando, me deu um sorriso triste e afastou o cabelo do meu rosto.

"Dê uma chance para o *cross-country*", ela disse. "Provavelmente você está assim por conta da saudade que sente dele. Detestaria ver você desistir de algo que gosta só porque está magoada."

"Certo, mãe. Você está certa", respondi e subi direto para o meu quarto.

Na hora em que papai chegou em casa, tinha acabado de ver um filme no computador e nem sequer havia aberto a mochila para pegar o dever que precisava fazer. Ficava lembrando daquele dia na trilha com Kaleb e depois olhava sem parar para a última mensagem que me enviou: **VAI TER VOLTA! VAI PRO INFERNO!** Ficava brava toda vez que lia aquilo. Durante todo o namoro, só me dediquei a ele. Foi ele quem terminou comigo, não o contrário. Merecia uma chance, em vez disso. Deveria acreditar em mim quando disse que não tinha nada a ver com aquilo. Ele não tinha nem me perguntado nada.

Finalmente, desci para o jantar, onde mais uma vez papai estava reclamando atrás do jornal.

"Ela está viiiivaaa", disse com a voz assustada, quando entrei na cozinha.

"Oi, pai." Sorri e dei um beijo nele.

"Sua mãe disse que você terminou com o Sr. Namorado." Ele baixou um pouco um canto do jornal e olhou para mim. "Quem perde é ele."

"Obrigada."

Queria acreditar que isso fosse verdade. Ainda achava que quem perdia era eu.

Não falei nem uma palavra durante o jantar. Minha atenção ia e voltava na conversa de mamãe e papai, o que me deu bastante tempo para ficar lá sentada, pensando.

Kaleb e eu tínhamos terminado. Mas o que ele quis dizer com "vingança total"? O que estava planejando fazer? Passar creme de barbear nas janelas da minha casa também? Ou alguma coisa pior? Usaria um de seus "garotos" do colégio para se vingar de mim?

Me lembrei de Silas passando por mim na trilha, dando risada com seu amigo, e das palavras dele: "Quase não reconheci você". Não faziam muito sentido. Para mim, pelo menos, não faziam. Kaleb usaria Silas para se vingar de mim?

Mas como?

E, então, caiu a ficha.

A foto. No dia em que terminamos, Kaleb disse que tinha deletado, mas e se não tivesse? Todas as nossas brigas começaram porque achei que ele tinha mostrado aquilo para Nate. Kaleb sabia que uma maneira de se vingar de mim seria... *E se a foto vazasse? Ah, não. Ele não faria isso.*

E assim que essa ideia passou pela minha cabeça, o celular vibrou no meu bolso. Pulei na hora e abri a mensagem.

"Achei que a gente tinha combinado de não ver o celular durante o jantar", papai disse. "É grosseiro ter o jantar interrompido por dramas adolescentes. Ainda mais mal escritos!"

Papai continuou no sermão, mas parei de ouvi-lo. Na verdade, não ouvi nada além de um zumbido nos ouvidos, desde que olhei a mensagem de Vonnie:

> merda, florzinha, problemaço

Anexa, veio o encaminhamento de uma foto.

Uma foto minha, em nu frontal diante do espelho do banheiro de Vonnie. Alguém tinha feito uma legenda: *puta disponível!*

Mamãe estava dizendo alguma coisa para mim. Olhei para ela, mas era como se fosse uma estranha. Meu cérebro estava tão confuso que não conseguia entender onde estava ou quem estava falando comigo.

"... deixe seu celular de lado até terminar o jantar..."

Mas as palavras não fizeram sentido. Tudo que meu cérebro conseguia entender era *puta disponível puta disponível puta disponível.*

"Desculpa", eu disse. "Tenho que ligar pra Vonnie, é uma emergência."

Não esperei para ouvir a resposta da mamãe. Abaixei o garfo, saí da mesa e corri pela escada, tentando não vomitar, nem deixar as mãos tremendo derrubarem o celular, porque um único pensamento passava pela minha cabeça:

*Se Vonnie viu a foto, quem mais recebeu?*

Digitei o número de Vonnie enquanto corria para o meu quarto.

"Ai, meu Deus! Aquele imbecil", foi como ela atendeu o telefone.

"Como você conseguiu a foto?" Me sentia zonza e imaginava se era possível se esquecer de respirar e cair morta ali mesmo.

Ela ficou quieta por um momento.

"Sinto muito, Florzinha."

"O quê? Onde conseguiu? Kaleb enviou para você?"

Outro silêncio. Então:

"Não, foi Chelsea Graybin quem me mandou."

Por um segundo, nada fazia sentido. Chelsea Graybin nem conhecia Kaleb, ou conhecia?

"Peraí. Chelsea Graybin, a líder de torcida? Como é que ela..."

"Tenho certeza de que foi outra pessoa que mandou para ela. Cheyenne, Annie e Rachel também receberam."

Minhas pernas amoleceram e caí sentada na cama. As palavras de Vonnie despencaram sobre mim como um tornado. Podia ouvir, sentir, mas não entendia nada. Não era possível. O pânico travou minha garganta.

"Você está aí?" Vonnie estava perguntando do outro lado enquanto eu balançava a cabeça, olhando o vazio, começando a entender a dimensão do que aquilo significava. "Ash? Alô?"

"Ai, meu Deus", gaguejei finalmente. "Isso foi o que ele quis dizer com 'vai ter volta'. Não tinha enviado antes, mas agora... Ai, meu Deus. O que vou fazer, Vonnie?"

"Não sei. Deixa para lá, eu acho."

"Deixar para lá? Estou nua!"

"Mas as pessoas esquecem tudo rapidinho. Olha, as pessoas vão comentar por uns dias e daqui umas semanas nem vão mais lembrar."

Comentar. Deus... todo mundo ia falar sobre aquilo. As imagens do que ocorreu antes na trilha passaram de novo na minha cabeça. Silas e Kent andando juntos e rindo. *Quase não reconheci você*. Claro, agora fazia todo sentido. Eu estava vestida. Quase não me reconheceu porque eu estava vestida. Ele já tinha visto a foto. Todo aquele pessoal nas arquibancadas, fofocando e dando risada. Quantos já teriam visto? Será que todo mundo já tinha visto? Todo mundo já tinha me visto nua? Estariam me chamando de puta e dando risada bem na minha frente?

O jantar que eu nem tinha comido direito revirou no meu estômago. Deitei de costas na cama e fechei os olhos bem apertados para controlar o enjoo.

"Escuta, tenta não..." Mas Vonnie parou. Nem ela sabia o que dizer. Nunca pensei que veria o dia em que Vonnie Vance ficaria muda. Isso era ruim. Bem pior do que ruim.

"Tenho que desligar", falei. "Meu pai vai ficar bravo se eu não voltar pro jantar. Vai me tirar o celular." E, por alguma razão, parecia realmente importante para mim continuar com o meu celular por perto. Como se não quisesse perder nada por pior que fosse. "Não encaminha a foto para mais ninguém, ok?"

"Nem posso acreditar que isso passou pela sua cabeça!"

"Não, está bem. Você está certa. Você acha que Cheyenne e Annie? Ou Rachel?"

"Não acho, não. Por que fariam isso? Não se preocupe com isso, Florzinha. Pelo menos, você está bem na foto."

Se ao menos pudesse me consolar com isso.

Desliguei e encostei nos travesseiros. As minhas mãos tremiam. Eu estava à beira de um ataque de nervos. Totalmente raivosa. Como é que Kaleb, que há uma semana dizia que me amava, que uma vez prometeu envelhecer comigo para sermos um casal de velhinhos felizes, que me convidou para o baile de formatura... como é que ele podia ter feito aquilo comigo?

Kaleb nem me deu chance de explicar que eu não estava entre as pessoas que escreveram nas janelas dele. Nem nunca ouviu o que eu tinha para dizer. Ele só queria se vingar de mim. E até mesmo como vingança, aquilo era algo odioso demais para fazer.

Não esperava que atendesse, mas liguei para ele mesmo assim.

Para minha surpresa, só tocou uma vez.

"Me deixa em paz", ele disse.

"Apenas adivinhe quem acaba de me enviar uma mensagem?"

Ele deu uma risadinha. Riu! Eu queria socar a cara dele.

"Uau, circulou depressa."

"Não era esse seu objetivo?"

"Meu objetivo era fazer você parar de ser louca e me deixar em paz. Pelo visto, não funcionou, porque aí está você me ligando de novo. É meio patético."

"Para quem você mandou a foto?"

"Só para algumas pessoas da minha lista de contatos."

"Todos eles?"

"Não. Pra minha mãe, não." Riu de novo. Meu coração naufragava ainda mais fundo. Nesse exato momento, eu o odiei tanto que parecia que tinha lava de vulcão fervendo dentro de mim.

"Como você pôde fazer isso comigo, Kaleb? Eu não estava com Vonnie quando ela escreveu aquelas coisas. Não sabia de nada até hoje de manhã. Nunca teria feito algo desse tipo pra você."

"Ah, tá bom, Ashleigh, que seja."

"É verdade! Não pedi pra ela fazer aquilo!"

Ouvi o barulho de chaves e a batida da porta da caminhonete. Ele estava indo para algum lugar... saindo para se divertir à noite como se nada tivesse acontecido.

"Olha, a ideia é você me deixar em paz. Não envie mais mensagens, não telefone, não pense em mim. E não mande mais suas amigas sujarem a casa dos meus pais ou a minha caminhonete. É só isso. Só me deixa em paz. E também não me manda mais as suas fotos nojentas."

"Aquela foto era para ser vista só por você."

"Bom, esse erro foi seu." E desligou.

Atirei meu celular longe, que cruzou o quarto até bater na porta do armário e aterrissar no chão. Assim que pousou, voltou a vibrar. Fechei os olhos bem apertados, tentando respirar fundo, mas toda vez que tentava inspirar, podia sentir as lágrimas de ódio querendo saltar dos meus olhos, lutando para escapar. Odiava Kaleb. Como é que um dia achei que o amava?

"Ashleigh!" Escutei lá de baixo. Meu pai estava me chamando. "Já chega. Venha terminar o jantar." Não tinha ideia de como ia descer a escada, comer brócolis e ouvir meu pai reclamar dos seus problemas com o conselho escolar, quando sabia que tinha um problema enorme explodindo.

Bem devagar, levantei e fui pegar o celular. Assim que encostei nele, vibrou de novo. Mais duas mensagens. Uma era a mesma foto, enviada por Cheyenne, o que me fez estremecer. Estava tentando ser amiga e me avisar ou tinha simplesmente encaminhado aquilo para toda sua lista de contatos?

*Puta disponível!*

A segunda era de um número que eu nem conhecia.

Tudo que dizia era:

nojenta. puta.

# DIA 22

## Serviço comunitário

Estava quase terminando minha pesquisa. Mesmo que eu não tivesse o papel principal em *Ashleigh Maynard: Diário de uma Puta*, agora eu sabia tudo o que precisava sobre a minha própria história, incluindo todas aquelas coisas grosseiras e cheias de opinião que as pessoas falam sobre assuntos dos quais não entendem nada. Quase toda notícia publicada on-line sobre o escândalo do nude no Colégio Chesterton tinha embaixo alguns comentários. Palavras que me fariam chorar, se já não estivesse acostumada a ser maltratada por gente que nem conhecia.

Me chamavam de puta. Diziam que mamãe e papai eram terríveis, pais relapsos, que não deveriam nunca ter me dado um celular. Diziam que eu era má influência e um exemplo de tudo o que estava errado hoje em dia. Diziam que tinha sorte por não ter ficado grávida ou por não ter morrido de alguma doença sexualmente transmissível. Diziam que tinha baixa autoestima e que era um caso perfeito para desenvolver transtornos alimentares. Diziam que deveria ser castigada. Muitos achavam que não havia a mínima chance de a prestação de serviço comunitário ser punição suficiente para mim.

E isso não era nada em comparação ao que falavam sobre Kaleb.

Eu também sabia tudo sobre uma história parecida com a minha, de uma garota da Flórida, que enviou fotos dela nua em um jogo de verdade ou desafio, e a de outra no Alabama, que era assustadoramente igual à minha.

Havia memorizado todos os websites, estudado fatos e dados, conhecia as estatísticas e as definições. Sabia tudo de cor. Me tornei uma especialista em pessoas que mandavam fotos de nudez, embora pudesse dizer que virei expert assim que abri a primeira mensagem de Vonnie com minha foto nua anexa.

Agora, tudo que restava era começar o *layout* do meu folheto, e tinha 16 horas para fazer isso.

Por um lado, isso me deixava meio triste. Não que adorasse passar as tardes no serviço comunitário, mas havia algo que ainda não entendia em relação a me sentar ao lado de Mack, dividir doces e ouvir música e, o mais importante, não ter que conversar sobre o que aconteceu comigo. Era seguro estar ali.

De alguma forma, Mack tinha se tornado meu melhor amigo.

Não que Vonnie e eu estivéssemos nos odiando, mas, definitivamente, estávamos afastadas. O que é fácil de acontecer quando uma está no ônibus, lambendo um pirulito, enquanto segue para o treino de vôlei; e a outra está fazendo a mesma coisa, mas ao lado de um delinquente juvenil, indo cumprir sentença de serviço comunitário. Nós tínhamos nos separado, esse era o melhor jeito de explicar aquilo.

Era bem estranho pensar nisso. Vonnie e eu perdemos a mesma coisa: eu mesma. Eu me perdi quando Kaleb enviou aquela foto para os amigos dele. Ou talvez tenha sido quando nós terminamos. Ou, quem sabe, foi quando comecei a ficar com medo de perdê-lo durante o verão. Vonnie me perdeu quando a coisa toda explodiu e me tornei a maior piada do Colégio Chesterton. E, mesmo assim, perdemos a mesma coisa, porque a vida dela realmente não mudou muito, só a minha. Ela seguiu em frente como sempre. E eu fiquei vagando por aí.

Darrell já tinha cumprido suas horas de serviço comunitário, mas ainda não havia finalizado seu projeto. O maior problema é que não conseguia escrever direito, então tudo demorava dez vezes mais tempo para ele do que para nós. Sra. Mosely assinou seu papel e disse adeus, mas, surpreendentemente, continuou a aparecer por lá dia após dia, indo direto para seu computador, apesar de já não precisar mais.

"Quero terminar isso aqui", disse para Sra. Mosely. "Nunca fiz nada parecido antes e quero ver como vai ficar."

A Sra. Mosely não se importou e, de vez em quando, colocava a cadeira perto dele para ajudá-lo a escrever. E, quando ela não estava por perto, era a gente que ajudava Darrell. Ele gritava quando não sabia como fazer e a gente dava as respostas.

Todos nós, exceto Mack, que normalmente não falava nada.

104

Enquanto isso, a vida do meu pai tinha se transformado em uma maratona de reuniões. Pode esquecer aquela história de "superintendente salvando o mundo"; agora ele andava ocupado demais tentando salvar seu emprego. Raramente estava em casa em tempo de ler o jornal antes do jantar, vestindo suas roupas de descanso. Metade das vezes não estava em casa na hora do jantar. Mas, de vez em quando, isso era um alívio. Nas noites em que tinha que ir a uma reunião mais tarde, eu voltava para casa a pé, feliz por não ter que vir de carro com ele, imaginando como preencher o vazio que antes era ocupado pela nossa conversa. Amava meu pai e me sentia tremendamente culpada pelo que estava acontecendo com ele, mas não sabia como falar com ele sobre isso. Na verdade, não sabia como falar com ele sobre nada.

Estava uma tarde surpreendentemente quente quando saí da sala 104, depois de completar 44 horas de serviço comunitário. O frio do outono tinha apaziguado até o inverno começar para valer, então, estava feliz por dar uma caminhada, apesar de ainda me sentir meio constrangida toda vez que um carro passava perto de mim. Será que as pessoas dentro dele me reconheciam? Será que tinham visto a foto? Esses eram os pensamentos que passavam pela minha cabeça.

Puxei a porta de vidro duplo, senti o ar fresco do lado de fora e encontrei Mack desembrulhando uma caixa de balas de frutas.

"Já comi todas as minhas balas", eu disse.

Ele jogou uma bala amarela na boca.

"Gulosa", falou, enrolando a língua.

"Você ainda tem alguma cor-de-rosa?" Ele revirou os olhos como se isso fosse pedir muito, mas enfiou a mão no bolso e tirou uma porção de balas. Peguei uma cor-de-rosa que estava logo em cima. "Minha favorita."

Então fomos caminhando lado a lado pela calçada, mastigando nossas balas.

"Você vai para casa a pé todos os dias?", perguntei, principalmente porque costumava sair pela porta lateral da escadaria ou ainda ficava no computador, quando acabam minhas horas de serviço do dia.

"Na verdade, não", respondeu. "Não vou pra casa agora."

"Aonde você vai?"

"Nenhum lugar legal."

"Vou com você."

Ele engoliu em seco, avaliou a ideia e disse:

"Você tem tempo?"

"Claro."

Eu o segui por alguns quarteirões, ainda na direção da minha casa, depois fomos para o sul, onde ficavam as casas pequenas. Algumas estavam desabando e, conforme a gente andava, notei que algumas estavam interditadas e outras tinham toneladas de lixo nos jardins – brinquedos e eletrodomésticos velhos, quebrados e despedaçados. Chesterton não era uma cidade grande, portanto, eu sabia que aquelas casas existiam. Sabia que havia crianças mais pobres na escola, mas ficávamos separados a maior parte do tempo. As pessoas da minha vizinhança nunca tinham realmente uma razão para vir até essa área e vice-versa.

"Você mora por aqui?", perguntei enquanto a gente virava a esquina e entrava em um beco.

"Costumava morar."

Fomos andando pela rua e passamos por uma casa com o quintal coberto e as persianas dependuradas aos pedaços nas janelas. O terreno do outro lado, meio escondido por um trailer que alguém tinha estacionado, havia sido transformado em uma pista de skate. Parecia que há muito tempo ninguém usava aquele lugar.

As rampas marrons desgastadas com vários tamanhos e formas se erguiam para o céu, as laterais lascadas e grafitadas com spray. Algumas flores cresciam nos vãos do pavimento das rampas e os corrimões para as manobras estavam quase totalmente enferrujados. Mack foi para uma rampa, correu até lá em cima e escorregou com seus sapatos pela superfície lisa. Fiquei em pé na calçada, olhando para ele, que depois se sentou com as pernas penduradas na rampa.

"Era aqui que você queria me trazer?", quis saber.

"Não seja metida. Vem aqui", ele respondeu.

Pensei um instante, larguei a mochila no chão e tentei subir a rampa. Não consegui e já estava rindo, enquanto deslizava de joelhos.

"Você tem que correr pra cima", ensinou. "Você consegue correr, né?"

Com as mãos no quadril, balancei a cabeça e ri com sarcasmo.

"Rá, rá, rá... sim, posso correr. Tenho feito isso todos os dias da minha vida." *Bom, pelo menos, costumava correr*, uma voz interior me corrigiu, mas afastei o pensamento. Recuei alguns passos e corri pela rampa; quase não consegui chegar ao topo, tentando fazer tração com os dedos. Quando, finalmente, consegui, me coloquei em um pódio imaginário e esfreguei as mãos para cantar vitória.

"Viu, só? Também posso fazer isso."

Mack aplaudiu, colocou a mão no bolso e me entregou outra bala cor-de-rosa.

"Seu prêmio", disse.

Sentei ao lado dele, deixando minhas pernas penduradas na rampa como Mack. Lá de cima, dava para ver o colégio e os campos cheios de montes de feno entre a pista de skate e o campo de futebol.

"Não tinha a menor ideia de que esse lugar existia", eu disse.

"É porque hoje todo mundo anda de skate no Mulberry Park. Ninguém vem mais aqui. Olha as ervas daninhas." Apontou para uma porção de mato aparecendo pelo fundo das rampas. "Há um riacho aqui também." E indicou a floresta que marcava o fim da rua.

"Você anda de skate?"

Ele balançou a cabeça.

"Não, nunca. Meu pai costumava me trazer aqui quando eu era pequeno, e a gente andou juntos algumas vezes." Ele se inclinou para trás e tirou os sapatos, colocando-os ao lado dele no alto da rampa. Suas meias, meio encardidas, estavam finas e surradas. Ele puxou-as bem para cima, ficou em pé, ergueu os braços ao lado do corpo como se fosse surfar, dobrou os joelhos e escorregou rampa abaixo. Lá de baixo, se virou e me lançou um sorriso em meio aos cabelos cacheados e despenteados. "Tenta aí."

"Vou me matar." Neguei com a cabeça.

"Sério! Se eu consigo, você também. Tenta."

Olhei bem para ele, balancei a cabeça e tirei os sapatos, colocando-os no alto da rampa, perto dos dele.

"Se eu quebrar uma perna, você vai ter que me carregar pro hospital", disse.

"Então não quebre a perna."

"Tá bom." Fiquei de pé e parei no alto da rampa. Agora que estava prestes a escorregar dali, a rampa parecia ser bem mais íngreme. Como é que alguém tinha coragem de fazer isso em um skate?

"Dobra os joelhos", Mack ensinou. "E se inclina pra frente um pouquinho. E não vai naquela parte quebrada, ou você vai cair."

"Para de falar", pedi e avancei. "Ok, ok."

"Vai lá, sua medrosa!", ele gritou e eu estremeci.

"Para com isso, vai me fazer cair!", gritei, mas nós dois estávamos rindo. Por fim, coloquei os pés na rampa, me inclinei e, então, escorreguei até lá embaixo. Só caí sentada bem lá no fim. "Ah, consegui!", disse, e Mack estendeu a mão para me ajudar a levantar.

"Bom trabalho. Agora, tenta aquela ali", falou, apontando outra rampa bem mais alta do outro lado do parque. "Se conseguir naquela, é profissional." Ele correu para lá e, depois de hesitar um pouco, eu o segui.

Subimos e escorregamos pelas rampas, nossas meias ficando pretas e nossas pernas cansadas de correr para cima sem tração. Foi a coisa mais divertida que fiz depois de muito tempo. Adorava a sensação de fazer algo bobo e idiota sem ter que me preocupar com nenhum tipo de discussão. Finalmente, fisicamente esgotados, rastejamos para o alto da rampa mais curta e sentamos lado a lado, com as pernas penduradas, como tínhamos feito quando chegamos. Só que agora tiramos as jaquetas e estávamos bufando.

Ficamos quietos por um minuto, balançando as pernas na rampa e batendo com os pés no fundo para fazer aquele barulhinho *bonk, bonk, bonk*.

"Então, você quase já completou seu serviço comunitário?", ele perguntou, quebrando o silêncio.

"Dezesseis horas."

"Aposto que vai adorar quando acabar. Sua sentença foi dura. Não deviam ter ferrado você como fizeram."

"Eles quiseram me usar como exemplo", falei. "Supostamente, eles foram legais comigo."

"Quem são *eles*?"

E, de repente, estava desesperada para contar para alguém tudo que tinha acontecido comigo. Não tinha contado nada para Vonnie, nem para Cheyenne ou para Annie, ou para mais ninguém sobre aqueles dias horríveis, quando descobri como o escândalo todo estava se tornando gigante. Me senti tão envergonhada, assustada e sozinha, que não queria falar sobre aquilo. Não que, de fato, alguma delas tenha me perguntado. Mas agora queria que alguém soubesse. Então, contei para Mack sobre como os pais de alunos pressionaram o diretor Adams, os mesmos pais que chamaram a polícia, os mesmos que deram entrevistas para os jornais, pedindo que a Procuradoria Pública entrasse em ação.

Falei sobre o meu primeiro depoimento na polícia. Como fiquei apavorada quando entrei na delegacia.

A polícia foi muito compreensiva e, por mais apavorada que estivesse, me sinto grata. Pelo menos, não me algemaram, não gritaram comigo e não me trancaram em uma cela suja; tudo que tinha medo que fizessem.

O delegado nos levou para uma sala de reuniões e pediu que nos sentássemos. Mamãe estava com os olhos vermelhos e inchados e papai tinha o mesmo olhar sombrio e estoico que costumava exibir naquela época. Parecia que estava com a boca cheia de bolas de gude ou mastigando alguma coisa nojenta e perigosa. Sentei no meio dos dois, diante do delegado, cujo cabelo estava puxado para trás e perfeitamente penteado, como os apresentadores de game show na TV.

"Foi aí que me dei conta", falei para Mack.

"De quê?", ele quis saber.

"De que me tornei uma criminosa. Quer dizer, sabia que tudo isso existia, mas foi a primeira vez que me atingiu. Nunca pensei que estaria sendo... questionada por um policial, sabe?"

Mack balançou os ombros.

"Imagino. Mas não é como se você tivesse roubado um banco ou feito algo assim."

"Eu sei", disse. "Não é igual. Mas ainda assim... o jeito que o policial falou comigo..."

E fui contando para ele como o delegado cruzou as mãos sobre a mesa quando nos acomodamos diante dele e, daí, deu um sorriso forçado, dizendo que ia pegar leve comigo porque não tive a intenção de ser uma delinquente.

Contei para Mack que, quando o delegado disse que iam trabalhar comigo, meu pai explodiu:

"Trabalhar com ela? Você quer dizer que arrastá-la até aqui e interrogá-la, significa trabalhar com ela? Tirou uma maldita foto e agora está apavorada até os ossos. Olhe para ela. Pornografia infantil. Isso é uma sacanagem. Os adolescentes estão mandando essa droga o tempo todo e vocês sabem disso." E sobre como fiquei grata por meu pai ter dito aquilo, apesar de não ter certeza se ele acreditava no que disse.

Contei também como o delegado falou meu nome várias vezes e conversou comigo como se eu fosse estúpida, e como me senti minúscula quando tive que admitir na frente dos meus pais que tinha ficado bêbada na festa e então tirei a foto, e que Kaleb tinha gostado dela no início, e que eu sabia disso porque nos pegamos várias vezes depois daquele dia.

Mack não disse nada enquanto eu falei. Ficou sentado lá, olhando do alto para o colégio, batendo os pés na rampa, concordando de vez em quando com a cabeça ou fazendo algum barulho de "não acredito!", mas sem interromper, só me deixando falar. Só me deixando contar e entendendo a história.

Terminei falando sobre como o delegado escreveu uma porção de coisas no meu prontuário, então, fechou a pasta e a bateu várias vezes sobre a mesa. Como deu um sorriso, como se tudo estivesse bem e disse:

"Obrigado, Ashleigh, por cooperar. Vamos manter contato."

E ainda contei para Mack a pior parte: como, quando o delegado saiu da sala, fiquei ainda mais vazia, muito mais nua e muito mais desamparada do que quando estava na frente dele, e como tremi e me abracei, me sentindo humilhada e sozinha.

"Mas seus pais estavam lá, então não era como se você estivesse realmente sozinha", Mack disse.

"Eu sei", concordei. "Não estava tecnicamente sozinha, sozinha mesmo, mas...", parei, "mas estraguei tudo." Era o melhor jeito que conseguia falar. Estraguei algo na relação com meus pais, porque antes daquilo nunca tinha feito algo de fato errado. Nós tínhamos nossas brigas, mas nunca tinha feito nada antes que os decepcionasse. Não como aquilo.

Desde que tudo aconteceu, estavam focados em como aquela confusão toda estava afetando a vida deles. Parecia injusto. Era eu que tinha problemas. Eu era a agressora sexual. Era como se agora houvesse "eu" e "eles" e não mais "nós".

Quando parei de falar, o céu tinha escurecido e os postes da rua estavam acesos, refletindo em Mack e em mim uma luz alaranjada. Os grafites nas laterais das rampas tinham um brilho estranho e o fundo de concreto era como piscinas negras.

Esperei que Mack dissesse alguma coisa. Abrisse a boca e falasse. O que realmente queria dele agora era que compartilhasse sua história, queria me contasse como foi parar no Diálogo Adolescente e sobre o que era seu projeto. Mas, quando finalmente abriu a boca, a única frase que saiu foi: "É uma merda".

"Sim", eu disse. "É mesmo". E um novo silêncio se espalhou entre nós. Parte de mim achava que ele queria que eu contasse mais alguma coisa, mas já havia contado tudo. Ou, pelo menos, tudo que queria contar. E ele, como de costume, não falou mais nada. E não iria falar. Então, finalmente, me levantei e disse: "É melhor eu ir".

"É, eu também", Mack respondeu.

Coloquei os sapatos, fiquei em pé e desci a rampa pela lateral, para pegar minha mochila. Olhei para Mack que estava amarrando os sapatos.

"Da próxima vez, me mostra o riacho?"

"Claro", ele respondeu sem me olhar.

Fui direto para casa, pensando sobre como, apesar de Mack não ter me contado a história dele, foi capaz de ouvir a minha. De algum jeito, me sentia mais leve por ter lhe contado. Só esperava não me arrepender disso.

# SETEMBRO

> **Número Desconhecido 174**
> Verdade q vc tá disponível?
> Pq tô a fim!

Eu disse à mamãe que precisava estudar um pouco antes das aulas, então ela me deu carona quando saiu para o trabalho e cheguei ao colégio antes de todo mundo. Não sei por que essa me pareceu a melhor atitude. Como queria voar baixo e ficar meio anônima, como sugeriu Vonnie, o melhor jeito era não fazer uma entrada triunfal.

Levei meus livros para a biblioteca e fiquei estudando sob a luz fluorescente, que estava falhando e piscava a todo momento, tentando afastar minha mente do celular.

O aparelho tinha vibrado a noite toda. Parte de mim queria desligá-lo, fazer aquilo parar, mas outra parte de mim, a humilhada, sabia que as mensagens seriam enviadas, não importava se o celular estivesse ligado ou desligado. Se iam chegar de qualquer jeito, queria pelo menos saber. De certo modo, não conseguia me manter afastada, por mais que doesse ler aquilo tudo. Então deixei o celular ligado, mas uma parte de mim morria cada vez que recebia um novo alerta. Mensagem depois de mensagem depois de mensagem. Vonnie, tentando me confortar, tentando me convencer de que ninguém ligaria. Outras amigas perguntavam, afinal, o que tinha acontecido, se a foto era fake ou por que eu tinha feito aquilo.

E os números desconhecidos... A pior parte. Aquelas pessoas me chamavam de puta e davam sugestões repugnantes do que eu deveria fazer nas futuras fotografias. Imaginei que alguns desses comentários deveriam ser de amigos de Kaleb e, quem sabe, até de Holly ou de quem quer que estivesse com ele agora.

No começo, li tudo e até respondi algumas mensagens, mas, depois de um tempo, desisti. Eu lia e deletava tudo, e logo comecei a deletar sem ler. Esperava que pelo menos alguém lá fora tivesse feito o mesmo que eu: deletado tudo aquilo.

Quanto mais se aproximava do sinal de início das aulas, mais nervosa eu ficava. Meus pés batiam no chão. Minhas mãos tremiam. Aquele zumbido no ouvido tinha reaparecido. E, conforme os estudantes foram entrando na biblioteca, carregando livros e passando por ali, eu me sentia cada vez mais como se estivesse pregada na cadeira. Nunca seria capaz de me levantar e ir para a aula. Não era forte o suficiente para conseguir.

Mas logo, bem mais cedo do que queria, a Sra. Dempsey, a bibliotecária, veio com as mãos cheias de livros e me disse: "A aula começa em três minutos".

Fechei meu livro, levantei com as pernas bambas e segui pelo corredor perto das janelas da biblioteca. Tudo parecia normal. Ninguém lá fora parecia estar escandalizado. Talvez Vonnie estivesse certa e aquilo não era nada de mais. Talvez, por fim, ninguém dissesse nada.

Juntei minhas coisas e saí da biblioteca, me misturando ao fluxo de estudantes sem olhar para nada, apenas para frente. Andei com um pé na frente do outro, torcendo para chegar à sala de aula sem nenhum incidente.

Virei à direita no corredor, passando pelo meu armário e seguindo para o laboratório de ciências.

Era lá, justamente, onde estavam parados Nate, Silas e Danny Cross. Danny estava com o braço em volta do pescoço de sua namorada, Taylor, e a amiga dela, Jenna, estava em pé do outro lado.

Silas me viu e, como se fosse em câmara lenta, um sorriso se abriu no rosto dele. Ele cutucou o braço de Nate com o cotovelo. Nate ergueu a cabeça e nossos olhos se encontraram, e ele soltou uma gargalhada, dobrando o corpo e cobrindo a boca com a mão, como faria um idiota total para as pessoas olharem para ele. Como em uma manada de animais, todo mundo prestou atenção, erguendo a cabeça. Primeiro, com expressões curiosas, depois, com expressão de nojo, raiva ou dando gargalhadas.

Engoli em seco e continuei andando, fingindo que não via ninguém. *Cega. Eu sou cega. Não estou vendo nada disso.*

"Oi, Ashleigh", Silas gritou. "Você está bonita hoje. Algo está diferente, talvez. O que é?" Contra minha vontade, virei para trás em tempo de vê-lo colocar a mão sob o queixo, como se fosse a maldito escultura do *Pensador* ou algo assim. Ele estalou os dedos. "Poxa, cara! Já sei o que é! Você cortou o cabelo. Não, não. Não é isso."

Apertei meus olhos para encará-lo, mas até eu mesma percebi que meu desejo não era esse. Estava tentando odiá-lo, mas, na verdade, só pensava em implorar para que ele parasse, estava morta de medo. *Por favor, não diga nada. Por favor, não diga nada.*

"Não, acho que são lentes de contato novas", Nate disse.

"Não, é algo maior do que isso. É algo em que não posso colocar as mãos..." Silas estava com as mãos em concha diante do peito, como se segurasse um par de seios, enquanto Nate e Danny estavam praticamente mortos de tanto dar risada. Mais algumas pessoas paravam para ver o que era e, apesar de eu estar tentando ficar cega para não ver nada daquilo, ainda podia enxergar muito bem o que estavam fazendo, o jeito como riam, a maneira com que se aproximavam uns dos outros para cochichar. Forcei minhas pernas a seguirem em frente, querendo que andassem cada vez mais depressa. Tudo o que tinha que fazer era passar por eles e entrar direto pela porta da aula de Ciências, do outro lado. Era exatamente como ignorar a dor no corpo depois de uma longa corrida. Tentei dizer isso para mim mesma.

"Ah, já sei o que é!", Silas gritou e as palavras dele foram como estilhaços caindo sobre mim. "Você está vestida! Por isso que não estava te reconhecendo."

*Não dê ouvidos a isso*, Ashleigh, disse para mim mesma. *Seja cega e surda. Exista apenas no seu mundo escuro e silencioso. Você está em um túnel. Está flutuando. Só mais alguns passos e vai chegar na linha final.*

De algum jeito, consegui chegar à aula de Ciências e, não sei como, enfrentei os cochichos ao meu redor, enquanto a Sra. Kenney escrevia no quadro negro sem saber de nada. De algum jeito, consegui não chorar quando Tyler Smart ergueu seu celular e as pessoas em volta riram baixinho dos meus seios e da minha barriga, revelados na pequena tela do aparelho.

E consegui atravessar o corredor de novo. Só eu, a cega e surda Ashleigh, a vacilante Ashleigh, até a aula de Inglês e, de algum jeito, não vomitei na aula de Cerâmica, quando meu colega de mesa, Phillip, modelou seios nas laterais da tigela que estava fazendo, brincando que iria chamar a peça de *Ode a Maynard*.

De algum jeito, sobrevivi até a hora do almoço.

Quando cheguei ao refeitório, Vonnie e Cheyenne estavam sentadas em nossa mesa habitual, curvadas sobre um prato compartilhado de bolinhos de batata. Eu estava com um humor horrível e nem sabia se conseguiria sobreviver até o final do dia. Achava que não conseguiria; pelo menos se não chorasse um pouco. Alguém passou a mão na minha bunda quando me abaixei no corredor para pegar minha mochila; alguém me chamou de vadia quando andei entre as mesas do refeitório; já tinha tido o suficiente. Não queria ser tocada ou xingada. Não merecia ser tratada daquele jeito.

Peguei uma taça de pudim no carrinho de sobremesas e sentei perto de Vonnie. Cheyenne não levantou os olhos da comida e, provavelmente, eu estava muito sensível, mas aquilo foi, para mim, a gota d'água. Se não podia nem contar com a atitude normal das minhas amigas, como poderia esperar que alguém no resto da escola agisse assim?

"E aí? Deveria me sentar em outro lugar?", provoquei.

"O quê?" Os olhos de Cheyenne se arregalaram.

"Você parece envergonhada." Tirei o lacre do meu pudim.

"Ah", ela disse, ficando corada. Inclinou a cabeça e pegou um bolinho. "Não, não estou", respondeu com a boca cheia.

Rachel e Annie chegaram com pedaços de pizza e se sentaram na frente de Cheyenne. Estavam conversando baixinho. E por mais que quisesse ter um almoço normal – pelo menos, o mais normal possível durante aquele dia horrível –, não consegui evitar o mau humor que me consumia desde cedo.

"Então, Rachel", disse. "Estou mesmo precisando te agradecer."

Ela se virou para mim e notei que nenhuma delas – aliás, ninguém naquela mesa – estava feliz. Rachel ergueu a sobrancelha.

"Aquela ideia sua de mandar uma foto minha para o Kaleb foi realmente sensacional." E ergui o polegar, dando um sorriso sarcástico.

Annie piscou algumas vezes e continuou a comer. Chegou a abrir a boca para falar alguma coisa, mas ficou quieta. Rachel apenas continuou a mastigar e não disse nada.

Todas nós comemos em um silêncio desconfortável e tudo que podia ouvir ao meu redor eram os murmúrios e comentários com meu nome. Não sabia dizer se era verdade ou não, mas eu os escutava. E imaginava quanto tempo aquilo iria durar – eu ouvindo meu nome ser sussurrado aqui e ali – antes que ficasse fora de controle.

Finalmente, Vonnie se curvou e engoliu o bolinho que estava comendo.

"Todo mundo estava comentando sobre você. Em todas as minhas aulas. Foi muito ruim?"

"Só se você achar que ser chamada de puta mil vezes por dia é ruim", falei. "Mas, olha, vai tudo ser esquecido depressa, não é um grande problema, não é mesmo, Von?"

Ela estendeu as palmas das mãos para mim.

"Calma aí, Florzinha. É melhor você esfriar a cabeça. Estou só tentando demonstrar apoio."

"Ótimo, obrigada pelo apoio", falei com a voz cáustica. Sabia que estava descontando nas pessoas erradas, mas não podia evitar. Estava frustrada, magoada e determinada a não demonstrar isso. Mas também estava tão perto de explodir, que podia sentir a pele vibrando debaixo das minhas unhas. Queria subir na mesa e gritar: *Isso foi só um erro!* Mas também queria mergulhar debaixo da mesa e morrer. Principalmente, só queria que aquele dia acabasse.

"Recebi a mensagem mais de dez vezes", disse Rachel, ainda com os olhos grudados em seu pedaço de pizza.

"Eu também", concordou Cheyenne. "Alguém adicionou seu nome e telefone em algumas mensagens, Ash." Ela olhou para mim. Fiquei com a colher cheia de pudim parada no ar entre a taça e a boca. Então era por isso que eu estava recebendo todas aquelas mensagens de números desconhecidos.

"Quem faria uma coisa dessas?", gaguejei. Podia sentir as lágrimas chegando no canto dos meus olhos e pisquei várias vezes para mantê-las ali. *Não chora, Ashleigh, não chora. Você é como uma uva passa, seca e desidratada, e seus olhos não têm lágrimas.*

"Acho que você devia saber", Cheyenne falou baixinho. "A essa altura, acho que todo mundo já recebeu a mensagem."

"Ouvi que alguma criança do ensino fundamental está mostrando a foto por aí", disse Annie. "Só não sei se é verdade. Quer dizer, quem mandaria isso para uma criança? É horrível!"

Deixei cair a colher de volta na taça, porque não sentia mais fome nenhuma.

"Ai, meu Deus", falei, colocando as mãos na testa. "Ai, meu Deus!"

Vonnie colocou a mão no meu braço.

"Não pira. Vai ficar tudo bem."

"É fácil falar", resmunguei com as mãos sobre o rosto. Estava quente, senti um fio de suor escorrer pelas costas. "Não é você que todo mundo viu nua. Não posso acreditar que Kaleb fez isso comigo."

"Nem meu irmão distribui as fotos da putinha que ele namora por aí, e olha que ele meio... meio que se orgulha daquilo", Rachel comentou. "Conta pra todo mundo sobre as fotos, mas não mostra pra ninguém."

Olhei para ela. Nunca ficou muito claro para mim o quanto eu não suportava a Rachel. Isso sem contar que eu não sabia como Vonnie conseguia gostar dela. Quando Rachel comentou sobre as mensagens, parecia quase animada. Como se, por dentro, estivesse vibrando por isso ter acontecido comigo. Assim ela tinha algo para comentar.

"Será que dá pra não falar da namorada 'putinha' do seu irmão? Foi isso que me enfiou nessa encrenca. Obrigada. Agora, todo mundo me chama de puta também."

Rachel umedeceu os lábios e falou:

"Olha, sei que você está tendo um dia péssimo, mas saiba que não está sozinha. Tem ideia de quantas vezes já me perguntaram se a gente transa com você? Sabe quantas vezes já me pediram pra mandar uma foto nua também? Foi você quem decidiu tirar aquela foto e sou que estou pagando por isso."

"Ah, então agora devo sentir pena de você, suponho", falei incrédula. "Antes de mais nada, aquilo foi ideia sua, Rachel. Você acha mesmo que o que você passou hoje chega perto do tamanho da humilhação que estou sofrendo?"

Rachel era exatamente o tipo de pessoa que acharia que sim. Também passaria a me humilhar, se isso fosse necessário para conquistar a compreensão de alguém. Mas eu não ia deixar isso acontecer. Alguém tinha feito uma pergunta grosseira a ela. Coitadinha. Era sempre a mesma história das unhas postiças. Toda a vida dela se resumia ao colapso das unhas postiças.

"Eu não achei que você realmente fosse fazer aquilo", ela falou e, mais uma vez, seus lábios se curvaram para cima, como se estivesse se divertindo. "E, além disso, achei que fosse fotografar os seios ou alguma outra parte, sem ficar totalmente nua. Foi realmente vergonhoso."

Levantei, segurando minha taça de pudim.

"Bom, vou tornar as coisas mais fáceis para você, Rachel. Vou embora. Você não precisa mais ser associada a mim."

"Florzinha...", Vonnie falou, mas eu a ignorei. Fui embora e saí do refeitório, atirando minha taça de pudim na lata de lixo na saída. Caiu do lado de fora, sujando a lata de lixo e escorrendo pudim pela parede da cafeteria, mas nem liguei. Tudo que eu queria era ficar um tempo sozinha.

Passei correndo pelo corredor e pela porta da frente do colégio. Sentei em um banco sob o sol até tocar o sinal para a próxima aula, me esforçando para fazer o estresse se dissipar dentro de mim. Mas estava tensa e com raiva, pronta para explodir. Estava fisicamente incapaz de me acalmar. De alguma forma, tinha consciência de que minha vergonha não era por causa de Rachel ter sugerido a foto ou por Vonnie ter se vingado de Kaleb. Mas, naquele momento, era mais fácil culpá-las. Se não fosse por outra razão, era, pelo menos, para ter mais alguém metido naquela confusão comigo, apenas para não estar sozinha com o meu erro.

Levantei e me virei para a porta do colégio. Ouvia a alegria e os gritos dos alunos durante o intervalo do almoço, com a disposição renovada, enquanto subiam e desciam pelas escadas, circulando em pequenos grupos e batendo a porta dos armários. Todos estavam com as energias recuperadas, cheios de gás para uma nova rodada de Xingamentos Contra Ashleigh.

Eu não ia aguentar aquilo.

Eu não era cega.

Nem surda.

Podia ver e ouvir tudo.

Me virei e fui para casa.

"Está doente?" Mamãe colocou a cabeça para dentro do meu quarto. Ainda estava usando os óculos de sol. "O colégio ligou para avisar que você perdeu três aulas hoje."

Não respondi. Não me mexi. Fiquei deitada, com o rosto para baixo, as bochechas pressionadas contra as dobras do meu travesseiro, olhando fixamente para as janelas do meu quarto. Em algum lugar, escondido no brilho dos vidros, havia desenhado um coração com as iniciais minhas e de Kaleb escritas dentro. Tinha desenhado no vidro embaçado em uma noite do último inverno, enquanto conversava com ele por telefone. Quando voltasse a esfriar, o coração reapareceria, um fantasma do passado para me insultar.

Já não fingia mais que era cega ou surda. Em vez disso, estava paralisada. Deitada sobre um bloco de gelo, como no necrotério. Estava presa ali. Não conseguia me mexer.

"Precisa de uma porção de carinho?" Mamãe abriu um pouco mais a porta.

"Só tive um dia ruim", resmunguei com a bochecha raspando no travesseiro. Ficando gelada. Depois, arroxeando e morrendo. "Desculpa, saí sem avisar."

Minha mãe suspirou e ouvi sua bolsa cair no chão e o ruído das chaves do carro.

"É sobre Kaleb?"

Não respondi. Não sabia como dizer. Sim, era sobre Kaleb, mas não como ela pensava. Não estava simplesmente chateada por causa de um cara. Era muito, muito pior do que isso.

"Está bem", falou quase para si mesma. "Escuta, podemos conversar enquanto fazemos o jantar. Pode descer em quinze minutos?"

"Tá", respondi, apesar de saber que, nem que quisesse seria capaz de levantar e descer a escada para ajudá-la a fazer o jantar. Achei que tinha visto um pedaço do coração na minha janela. Forçando a vista e olhando bem, estava lá. Podia ver até o "K" dentro do coração. Olhei mais uma vez. *Odeio você. Eu me odeio. Odeio nós dois.*

O telefone começou a tocar lá embaixo e escutei passos apressados e a voz de mamãe quando foi atender.

Odiava meu telefone. Nunca mais queria vê-lo. Queria destruir, queimar, passar por cima dele com um tanque. Não me importava se nunca mais atendesse um telefone na vida.

Ouvi passos subindo a escada e, então, minha porta se abriu. Mamãe entrou, passando o aparelho para mim.

"É Vonnie", disse. "Por que você desligou o celular?"

Tentei encolher os ombros, mas um corpo congelado não se move, então, fiquei deitada.

"Não sei", respondi. *De verdade, eu sei, mas não posso lhe dizer*, teria sido uma resposta muito mais honesta.

Mamãe deu um grunhido impaciente e atirou o telefone na cama. Senti o aparelho bater na minha perna ao pousar. Droga. Tinha sentido aquilo.

"Bom, está desligado e Vonnie está tentando falar com você."

Mamãe saiu e fiquei ali deitada mais um pouco, tentando decidir se agora conseguia ver também a parte pontuda do coração que tinha desenhado atravessado por uma flecha. Não queria vê-lo.

Então, devagar, muito devagar, alcancei e peguei o telefone, me mexendo aos pouquinhos, e prendi o aparelho entre o travesseiro e o meu rosto.

"Alô?"

"Oi, o que está acontecendo? Eu te esperei depois do treino de vôlei, mas você não apareceu. E quando ligo para o seu celular, cai direto na caixa postal."

"Precisava de um tempo sozinha", disse. "E, pode acreditar, nem queira saber o que acontece quando ligo meu celular. É uma explosão total. Ou pelo menos era a última vez que olhei. Tinha umas cem mensagens."

Vonnie fez um barulho acolhedor.

"Você já conversou com ele sobre isso?"

"Sim. Mais ou menos. Na noite passada. Mas ele não está nem aí."

"Que cretino. Não posso acreditar que ele fez isso com você. Quer dizer, sempre achei Kaleb arrogante e egoísta, mas nunca achei que fosse mau-caráter."

Fechei os olhos, uma imagem púrpura da janela apareceu nas minhas pálpebras. Ainda podia ver partes do coração. Não conseguia evitar aquilo.

"Nem eu", respondi. "Ele sempre falava o quanto me amava. Agora sabemos que era apenas uma conversinha barata."

"Falando nisso, descobri quem espalhou a foto para todo mundo. Foi o Nate, irmão de Sarah."

Nate. Claro. Aquele que deu início a toda essa confusão entre mim e Kaleb. *Que beleza, Kaleb, você está juntando pontos.* Nunca saberia com certeza se Nate tinha visto a foto na noite em que enviei para Kaleb ou se Kaleb tinha mesmo só falado daquilo para ele. Mas agora sei que, definitivamente, Nate tinha visto a foto.

De qualquer jeito, isso não importava muito agora. Quem é que ligava para quem tinha visto ou só ouvido falar a respeito e quando? Agora todo mundo já tinha visto a foto, já tinha ouvido falar da história, então, por que se dar ao trabalho de tentar descobrir quando ou como exatamente o cara que eu amava me traiu? Só adicionava mais insulto à injúria. Acima de tudo, só me fazia sentir ainda mais idiota.

"Ele deve ter uma porção de números na lista de contatos, não sei", Vonnie continuou. "De qualquer forma, Stephen e Cody vão dar uma bronca nele quando vierem pra cá nas férias de outono."

"Stephen e Cody já sabem?" Me lembrei dos dois me jogando na piscina algumas horas antes de eu tirar a foto, e como me sentia leve e despreocupada naquele momento. O que eu não daria para voltar àquela noite e refazer as coisas... Deveria ter ficado na piscina. Ia aproveitar aquele momento de leveza e teria esquecido completamente do Kaleb. Ele que ficasse com seu joguinho de beisebol idiota, enquanto eu me divertia sem ele.

"Sim, mas não se preocupe, Florzinha. Eles estão do seu lado."

Ótimo. Justo o que eu precisava. Aliados que estavam longe, na faculdade. Portanto, agora a foto estava circulando por todo o Colégio

Chesterton, e possivelmente pela escola de ensino fundamental também. E, pelo menos, em mais duas faculdades. Muito bom. Talvez devesse estampar meus peitos em um outdoor na estrada interestadual.

Escutei mamãe mexendo nos utensílios na cozinha e me sentei, devagar. Meu rosto ardia; tinha esfregado as bochechas contra o travesseiro por muito tempo. Com certeza havia uma marca ali. Cocei o rosto.

"Tenho que desligar, Von. Preciso ajudar minha mãe com o jantar."

"Tudo bem. Pego você amanhã cedo?"

Gelei só de pensar em ir para o colégio na manhã seguinte. Mas tinha que ir. Não tinha saída. Quem poderia saber quanto tempo levaria para as coisas se acalmarem? Não podia esperar as coisas se resolverem, em algum momento mamãe e papai descobririam o que estava acontecendo. "Sim, claro."

Desliguei e me arrastei escada abaixo até a cozinha.

Mamãe ainda estava usando o uniforme de trabalho – saia jeans longa com uma maçã estampada em aplique de um lado do quadril, jaleco e top de tricô – estava sem sapatos, só com a meia-calça, e os óculos estavam aninhados na cabeça como um pássaro no ninho. Ela batia os objetos enquanto trabalhava.

"Oi, mãe", falei, me esforçando para agir normalmente. "Tudo bem com você?"

Ela deu uma risada forçada.

"Bom, meu astral hoje está mais para chutar a bunda de alguém", ela respondeu, o que poderia ter sido engraçado em algum outro dia. Ela tirou uma cebola não sei de onde, colocou sobre a tábua e começou a picá-la. "Tem uns pais que acham que os anjinhos deles cagam canções de ninar, juro!"

Tirei uma frigideira do armário e coloquei em cima do fogão. Então coloquei lá dentro a carne moída já descongelada e misturei com a espátula.

Mamãe apontou com a faca na minha direção.

"Tem um menino de 5 anos que um dia vai virar delinquente, pode escrever. Mas tenta dizer pra mãe dele que a criança é qualquer coisa senão perfeita pra você ver... A mulher está em negação."

Ela jogou uma porção de cebola na frigideira do hambúrguer, depois pegou um pote de alho picado na geladeira e juntou uma colherada no tempero.

"Mas chega dessa conversa", falou, limpando as mãos sobre a pia enquanto eu continuava a misturar a carne na frigideira. "O que está havendo com você?"

"Meu astral já foi pelo ralo do esgoto", disse, tentando fazer uma graça, mas não consegui. Tudo que sentia era a vergonha daquela foto queimando dentro de mim de novo. "Mas, sério, não quero falar disso."

Mamãe veio por trás de mim e acariciou meus ombros.

"Ah, meu amor, sei que agora parece a pior coisa do mundo, mas logo você vai esquecer o Kaleb. Outro garoto vai tirar sua cabeça desse namoro."

Ela estava errada. Nunca esqueceria Kaleb. Não agora. Ele tinha me dado motivo para isso. Sentiria para sempre essa vergonha na boca do estômago quando ouvisse o nome dele. Nunca escaparia. Não podia haver mortificação maior. Mas como é que minha mãe ia entender? Não podia contar a ela o que realmente tinha acontecido. Só podia fingir que estava tudo bem, que o rompimento com Kaleb era meu único problema, apesar de esse não ser mais meu maior problema naquele momento.

"Não é nada de mais", disse. "Foi só um dia ruim, é isso."

"Olha, admiro sua atitude", mamãe respondeu. "Lembro quando rompi com meu primeiro namorado. Achei que ia morrer e que a dor duraria para sempre. Tudo bem ter dias ruins. É o que se espera. Vocês dois eram próximos."

*Você não pode nem imaginar o quanto a gente era próximo*, eu quis dizer, e senti o calor subir pelo meu rosto outra vez. Todo mundo no Colégio Chesterton sabia disso agora.

"Vou conversar na diretoria e dizer que você estava doente, assim não será punida. Mas, da próxima vez, me avisa quando precisar de um dia de descanso mental, está bem? Fiquei preocupada com você quando o colégio ligou, e não conseguia falar com você pelo celular."

"Sim, desculpa. Foi meio que uma decisão no calor do momento."

"Entendi." Ela se inclinou ao meu lado e olhou a mistura de carne na frigideira. "Mexa."

Ficamos ali trabalhando uma ao lado da outra. Mamãe ligou a TV, que ficava dependurada debaixo de um dos armários, e assistimos ao noticiário. De vez em quando, comentava alguma notícia, mas estávamos mesmo cozinhando o estresse do nosso dia.

Dali a pouco, a porta da frente abriu e ouvimos o barulho da maleta do papai ser colocada no chão da sala.

"Oi", mamãe gritou e os passos dele se aproximaram da cozinha. A mesma rotina de todas as noites da minha vida. Algo naquilo me confortava. Não importava o que estivesse acontecendo no colégio, a minha casa era o oásis que me protegia de tudo. Podia me esconder na cozinha e ajudar a mamãe a preparar o jantar, enquanto papai se sentava e lia o jornal. Podia contar com aquilo. Mamãe desligava a TV para os dois poderem conversar e papai reclamava do trabalho. Aquela rotina era como um abraço. Quem sabe tudo ia mesmo ficar bem. No fim das contas, nossa rotina não tinha mudado.

"Aí está ela", disse papai, quando entrou na cozinha. Inclinou-se por trás de mamãe e beijou o alto da cabeça dela. Ela se virou e sorriu para ele.

"Estou aqui", ela disse. "Como foi seu dia?"

Papai veio por trás de mim, passou o braço por cima dos meus ombros e pegou um pouquinho de carne na panela para experimentar. Depois, inclinou-se mais um pouco e me beijou no rosto.

"Apenas trabalho", falou, encostando no balcão, enquanto mastigava. "Bem rotineiro até o final do dia."

"Ah, é?" Mamãe estava misturando manteiga nas ervilhas.

"Recebi um telefonema do diretor Adams sobre alguma coisa acontecendo com a turma do ensino médio", ele comentou e paralisei. Tentei mostrar que continuava a mexer a carne, mas meu braço parou. Olhei para papai e minha garganta secou. "Alguma confusão a respeito de um celular ou coisa parecida."

A dormência parecia se espalhar por meu pulso e minhas mãos. Deixei cair a espátula dentro da frigideira, que bateu no fundo e caiu no chão.

"Droga", falei, me abaixando para pegar.

"Parece que ele recebeu um telefonema de um pai ou coisa assim. Não conseguimos realmente conversar. Estava tentando sair. Disse que vou ligar para ele amanhã cedo. Era exatamente o que eu queria, começar meu dia com uma crise. Queria mesmo era banir os celulares dos prédios escolares. São fonte de muita dor de cabeça. As crianças não precisam realmente deles e não servem para nada além de causar problemas."

Passei água na espátula que havia caído no chão e me abaixei para colocá-la na máquina de lavar louça, tendo a certeza de que seria incapaz de levantar novamente. As palavras de papai estavam chacoalhando dentro da minha cabeça como roupas na secadora. *Diretor Adams... pai... telefonema... celulares...*

Tinha toda esperança de que aquilo fosse sobre outro problema. Quem sabe alguém estava faltando às aulas porque andava muito ocupado enviando mensagens ou algo assim. Talvez o celular de alguém tivesse sido roubado do armário durante a aula de Educação Física. Acontecia o tempo todo. Mas, por mais que tivesse esperança, alguma coisa me dizia que não era nada tão simples assim. Por que o diretor telefonaria para meu pai se fosse algo fácil de resolver? Você só aciona o superintendente quando tem um problema realmente grande ou incomum. E o meu problema era dos dois tipos.

"Sabe alguma história sobre um celular lá no colégio, Ash?", papai perguntou e, juro, meus dentes batiam como se eu fosse a personagem de um desenho animado bobo. Respirei bem fundo, ganhei tempo e agi como se estivesse muito interessada em algo acontecendo dentro da máquina de lavar louça. Finalmente, fingi um sorriso e me levantei.

"Não", disse, tentando parecer convincente, apesar de não ter convencido nem os meus próprios ouvidos. "Não ouvi nada, não."

*Mentirosa, mentirosa, mentirosa.*

"Hum", ele murmurou. "Bom, tenho certeza de que vou entender direito o que aconteceu amanhã."

Por dentro, havia algo morrendo em mim.

Amanhã.

Amanhã não é o dia em que tudo vai passar e ficar bem.

É apenas o dia em que tudo vai ficar bem pior.

Porque amanhã meu pai ficaria sabendo.

# SETEMBRO

> **Número Desconhecido 198**
> Eu sempre soube q vc era uma puta

> **Número Desconhecido 199**
> Quer casar comigo? lol

Não consegui dormir, só virei para lá e para cá na cama a noite inteira. Mas, quando deu 5h30 da manhã, dei um salto, em pânico. Meu estômago estava apertado de preocupação, corri para o banheiro e me inclinei sobre a privada. Podia ouvir o chuveiro no quarto dos meus pais. Com certeza papai já havia levantado e estava se arrumando para ir trabalhar.

Liguei o celular e enviei uma mensagem para Vonnie:

> adams ligou.
> papai já sabe.

Depois de alguns minutos, durante os quais eu praticamente roí toda unha do meu polegar, veio a resposta:

> Eu te mandei um link.
> Vc precisa ver.

Não era a resposta que eu esperava. Abri o laptop, entrei na caixa postal e encontrei o link que Vonnie tinha me enviado. Era de um website que postava fotos de garotas nuas que tinham sido flagradas em lugares comuns como festas, lojas e quartos. Cliquei no link e perdi o fôlego.

Logo no topo estava a minha foto, só que tinha sido bem ampliada. A página tinha mais de 200 comentários e passei por eles lendo, enquanto meu queixo caía. Um monte de gente tinha escrito coisas a meu respeito.

- Achei q ela era bem + sexy
- Cara, do q vc tá falando? Eu quebro essa gostosa ao meio!
- Nojento, vc deve ser doente
- Enganou muita gente como a atleta certinha, mas a foto ñ mente. É uma puta, e estou louca da vida, pq meu namorado tem isso no celular dele!
- Já vi melhores aqui. Vcs deviam ver a foto de Charlotte S. postada há uns três meses. Estoura o balão. Essa aí não vale a pena.
- Ñ acredito que ela fez isso. Morria antes de fazer isso.

Fiquei de boca aberta enquanto lia aquilo. Não daria nem para contar quantas vezes fui chamada de puta ou coisa pior. E todo mundo estava comentando como eu era feia, como meu corpo era feio. E piores ainda eram os comentários das pessoas que pareciam não ser do meu colégio. Aqueles que estavam olhando só para se divertir mesmo.

Um soluço escapou de dentro de mim e, pela primeira vez desde que tudo aquilo começou, finalmente chorei. Não ia passar. Não mesmo. Aquilo já estava grande demais para desaparecer.

Fechei o laptop e puxei as pernas na direção do peito. Encostei a testa nos joelhos e chorei. Pessoas que eu não conhecia estavam vendo meu corpo nu. Pessoas que eu conhecia, colegas de classe, gente com quem cruzava nos corredores, algumas de quem eu realmente gostava, estavam dizendo coisas terríveis a meu respeito na internet. Ai, meu Deus, on-line! Meu corpo nu estava on-line. Como uma atriz pornô.

Corri de novo para o banheiro e voltei a me inclinar sobre a privada. Não consegui vomitar, então fiquei sentada no chão por um tempão, com a cabeça encostada no tampo na privada, enquanto as lágrimas caíam sobre os joelhos do pijama.

Ouvi o barulho nos canos quando papai desligou o chuveiro. Logo estaria saindo, cheirando ao limão da loção pós-barba e à roupa limpa, recém lavada e passada. Iria direto para o trabalho.

Não ia conseguir encará-lo naquela manhã sabendo o que estava prestes a descobrir.

Voltei para o quarto e coloquei a roupa de corrida. Não era incomum eu correr logo cedo para ficar bem-disposta, especialmente quando estava calor lá fora. Mamãe e papai não falavam nada sobre isso.

Amarrei os tênis, desci correndo a escada e bati a porta da frente, justo quando ouvi papai abrir a porta do quarto. Consegui escapar antes que ele pudesse me encontrar.

Lá atrás, quando ainda estava no ensino fundamental, meu sonho era fazer parte da equipe oficial de *cross-country* do colégio, porque correr era meu alívio para o estresse. Inspirava profunda e pausadamente, me desligava do celular, do iPod, dos meus pais e de tudo ao meu redor, e simplesmente corria. Gostava da solidão e do compasso da minha respiração entrando e saindo dos meus pulmões, sem que nem tivesse que pensar a respeito. Gostava do calor que me dava, do cansaço e da sensação de leveza depois da corrida.

Havia uma trilha que gostava de fazer, indo por trás do nosso bloco e passando por um bosque. Do outro lado desse bosque, tinha um centro comercial ao ar livre, que tinha de tudo, desde uma loja de autopeças até uma academia de artes marciais, um estúdio de dança e também um brechó.

Eu gostava de ir ao brechó. Fazia um intervalo no meio da corrida e circulava pelas salas de exposição, tentando imaginar quem foi que comprou primeiro aquela TV com a antena amassada ou a caneca de café lascada com a frase "não suporto as manhãs" ou o suéter amassado ou o quadro com Jesus. Também gostava de xeretar as roupas e sapatos. Gostava do cheiro de mofo, da luz cintilante e do gato gordo, cinza e brincalhão que ficava por ali, na seção das toalhas de mesa.

Assim que saí de casa naquela manhã, peguei a rua na direção dessa trilha. Ainda era muito cedo para entrar no brechó, mas podia olhar as vitrines. Ainda podia me transplantar para a vida e a história de outra pessoa. Precisava daquela sensação de leveza depois da corrida.

Meus pés batiam em ritmo perfeito sobre as folhas caídas e ainda úmidas de orvalho. Kaleb tinha me ensinado como alongar meu passo, então, parecia mais uma caminhada do que corrida. Melhorou minha energia, trabalhando comigo para conseguir manter uma cadência mental. Me desafiava, mas também me ajudava. E, apesar de já correr quando o conheci, não tinha certeza se agora conseguiria continuar sem ele.

Inspirei e expirei, tentando clarear as ideias. Nada de Kaleb. Não me fazia bem pensar nele, pensar em como ele costumava ser bom pra mim. *Só respira. Só pisa. Só corre.*

Havia dois corredores a minha frente e passei por eles à esquerda. Eram duas mães empurrando carrinhos de bebês, e mais conversavam do que corriam. Vê-las na trilha me fez sentir segurança. Elas não sabiam nada sobre o que estava acontecendo comigo. Havia mais gente pelo mundo que não sabia do que gente que sabia. Eu só tinha que me lembrar disso.

E me lembrar de respirar. Pisar. Correr.

O percurso fazia curvas e eu acompanhava, ouvindo os pássaros acordarem e começarem a cantar. Era minha parte preferida daquelas corridas matinais. Se prestar atenção no canto dos pássaros, realmente prestar bastante atenção neles, vai ficar surpreso com quantos existem ao nosso redor o todo tempo. Em geral, a gente não consegue escutar porque estamos tão envolvidos com as nossas próprias coisas – em ser amado, ter razão, chegar na hora ou ser o primeiro, o mais ouvido, o mais engraçado ou o mais legal.

Eu ouvia o canto dos pássaros. Eles estavam gritando.

Eu respirava. Pisava. Corria.

Virei o pescoço e vi que dois garotos estavam correndo logo atrás, então diminuí minha velocidade. Pelas costas, não pude identificar quem eram, mas estavam usando suéteres do Colégio Chesterton.

De uma hora para outra, minha respiração perdeu o ritmo e fiquei exausta. Perdi o passo. Me senti agitada. Mesmo estando no meu bosque, naquele lugar que era meu alívio do estresse.

Um deles escutou meus passos e olhou para trás. Disse algo para o outro e os dois olharam para trás. Diminuí, diminuí e me curvei com as mãos sobre os joelhos, sugando o ar aos trancos, com a sensação de ânsia voltando à minha garganta.

Alto e distante, ouvi um assovio. Era como se vibrasse nas árvores. Até os pássaros fizeram silêncio por um instante.

Fiquei onde estava, sugando o ar até a respiração acalmar, sentindo a ansiedade subir pelas minhas pernas, braços, peito até chegar à garganta. Queria dizer alguma coisa. Me defender. Mas não conseguia recuperar o fôlego. Tudo que pensava era na minha foto naquele website. E também no meu pai telefonando essa manhã para o diretor Adams.

Depois de um tempo, me reergui e me virei, caminhando de volta para casa.

O estresse ainda estava ali, mas toda disposição para lutar tinha sido drenada do meu corpo.

# DIA 24

## Serviço comunitário

Sra. Mosely teve que testemunhar em um tribunal, então o Diálogo Adolescente encerrou o dia mais cedo. Quando ela disse para arrumarmos nossas coisas, ficamos tão entusiasmados que parecia que tínhamos ganhado na loteria.

Normalmente, ficaria chateada por sair mais cedo. Queria terminar o serviço comunitário logo e o único jeito de conseguir isso era ficar com minha bunda naquela cadeira por 60 horas. Não tinha jeito. Cada hora que saísse mais cedo, era mais um dia que teria que voltar ali.

Mas a onda de calor fora de época ainda estava presente, e eu queria passear com Mack de novo. Era gostoso andar com ele e, quem eu queria enganar? Precisava de um amigo.

Ele demorou para sair da sala 104 e, enquanto isso, comprei refrigerantes e esperei por ele ao lado da máquina de bebidas, com uma latinha gelada em cada mão.

"O que é isso?", ele perguntou quando entreguei um dos refrigerantes para ele.

"Para fazer descer os brownies que comemos", respondi.

Mack pegou e abriu a lata enquanto a gente seguia para a escada.

"É também para o caso de você sentir sede durante nosso passeio."

Ele riu.

"Vamos a algum lugar?"

"Bom, não vamos desperdiçar essa saída mais cedo em um dia lindo como o de hoje, não é?" Abri a porta de vidro e saímos. "É minha vez."

"Vez de quê?"

"Bom, você já me levou ao seu lugar predileto que, aliás, é muito legal, então agora é a minha vez de levar você ao meu. Ah, isso é tão legal."

Darrell e Kenzie estavam esperando a carona para levá-los para casa. Os dois pareciam estar discutindo, como era habitual. Passamos por eles e chegamos à calçada.

"Você não vai me fazer ir à casa da sua amiguinha Vonnie, não é?"

Ri. Normalmente, não hesitaria um segundo em levar alguém à casa de Vonnie, mas as coisas entre nós duas andavam tão estranhas ultimamente, que já nem sabia mais se eu me sentiria à vontade lá. Além disso, Mack não pertencia àquele mundo.

"Não. É um lugar bem melhor."

"Shopping? Vou te acompanhar na manicure?", disse em uma vozinha alta e anasalada, que, suponho, deveria ser sua imitação de uma garota.

Parei e coloquei as mãos na cintura.

"Eu realmente pareço ser do tipo que vive na manicure?"

"Sim."

"Bobagem. Apenas me siga."

A caminhada até o meu lugar preferido foi mais longa do que para chegar ao dele e, enquanto íamos, apontávamos para os lugares ao longo do percurso que tinham algum significado para nós; a doceria onde, durante o verão, o vício da mamãe por sorvetes cremosos chegava a ser vergonhoso, a oficina onde o pai dele costumava trabalhar, o ringue de patinação onde nós dois tínhamos ido a festas de aniversário quando éramos crianças.

Mas, logo depois, era só eu quem sabia onde estávamos, e ficou claro que havíamos cruzado alguma fronteira invisível entre nossas vidas.

Finalmente, chegamos à entrada da trilha perto da minha casa.

"Tã-rrrammm", festejei, abrindo os braços.

Ele espiou por entre as árvores.

"Foi pra isso que andamos um zilhão de quilômetros?"

Meus braços caíram ao lado do corpo.

"Você me mostrou onde gosta de se divertir. Aqui é onde eu me divirto. Bom, na verdade eu malho mais do que me divirto."

"Eu não corro."

Revirei os olhos, passei por volta dele e o empurrei por trás.

"Você não precisa. Venha. Eu levei numa boa quando você me fez desafiar a morte naquelas rampas de skate. Você também tem que ficar tranquilo. Além disso, tem outro lugar que quero te mostrar."

No começo, ele resistiu, esfregando os pés no chão, mas coloquei toda minha força para empurrá-lo e, aos poucos, foi caminhando e rindo.

"Está bom, está bom. Vamos."

Caminhamos pela trilha, ficando de lado para deixar um casal de corredores passar.

"Então, já lhe contei tudo sobre a minha história sórdida. E você, quando termina o serviço comunitário?", perguntei.

"Não tenho ideia." Ele encolheu os ombros.

"Não tem um daqueles papéis?"

"Não mais. Mosely guardou o meu."

"Por quê?"

"Suponho que esse deveria ser um passeio relaxante. Por que todas essas perguntas?"

"Está bem, como quiser." Um esquilo cruzou na nossa frente e subiu em uma árvore. "Por que todo esse mistério?", eu quis saber.

"Outra pergunta."

"Mas é uma pergunta válida, não acha?"

"Outra pergunta. Você não consegue *não* perguntar, não é?" Mack deu um gole em seu refrigerante e depois amassou a lata com as mãos. "Algumas pessoas apenas não têm vidas interessantes o bastante para se falar a respeito", ele disse. "Sou uma dessas pessoas. Pra onde mesmo você está me levando?"

"Pergunta!" Apontei para ele. Mas então pude ver os tijolos brancos das paredes do centro comercial e indiquei. "Na verdade, é logo ali."

Ele avaliou o lugar por um momento.

"Um shopping. Pensei que você tinha dito que não iríamos a um shopping."

"Não, disse que não era o tipo de garota que vivia na manicure. Também não curto shoppings. Mas esse é diferente, é um centro comercial. No universo dos shoppings, esse não conta."

"Ai, um shóóóópping", disse, fazendo de novo a vozinha anasalada. Só que, agora, ainda ficou na ponta dos pés, abanou as mãos e ergueu os ombros, fazendo os cabelos cacheados balançarem. Aquilo era tão anti-Mack que não pude evitar dar uma risada.

"Vamos lá", falei, agarrando suas mangas e puxando-o. "Acredita em mim."

Caminhamos em volta do centro comercial e eu o levei ao brechó.

"É aqui que realmente gosto de passear", disse. Me debrucei nos cestos e comecei a olhar as roupas.

Mack pegou a manga de um top roxo e deixou a peça cair de volta no cesto. "Por quê?"

"Não sei." Peguei uma blusa, levantei para ver e devolvi. "Acho que é por que a gente nunca vai conhecer a história por trás de cada coisa aqui. Como essa blusa." Peguei uma camiseta que tinha um adesivo colado a ferro quente. Dizia 'sou o favorito'. "Alguém comprou essa camiseta porque isso fazia sentido para a pessoa. E nós nunca vamos saber que sentido é esse, porque não saberemos a história completa. Acho isso legal." Fiz cara de dúvida e devolvi a peça no cesto. "É meio idiota, né?"

"Não, eu entendi", respondeu Mack. Ele pegou uma malha preta com pequenos gatos brancos bordados nela. "Esse suéter teve como personagem principal uma senhora louca por gatos."

Passamos mais de meia hora criando histórias sobre os objetos. Um sofá que supostamente tinha estado na sala de uma senhora. Um par de sandálias com solado alto de cortiça que tinha pertencido a uma garota que fugiu para Hollywood e voltou para cá, sem dinheiro e com o coração partido, e aqueles sapatos eram o único objeto capaz de lembrá-la como esteve perto de se tornar uma celebridade. Um par de calças de jogar rúgbi, que desconfiamos ter sido descoberto dentro do armário escuro na casa de uma enfermeira.

Por fim, chegamos lá no fundo da loja, onde demos de cara com uma caixa cheia de chapéus masculinos.

"Aaah", eu disse, escavando ali um chapéu modelo Gatsby[1] e colocando-o na cabeça. "Isso pertenceu a um velho rico que gostava de jogar golfe."

"Chato", Mack disse, tirando o chapéu da minha cabeça.

Agarrei e coloquei de volta no cesto.

"Está bem... Ele também gostava de assassinar pessoas, golpeando-as na cabeça com um taco número nove, de ferro. E depois escondia os corpos em covas rasas nos campos de golfe."

"Melhor." Mack revirou a caixa. Os chapéus caíam ao seu redor. Vi e peguei um chapéu fedora com aba zigue-zague bege e preto e uma pena vermelha colada na fita.

---

[1] Referência ao personagem do livro *O Grande Gatsby*, de Scott Fitzgerald, publicado pela primeira vez em 1925. O romance foi várias vezes adaptado para teatro e cinema, sendo uma das últimas versões o filme de 2013 com o ator Leonardo DiCaprio no papel principal (N.T.).

"Perfeito", disse, refazendo a aba com as mãos. Enfiei sobre os cachos de Mack e, então, recuei uns passos, olhando para ele. "Esse agora é um mistério." Cocei o queixo. "Ah, já sei, esse chapéu pertenceu a um cara grande e desajeitado... meio mal-humorado... e definitivamente bem quieto... que gosta muito de comer doces... mas adora pintar as unhas de rosa tulipa."

"Ha ha ha", Mack gargalhou, tirando o chapéu da cabeça.

"Devia ficar com esse. É totalmente você."

"Aham, até parece", afirmou, jogando o chapéu de volta na caixa.

"É verdade, ficou bem em você." Peguei de novo o chapéu e fui para a caixa registradora, onde paguei R$ 4 pela peça, voltei e coloquei na cabeça dele. "Pode me pagar por isso em balas."

Saímos do brechó com Mack usando o seu chapéu fedora. Ficamos mais tempo ali do que nos demos conta e já estava começando a escurecer lá fora.

"Moro logo ali na frente. Minha mãe pode te dar uma carona até a sua casa", eu disse assim que voltamos da trilha e chegamos de novo à calçada.

"Tudo bem, eu vou caminhando", ele respondeu.

"Ela não vai se importar. É uma caminhada longa. E está ficando tarde."

"Não, sem problema", ele insistiu. "Vejo você amanhã." E antes que pudesse argumentar mais um pouco, Mack já tinha posto os fones de ouvidos, ajeitado o chapéu elegantemente na cabeça e se afastado.

# SETEMBRO

> **Número Desconhecido 248**
> Deus, isso meio arrogante, né?
> Quem tira foto pelada e distribui por aí?
> Vc não tá com tudo isso, não.

> **Número Desconhecido 249**
> Louca nojenta!

Vonnie me encontrou no corredor quando estava indo para a segunda aula.

"Onde você esteve? Esperei em frente à sua casa por uns quinze minutos."

"Desculpa, fui correr e voltei meio atrasada. Minha mãe me deu carona no caminho dela para o trabalho."

Vonnie revirou os olhos.

"Sério? Obrigada por me avisar. Cheguei atrasada para a primeira aula."

"Desculpa, Von. Estou com muita coisa na cabeça."

Parei no meu armário, ignorando o papel que alguém tinha grudado ali. Era uma folha de inscrição para o clube das vagabas. As pessoas se inscreviam com nomes falsos ridículos, como Johnson Pintudo ou Estrela Pornô. Amassei aquilo e joguei no chão.

"Olha, entendo que você esteja aborrecida agora", Vonnie disse, "mas você não é o centro do universo. E não é o fim do mundo."

"Você se deu ao trabalho de ler minha mensagem?", gritei de volta. "Meu pai recebeu um telefonema do diretor Adams ontem. Alguns pais estão reclamando a respeito de um escândalo envolvendo celulares? O que você acha que é isso?"

"Sim, já entendi. Pensei que você queria saber sobre o website de que todo mundo está falando. Achei que podíamos conversar sobre essa história do seu pai no caminho para o colégio hoje. Não é como se você estivesse no clima pra conversas por mensagens. Ou pra conversas normais, pelo visto."

Eu olhei para ela, boquiaberta.

"Você se importa comigo pelo menos um pouco? Meu *pai*, Von. Daqui a pouco meu pai vai ficar sabendo sobre aquela mensagem. E provavelmente vai ver a foto. E se o seu pai visse uma foto sua nua? Será que você também se acharia o centro do universo?" Fechei meu armário e seguimos para a próxima aula.

"Por favor, meu pai teria que prestar atenção no que eu faço por cinco minutos e isso nunca vai acontecer, então é irrelevante. Escuta, o fato é que seu namorado ferrou com tudo pra você, as coisas ficaram meio fora de controle, mas você tem um corpo lindo e já está na hora de superar essa história."

Como se fosse um sinal, um grupo de garotas do 2º ano passou por nós. Uma delas me deu um encontrão proposital.

"Olha por onde anda, vadia!", ela gritou por cima dos ombros enquanto eu tentava não derrubar meus livros. Dei a Vonnie um olhar do tipo *viu-do-que-estou-falando?*

"Quanto mais você reagir, mais confusão vai ter", comentou.

"Sério? Porque não tive nenhuma reação até agora e meu nude está num website."

Chegamos à sala onde Vonnie teria aula de Artes. Ela parou na porta e me encarou. Podia ver umas garotas cochichando por trás dela em suas mesas de trabalho. Não precisava ser um gênio para saber do que estavam falando.

"Olha, entendi", ela disse. "Só peço que, da próxima vez, quando for me dispensar e pegar carona com outra pessoa, você poderia fazer o favor de me avisar, tá bom?"

Ela disse isso de um jeito tão irritado, que só consegui sentir raiva dela. Fui eu quem tirou a foto e enviou para Kaleb, mas foi ela quem atacou a casa dos pais e a caminhonete dele. Não conseguia nem assumir a parte dela de responsabilidade nessa história toda.

"E da próxima vez que você decidir fazer justiça com as próprias mãos e arruinar minha vida, talvez devesse me avisar antes também", retruquei. "Combinado?"

Ela me olhou com a expressão incrédula, as sobrancelhas loiras perfeitas subindo por baixo da franja lateral.

"Inacreditável. Agora a culpa é minha?"

"Não, *sempre* foi culpa sua."

"Você me culpa, culpa a Rachel. Cara, ele era seu namorado, não nosso."

"Exatamente!", disse. "Vocês não tinham que se meter a fazer brincadeiras imaturas com creme de barbear. Sério, quem é que ainda faz isso? Vocês ainda estão no ensino fundamental ou o quê?"

O sinal tocou e os últimos alunos que ainda estavam nos corredores entraram em suas salas. Vonnie encostou a porta da sala contra as costas e cruzou os braços na frente dos livros, o que a fez parecer ainda menor, mais tensa e furiosa.

"Ótimo. Quer ficar por conta própria? Está livre de mim, Florzinha."

Suspirei. Não queria ficar sozinha. Vonnie podia ter começado tudo aquilo, mas não era a única culpada por toda essa confusão e ainda era minha melhor amiga, e eu precisava dela.

"Von..."

Mas ela já tinha virado as costas para mim e estava indo direto para sua mesa de trabalho. Meu coração afundou no peito.

Finalmente, segui para minha aula, mas quando me aproximei da porta, o diretor Adams surgiu na minha frente e colocou a mão no meu cotovelo.

"Ashleigh, preciso que você desça comigo até a diretoria."

Sem nenhuma pausa, ele se virou e caminhou para o escritório da Administração. Eu o segui com o estômago revirando e meus olhos queimando. Me sentindo mais sozinha do que nunca.

Já tinha estado no escritório do diretor Adams muitas vezes. Para dar início a uma coleta de fundos, exibir algum troféu conquistado no *cross-country* ou almoçar com os alunos integrantes do quadro de honra. Sempre imaginei como seria estar ali por causa de um problema. Sempre achei que os garotos que acabavam indo para a sala do diretor eram uns fracassados, sem autocontrole.

E agora aqui estava eu. Eu era um deles.

Lá fora fazia sol e continuava calor, por isso as persianas da grande janela atrás da mesa do diretor Adam estavam abaixadas, deixando todo escritório com uma luz acinzentada e meio sombria. As paredes eram forradas de prateleiras de livros com títulos relacionados à educação, como *Fundamentos do Ensino* ou *Ensinando e Educando Crianças com Necessidades Especiais*. Imaginei se ele tinha lido mesmo tudo aquilo. Era difícil pensar no diretor Adams como um estudioso, já que passava a maior parte do tempo pelos corredores do colégio, implicando com os alunos para entrarem na sala antes de o sinal tocar.

Ele fez um gesto para eu me sentar na cadeira em frente à mesa e, depois que sentei, saiu da sala, sussurrou algumas coisas com a secretária e, em seguida, desapareceu de vista. Fiquei ali, remexendo as mãos, engolindo em seco repetidas vezes e torcendo para aquele bolo na minha garganta desaparecer.

Por fim, ele voltou com a Sra. Westlie, a psicóloga do colégio, que trazia um formulário na mão e me deu um daqueles meio sorrisos que a gente dá quando não quer falar com alguém ou sente pena da pessoa. Talvez fosse um pouco dos dois.

Eles demoraram um pouco para se instalar na sala, ou foi isso que pareceu. Era um silêncio tão grande que, juro, podia ouvir o suor escorrendo da minha testa. Por fim, o diretor Adams sentou em seu lugar e a Sra. Westlie na cadeira ao meu lado, colocando o formulário no colo e segurando uma caneta distraidamente.

O diretor Adams limpou a garganta.

"Ashleigh, como estão as coisas para você?" Ele começou dessa forma. Achei a pergunta estranha e fiquei meio surpresa por ter que responder.

"Tudo bem", falei com a voz fraca e baixa.

"Tem certeza?", a Sra. Westlie perguntou. Notei que ela estava com a caneta pronta para escrever. Tinha adotado um ar preocupado e compreensivo para combinar com o sorriso padrão.

Concordei com a cabeça.

"Bem, vou lhe dizer por que estou perguntando", disse o diretor. "Ontem recebi o telefonema de um pai a respeito de uma mensagem de celular que tinha sido enviada ao filho dele. Nessa manhã, recebi mais três telefonemas sobre a mesma mensagem."

Baixei os olhos, o rosto queimava tanto que me sentia meio embriagada. Como se estivesse assistindo aquilo acontecer com outra pessoa, não comigo. Era como se fosse na TV. Tinha que ser. Eu era uma observadora. Apenas uma observadora. Não falei nada.

"Você sabe algo sobre essa mensagem?", o diretor Adams perguntou e, enquanto ainda tentava erguer os olhos, incapaz de responder, ele insistiu: "Ashleigh, a mensagem incluía uma foto."

Fechei os olhos. Nada conseguia afastar minha vergonha. Nem ser cega. Nem ser surda. Nem ficar paralisada. Ser uma observadora. Ficar em silêncio. Ainda me sentia humilhada, não importava o que tentasse fazer.

"Ashleigh", disse a Sra. Westlie com a voz suave, mas num tom de autoridade e seriedade. "Está claro que se trata de você na foto. E, mesmo que não estivesse, seu nome e número de telefone estão incluídos na imagem."

Percebi uma lágrima escorrendo do meu olho e me senti a mais desgraçada das pessoas. Por mais que já tivesse chorado e enxugado minhas lágrimas em casa, não queria chorar na frente de ninguém no colégio. Aquilo já era humilhante o suficiente, não queria acrescentar mais coisas às minhas lamentações. Não me mexi para enxugar a lágrima; talvez se a ignorasse, eles não a veriam e aquilo não estaria acontecendo. Mas o meu queixo começou a tremer, a respiração ficou entrecortada e estava ficando impossível aguentar sem chorar. Tudo que aconteceu na semana passada estava vindo à tona; a tristeza pelo término com Kaleb, a traição, a vergonha, a raiva de Vonnie e todo o resto.

"Não era pra todo mundo ver a foto", eu disse com a voz instável e aguda. "Foi Kaleb quem enviou."

Sra. Westlie começou a preencher o formulário legal.

"Kaleb de quê?", perguntou sem olhar para mim.

"Coats", respondi e tive que limpar o nariz com as costas da mão, o que só me fez chorar ainda mais. Diretor Adams empurrou uma caixa de lenços de papel sobre a mesa e peguei um.

"Coats?", confirmou. "Ele já se formou, não é?"

Balancei a cabeça afirmativamente.

"Nós brigamos."

"Ele tem 18 anos, correto?" Diretor Adams franziu as sobrancelhas quando disse isso.

Assenti de novo. Não entendia por que Kaleb tinha importância naquela conversa, já que não estudava mais no Colégio Chesterton, mas parecia interessar a eles, porque os dois trocaram um olhar.

"Ashleigh, em primeiro lugar, como ele conseguiu aquela foto sua?", ela perguntou e achei que meus lábios não conseguiriam formar as palavras para responder, de tão humilhada que me sentia. Respirei fundo para parar de chorar.

"Eu tirei", disse. "E enviei para ele."

"Sabe quem mais tem essa foto?", a psicóloga perguntou.

De novo, balancei a cabeça.

"Muita gente", respondi e o diretor Adams ficou com uma expressão de pânico no rosto.

Ele levantou da cadeira.

"Todos os pais que me telefonaram têm filhos que entraram esse ano no colégio", falou. "E, hoje pela manhã, a Sra. Martinez me avisou que teve que confiscar os celulares de três alunos do 2º ano. Disse que estavam reenviando a foto de uma garota nua. Outros professores reclamaram que os estudantes estão mexendo demais no celular durante as aulas. Você percebe, Ashleigh, o desastre que essa mensagem provocou? E aqueles pais não vão desistir. Eles querem suspensão."

Me acomodei melhor na cadeira, alarmada. Os pais viram a foto. Os professores tinham visto também. Suspensão. Meu pai ia me matar. Minha mãe ficaria tão desapontada. Ela quis saber o que tinha acontecido. Os dois quiseram.

"Por favor, não conte para os meus pais", implorei e as lágrimas recomeçaram, porque nem conseguia acreditar que tinha pedido ao diretor para guardar um segredo desse tamanho. "Por favor. Eu posso fazer aulas aos sábados ou algo assim, mas se contar para meus pais... Meu pai é superintendente."

"Sei exatamente quem é seu pai, Ashleigh, e lamento, mas agora já é tarde demais. Já falei com ele sobre esse problema que estamos enfrentando e ele me pediu para lhe enviar a mensagem. Tive que alertá-lo sobre o que iria ver. Portanto, já sabe do seu envolvimento."

Nessa hora, poderia jurar que o chão se abriu uns mil metros e que minha cadeira ficou flutuando naquele buraco negro. Minha visão ficou granulada e devo ter quase desmaiado ou algo do gênero, porque Sra. Westlie se aproximou e colocou a mão no meu ombro.

"Está se sentindo mal?", perguntou.

Eu me dobrei na cadeira. Meu pai tinha visto a mensagem. Eu queria cair morta ali e agora.

"Ashleigh", ela disse, me chacoalhando de leve. "Melhor se deitar um pouco na enfermaria?"

Neguei com a cabeça. Deveria ter ido, porque a sala inteira balançava diante dos meus olhos e meu estômago revirava, revirava, revirava, me dando uma estranha sensação de vertigem.

Conversaram entre eles por alguns minutos e, apesar da tontura, pude entender que estavam combinando como seria minha suspensão. Estavam tomando decisões sobre o que fazer com essa "situação" que eu havia causado. Mas, dentro de mim, tudo que ouvia era um zumbido, um ruído de algazarra, que deveria ser o entorpecimento tomando meu cérebro e aquilo parecia uma horda de cigarras gritando como eu era uma pessoa horrível: *Puta disponível! Puta disponível! Puta disponível!*

Finalmente, o diretor Adams se virou para mim e falou "Você vai entrar agora mesmo em suspensão por tempo indeterminado até que nós consigamos controlar a situação. Vamos ter que entender muito bem como foi que essa foto se espalhou por aí. Tem alguma ideia de quem pode ter distribuído isso, além do seu namorado?"

"É meu *ex*-namorado", disse com a voz fria e seca. "E Nate. Nate Chisolm também enviou, tenho bastante certeza disso."

"Do 2º ano?"

"Sim. Jogava beisebol com Kaleb."

Os dois trocaram um olhar de novo. Sra. Westlie fechou os olhos e balançou a cabeça com desgosto.

Diretor Adams se levantou.

"Sra. Westlie vai acompanhar você até seu armário para pegar suas coisas. Nós já chamamos seu pai para vir buscá-la."

As lágrimas voltaram a escorrer quando levantei e a segui pelo corredor até o meu armário. Peguei minha jaqueta, um par de livros e tudo mais que estava ali. Odiava não ter ideia de quanto tempo aquilo ia durar, não saber quantas aulas perderia até voltar da suspensão. Seria possível ficar suspensa até o final do ano? Teria que trocar de colégio? Repetir o 2º ano?

"Preciso pegar minhas coisas de *cross-country*", eu disse e a Sra. Westlie foi comigo até o ginásio e ficou do lado de fora do vestiário, me esperando. Peguei minha bolsa de ginástica e coloquei dentro todas minhas roupas e meu par extra de tênis de corrida.

A técnica Igo estava em sua sala quando passei por ela ao ir embora.

"Compreendo se você não quiser participar da disputa dessa semana", falou alto de lá. Parei e entrei na sala. A luz forte do ambiente doeu nos meus olhos irritados e me fez sentir que estavam inchados.

"Não, acho que não."

"Está com seu cadeado aí?"

"Deixei no meu armário. Estou levando tudo para casa para lavar enquanto estou", não conseguia me fazer dizer aquilo, não podia falar *suspensa*, "fora."

Ela voltou a olhar para o livro em que fazia anotações.

"Vá pegar", disse.

"Desculpa?"

Então ela voltou a me encarar.

"Vá pegar o cadeado e me traga." Fiquei parada ali, tentando encontrar o sentido do que ela tinha dito. "Praticar um esporte é um privilégio, não um direito. Você perdeu esse privilégio. Está fora da equipe."

Por um momento, aquilo pareceu surreal... não havia possibilidade de estar mesmo acontecendo comigo. Com certeza, eu não tinha sido suspensa por tempo indeterminado e não estava sendo expulsa da equipe de corrida no intervalo de apenas dez minutos. Não era possível.

A técnica se levantou, sua cadeira fez um barulho horrível de metal arranhando o chão, e olhou o relógio.

"Corra, minha próxima aula vai começar daqui a dez minutos."

Caminhei de volta para a sala dos armários e virei o segredo, que havia criado para o cadeado no 1º ano de colégio, quando tinha entrado para a equipe. Tirei da fechadura pela última vez e entreguei o cadeado para a técnica. Ela me lançou um olhar quase compreensivo.

"Já conheço você por um bom tempo, Ashleigh, e algo me diz que toda essa confusão foi um acidente ou algo que fugiu do seu controle."

Concordei com a cabeça.

"Mas isso não muda o fato de que você tomou a pior decisão para começo de conversa."

"Sei disso." Cara, como eu sabia. E sabia, sabia e sabia.

"E você conhece as regras para competir. Se as notas caem ou você se mete em encrenca na sala de aula, está fora da equipe. Sem exceções. Tenho que fazer isso."

Ela balançou algumas vezes o cadeado na palma da mão e se não a conhecesse tão bem, acharia que estava quase se sentindo mal por me expulsar da equipe.

Sra. Westlie apareceu, com os saltos dos sapatos ecoando pelo vestiário. Colocou a cabeça pela porta.

"Ashleigh? Está pronta? Seu pai está no escritório esperando por você."

Que inferno. Não, não estava pronta. Nunca estaria pronta para encará-lo. Mas sabia que não poderia ficar no vestiário feminino para sempre, esperando que fosse embora. Por fim, ele tinha chegado para me encontrar no colégio. E, então ficaria puto da vida comigo, como se já não estivesse puto antes.

"Sinto muito", disse para a técnica.

"Também lamento, Ashleigh. Você é uma ótima corredora." Ela balançou a cabeça tristemente, o que fez eu me sentir pior ainda.

Segui a Sra. Westlie para fora do vestiário. Havia vários garotos no ginásio treinando basquete, e alguns pararam para me ver passar. De algum jeito, isso era ainda pior do que os xingamentos – o silêncio, o olhar curioso. Eu sabia o que estavam pensando agora. Estavam felizes por não serem eles a estar sendo escoltados para fora do colégio, e mal podiam esperar para contar aos amigos que viram isso acontecer comigo.

Papai não me disse uma palavra durante o trajeto de volta para casa. Fomos em silêncio total e completo, o que parecia pior do que se estivesse me dando um sermão. Aquilo que começou como uma forma de chamar a atenção de Kaleb, agora estava se tornava algo enorme entre mim e meu papai no carro. Algo grande, feio, denso.

Quando chegamos, papai desceu do carro e desapareceu dentro de casa, me deixando para trás. Fiquei sentada ali por uns minutos, ouvindo os barulhinhos do motor esfriando. Depois, juntei minhas coisas, fui para dentro, corri direto para o meu quarto e tranquei a porta. Meio que esperava que papai, em algum momento, despejasse sua raiva sobre mim, mas ele nunca fez isso. Sentei na cama, me sentindo miserável, deletando mensagens e vendo o sol se pôr enquanto a tarde terminava.

Meu celular tocou. Era Vonnie. Podia ouvir o barulho dos tênis no chão do ginásio durante o aquecimento das atletas.

"Disse pra técnica que estou com cólica e consegui cinco minutos de descanso", sussurrou. "Ouvi que você foi suspensa e queria ter certeza de que está bem."

"Acho que sim."

"Seu pai já deu um escândalo?"

"Ainda não", respondi. "Ele vai me matar."

Ouvi um apito e a voz de Vonnie ficou ainda mais baixa.

"Ele vai superar isso. Você não é a primeira pessoa a se meter em encrencas nessa vida. Vai ficar louco de raiva, provavelmente, vai gritar um pouco com você e depois vai esquecer tudo isso."

"Duvido muito", falei e fiz uma pausa. "Desculpa pela briga de hoje, agi como uma idiota."

"Tudo bem, eu acho. Não gosto que você pense que foi tudo minha culpa, mas tudo bem. Você está estressada. Eu entendo."

"Não acho que é tudo culpa sua, Von."

"Acho que não ajudei muito com o creme de barbear", disse.

"Provavelmente não", concordei. "Por falar nisso, fui expulsa da equipe de *cross-country*."

"Nãããooo!"

"Sim. Basicamente, minha vida acabou. Não tenho mais nada. Sem Kaleb – não que o quisesse mesmo –, sem colégio e sem corrida. Estou ferrada pra sempre, tenho certeza. Não tenho mais nem minha dignidade."

"Nada disso, Florzinha." Ele fez uma pausa. "Você tem peitos lindos. Todo mundo sabe disso." Ela gargalhou, a respiração fez barulho no telefone e, quando não ri, perguntou: "Cedo demais para brincar?".

"Talvez um pouco." Mas sorri, apesar do meu baixo astral. De alguma maneira, a brincadeira fez parecer, pelo menos um pouquinho, que tudo aquilo não era o fim do mundo.

Havia conversas abafadas ao fundo e a voz de Vonnie também estava estranha, como se estivesse cobrindo o telefone com a mão, quando me respondeu.

"Sei de uma coisa que talvez faça você se sentir melhor. Ou pior. Não sei. E daí, tenho que ir."

"O quê?"

"Outras pessoas também foram suspensas hoje."

"Quem?"

"Nate Chisolm", disse. "E aquele carinha, Silas, porque foram eles que começaram tudo. Disseram que Kaleb enviou a foto para o Nate e disse que era pra zoar e fazer o que quisesse com aquilo. Eles estão bem encrencados."

"Ótimo", comentei.

Vonnie ficou quieta.

"E Rachel."

"Que Rachel?"

"Wellby."

Não podia acreditar no que estava ouvindo. Rachel, aquela que ficou tão ofendida quando eu disse que, pelo menos em parte, ela era culpada por eu ter tirado aquela foto? Rachel, aquela que achava que a foto não era nada de mais, porque a putinha da namorada do irmão dela fazia a mesma coisa o tempo todo? Rachel, aquela que ficou tão traumatizada por alguém ter perguntado se nós duas nos pegávamos?

"Pelo quê?"

"Tem certeza de que quer saber?"

"Não sei. Quero?"

"Provavelmente não." Vonnie parou de novo e pude ouvir a batida de uma porta de banheiro. "Foi ela quem incluiu seu nome e telefone na mensagem."

"O quê?! Está brincando comigo?"

"Bem que eu queria. E não fica brava comigo... mas eu meio que desconfiava o tempo todo que tinha sido ela. Foi uma idiota de pensar que eu não ligaria. Mas disse que não pretendia ser cruel ou coisa assim. Supostamente, estava só brincando."

"Você sabia? Quando a gente falou disso no almoço, você sabia e não disse nada?"

"Sim. Sou uma péssima amiga. Se faz você se sentir melhor, naquela hora eu ainda não tinha certeza. Mas alguém entregou Rachel para o diretor Adams. Ela está ferrada também."

Eu estava tão brava que não tinha mais palavras. Meus lábios estavam bem apertados e as orelhas ferviam. Rapidamente, com a voz ecoando na sala dos armários do vestiário, Vonnie me deu os detalhes sobre como, durante a sexta aula, o diretor Adams falou pelo intercomunicador interno para os professores confiscarem todos os celulares, e como a Sra. Blankenship pegou os aparelhos de metade da classe. E como os alunos reagiram mal, ameaçando fazer os pais ligarem e reclamarem, porque tinham pago pelos celulares e os aparelhos não eram propriedade do colégio para serem confiscados.

"Ah, e uma mulher estava circulando na frente do colégio, conversando com diretor Adams depois da saída, e todo mundo estava dizendo que era uma repórter", Vonnie concluiu.

Minha mente entrou em parafuso. Tentei organizar as ideias, mas era demais. Por um lado, me sentia bem por já não ser mais a única com problemas. Mas, por outro, ainda me sentia humilhada e teria que enfrentar meus pais. E quando voltasse ao colégio teria que enfrentar todo mundo. Teria que encarar Rachel, e será que Vonnie esperava que eu fosse legal com ela? Provavelmente. *Disse que não pretendia ser má ou outra coisa*, Vonnie foi rápida em falar isso, o que, para mim, parecia que ela estava defendendo a amiga. Mas quem me defenderia? Vonnie? Quanto mais longe ia aquela história, menos provável isso parecia. E mesmo que fizesse isso, quando você é do tipo que defende todo mundo, que valor tem realmente essa defesa?

Vonnie voltou para o treino e eu desliguei, me enfiando na cama e olhando para o teto, com o celular grudado no peito. Se já tinha passado por uma situação fora do meu controle, era essa. As pessoas estavam se encrencando depressa e imaginei quanto pior tudo ainda ficaria antes de começar a melhorar.

Finalmente, minha mãe me chamou. Estava prestes a descobrir como tudo aquilo podia ficar ainda pior na minha casa.

Não tinham acendido as luzes ainda e estava ficando escuro lá fora, tornando o canto do escritório ainda mais sombrio e assustador. Pelo menos, em um lugar escuro, não teria de enfrentar a humilhação de olhar nos olhos deles.

Cheguei e fui me sentar na cadeira perto da porta sem eles nem terem que pedir.

"Você está com um enorme problema", meu pai começou e o tom de sua voz era assustadoramente grave. Na minha vida inteira, acho que nunca tinha ouvido sua voz parecer tão arrastada. Não respondi. Achei que o silêncio era o melhor movimento.

"Ashleigh, o que você fez, pelo amor de Deus?", minha mãe entrou na conversa e a voz dela parecia mais um choro. Por alguma razão, aquilo me assustou mais ainda.

"Desculpa, mãe", eu disse.

"Desculpa?", papai explodiu. "Você pede desculpas? Acha que pedir desculpa vai resolver tudo? Isso não é qualquer coisinha, Ashleigh. Isso vai ficar grudado em você como cola por muito, muito tempo. Sabia que uma repórter foi ao colégio hoje? Essa jornalista já sabia que você é minha filha. Alguém contou pra ela. Pelo amor de Deus, Ashleigh, está tentando me arruinar?"

"Não, papai, não quis que nada disso acontecesse." Apesar de ter tentado ficar em silêncio, e apesar de achar que não havia mais choro nenhum dentro de mim, as palavras e as lágrimas jorraram. Sabia que isso só deixaria papai ainda mais irritado, mas não consegui segurar.

"Tenho que aguentar esse babaca presidente do conselho na minha frente o tempo inteiro", estava dizendo, " e, como se fosse pouco, agora tenho que enfrentar um escândalo sexual no meu distrito de educação."

Mamãe choramingou ao ouvir as palavras "escândalo sexual".

"E, como se ainda não fosse suficiente, a pessoa nua na foto, que está fazendo os pais cuspirem fogo no meu pescoço, é a *minha própria filha!*"

As últimas três palavras explodiram da boca de papai com tanta força, que pensei ouvir os quadros balançando nas paredes ao meu redor. Estremeci.

"Bem, se faz você se sentir um pouco melhor, a minha vida também está uma droga agora, papai. Todo mundo está rindo de mim e me xingando. Foi o pior dia da minha vida, você liga um pouco pra isso?"

"Você causou tudo isso para si mesma!", gritou. "Então, tenho pouca compreensão para lhe dar."

"Roy, se acalma. Gritar com ela não vai tornar nada melhor", disse mamãe com a mesma voz estranha e instável.

"Sei disso. E sabe como sei disso? Porque nada... nada vai tornar isso melhor", respondeu. "Já recebi mais de uma dúzia de telefonemas hoje, perguntando o que vou fazer a respeito. E não sabia o que responder a eles, porque só pensava naquela fotografia que nunca vai sair da minha cabeça, Ashleigh. Nunca serei capaz de deixar de vê-la. Muito obrigado por isso." Ele andava de um lado para outro no pequeno espaço entre a mesa do escritório da mamãe e a porta da frente.

"Desculpa, papai. Foi um erro estúpido. O que mais você quer que eu diga? Era só para Kaleb ver aquilo."

"Não diga o nome dele", papai falou entredentes. "Nunca mais diga o nome desse filho da puta."

"Vocês estavam transando?", mamãe perguntou.

"Não, nunca, juro."

"Claro que estavam", papai interrompeu. "Não pode acreditar nela, Dana, depois do que fez."

"Dê uma chance pra ela", mamãe disse. "Ela nunca mentiu para nós antes."

"Não que a gente saiba."

"Não estou mentindo", insisti.

Mas papai nem escutou. Estava com tanta raiva que só conseguia gritar e explodir.

"Não ligo. Não ligo pra isso agora. Estou preocupado com o que vai acontecer em seguida. O que você acha que eu deveria fazer, Ashleigh? Adoraria ouvir sua opinião, já que a confusão é toda sua."

"O que quer dizer? Já fui suspensa."

"Não vai ser o suficiente. As pessoas estão realmente com raiva. Temos um enorme problema nas mãos e acho que você ainda não entendeu a dimensão disso. Terá que haver mais punição. Vão exigir mais. Publicamente. Aquela repórter não vai desistir."

Mais? Como é que me suspender e punir também mais três pessoas não era suficiente? Me expulsar da equipe de *cross-country*, me afastar dos amigos e do colégio ainda não era suficiente? Eu não tinha assassinado ninguém. Não tinha nem ferido ninguém. Cometi um erro estúpido que saiu do controle e já estava bastante mortificada por isso.

Como é que as pessoas podiam ainda querer mais? E que tipo de 'mais' elas ainda exigiam?

"Não sei", disse. "Não sei o que você quer dizer com mais."

"Bom, a primeira coisa, é que vamos ficar com seu celular", mamãe acrescentou e as sombras estavam ainda mais profundas naquele momento. Não podia ver nem o rosto dela atrás do monitor do computador. "Está claro que você não sabe usar de maneira adequada."

"Nós terminamos", argumentei. "Não é como se eu fosse continuar enviando mais mensagens para ele. Especialmente, não daquele tipo."

"Em primeiro lugar, nunca deveria ter enviado esse tipo de foto. Achávamos que você já sabia disso, mas, aparentemente, deveríamos estar controlando você como uma criancinha de 4 anos", papai concluiu e, felizmente, saiu dali. Pude ouvi-lo abrir e fechar os armários da cozinha e, então, os cubos de gelo caindo no copo.

O escritório pareceu vazio sem a presença dele. Não, mais do que vazio. Era como um vácuo. Desprovido de oxigênio. Com a saída dele, também se foram as minhas defesas. Agora, estava ali apenas com mamãe e minha vergonha e sofrimento.

"Você foi expulsa da equipe", comentou.

"Eu sei", respondi. "Não acho que isso seja justo. Não tem nada a ver com a corrida."

"Agora não é você quem decide o que é justo ou não", falou. "Você perdeu esse privilégio."

"Mãe, não foi minha culpa se a foto vazou. Foi culpa do Nate, do Silas e da Rachel. E do Kaleb. Ele nunca devia ter enviado a foto pra ninguém."

"Mas, antes de mais nada, eles não teriam o que enviar se você não tivesse tirado a foto", ela falou, mas pareceu menos argumentativa do que apavorada. O que me deixou em pânico.

"O que vai acontecer?", perguntei.

"Não sei", respondeu. "Mas começa com seu celular." Vi um movimento nas sombras, mal pude enxergar sua mão estendida sobre a mesa na minha direção, parecendo pálida e frágil na luz noturna. Peguei o celular no bolso, desliguei e, então, coloquei na mão dela. "Eu diria que você também está de castigo em casa. Por um bom tempo", completou. "Por tempo indeterminado."

Para mim, aquilo era de mais.

A TV ganhou vida na sala de estar e ouvi o guincho do apoio de pés da cadeira reclinável ser colocado no lugar. Mamãe não falou mais nada e papai, obviamente, já tinha encerrado a conversa comigo. Tudo que eu queria era ir para o meu quarto.

Levantei para sair, mas me virei.

"Mamãe, por favor, não fique decepcionada comigo."

"Como eu poderia não ficar?", perguntou com aquela mesma voz cansada e chorosa.

Acho que não podia culpá-la por isso. Como não estaria desapontada?

"O que você acha que papai quis dizer com 'mais'?", perguntei.

"Não sei", respondeu e aquilo era o que mais me preocupava.

Subi a escada para o meu quarto e não acendi as luzes a noite toda. Só fiquei ali no escuro, enrolada em mim mesma, esperando pelo que 'mais' ainda aconteceria.

O que quer que "mais coisas horríveis" seja.

# SETEMBRO

## CAIXA POSTAL CHEIA

No dia seguinte, desmaiei de sono. Por um lado foi bom, porque não precisei ver mamãe e papai antes de saírem para o trabalho. Por outro lado, acordei com a casa silenciosa.

Não tinha mais celular, portanto, não podia mais enviar mensagens a Vonnie para saber o que estava acontecendo no colégio. Ainda tinha meu laptop, mas estava todo mundo na aula, então não tinha com quem conversar.

Tudo que restava era a TV, que é uma droga durante o dia, e meus tênis de corrida.

Apesar de estar de castigo dentro de casa, fazer exercício não contava como "ir passear", contava? Especialmente para mamãe, que estava triste porque fui expulsa da equipe. Quem sabe se visse que eu estava disposta a continuar malhando, ela ficasse menos brava comigo.

Almocei e vesti o equipamento de corrida. Enfiei algum dinheiro no tênis e saí.

Mas, assim que cheguei lá fora, tive a impressão de que estava todo mundo me olhando. Encarando a garota nua cuja foto acabou no celular de todos os alunos.

Sabia que não era verdade. Provavelmente, ninguém estava olhando para mim, mas só de pensar nisso já ficava nervosa. Fui para a trilha e corri pelo bosque mais rápido do que o habitual, tentando represar todas as emoções que sentia sob os meus passos.

Finalmente, parei no brechó, que estava aberto, apesar de só haver um carro no estacionamento. Entrei na loja, a camiseta ensopada de suor e a respiração ainda acelerada.

"Olá", uma senhora de cabelo branco, usando uma malha de lã tricotada, falou quando entrei. Quem usava um suéter daqueles num dia tão quente? Parei na frente de um ventilador, que havia perto da caixa registradora.

"Oi."

"As etiquetas roxas hoje estão com 20% de desconto", ela informou. "Está procurando algo específico?"

*Ficar anônima. Liberdade. Paz. Você vende essas coisas aqui? São itens com etiqueta roxa? Porque acho que seriam os produtos mais caros, se estivessem à venda. Os mais procurados.*

Balancei a cabeça.

"Não, só olhando."

A senhora voltou para colocar etiquetas roxas nos objetos e eu abaixei para revirar os cestos de roupas e sapatos, xeretando de bobeira no meio daquelas saias e paletós da década de 1990 e dos tênis velhos e amassados.

Circulei entre os videogames, televisores e gravadores. Parecia tudo feio, empoeirado e fora de moda. Aqueles objetos faziam o passado ficar meio depressivo e, no começo, fiquei feliz por não ter feito parte do tempo em que aquelas coisas eram o melhor que se podia ter. E depois fiquei triste por perceber que logo toda nossa tecnologia também iria estar ultrapassada como tudo aquilo.

Fui para o setor de utensílios domésticos e fiquei por ali um tempinho. Havia xícaras velhas e pires chineses alinhados na estante. Lascados, feios, não combinavam entre si. Alguém ia querer comprar aquilo. Alguém saberia dar uso a uma única xícara de chá verde claro. Havia um pote de cerâmica com uma vaca de biquíni deitada atravessada na tampa. Um conjunto de fondue sem os garfinhos. Uma pilha inteira de vasilhas de comida para cães, estampados com personagens de desenhos animados. E uma caixa cheia de travesseiros; o de cima tinha a foto em *silkscreen* de três crianças enlameadas, fazendo careta para a câmera e a frase 'uma imagem vale mais do que mil palavras', bordada com capricho. Peguei esse travesseiro e analisei. Por que alguém ia querer se livrar daquilo? Por que alguém, de repente, não queria mais a foto daquelas crianças?

Agarrada no travesseiro, dei meia volta e vi que estava cercada de roupas, brinquedos, sapatos, pratos e móveis. Ninguém queria mais nada daquilo. Aqueles objetos ali já tinham sido esquecidos. Isso era triste.

Ainda assim, algo naquela sensação também me tocava o coração. Por mais frustrada que estivesse com Vonnie e sua atitude de "isso tudo vai acabar logo", e por mais que agora sentisse que não acabaria nunca, talvez fosse verdade. Quem sabe, as pessoas se esqueceriam de toda aquela confusão do mesmo jeito que deixaram para trás esses aparelhos de videocassete e gravadores, que eu não tinha certeza de como funcionavam.

Na época em que nasci, meus pais não tinham computador ainda. Não mandavam e-mails, não usavam a internet e, certamente, não enviavam mensagens de texto, muito menos com fotos. Como tudo tinha mudado tanto nesse curto período de tempo! E continuaria a mudar. Portanto, logo ninguém mais se importaria com aquela foto idiota que enviei para meu namorado, pois ninguém mais estaria fazendo algo tão antigo como mandar mensagens de texto. Essa ideia me deu esperança. Se alguém não se importava em jogar fora a foto de seus filhos brincando, com certeza minha foto também iria acabar sendo jogada numa lixeira. Então, apesar de estar errada sobre a velocidade com que as pessoas iriam esquecer aquela história, Vonnie tinha alguma razão; por fim, tudo aquilo também passaria. Se ao menos eu conseguisse sobreviver até lá.

Verifiquei o preço do travesseiro. Três dólares. E estava com etiqueta roxa. Eu tinha o suficiente.

Tirei o tênis para pegar o dinheiro que tinha trazido, recoloquei e fui na direção da caixa registradora.

"Encontrou algo?", perguntou a senhora, e eu pus o travesseiro sobre o balcão. "Ah, isso é tão bonito", disse estudando bem a peça.

O ventilador virou para o meu lado e soprou meu cabelo, mandando uma rajada de ar frio para a minha nuca. Estremeci e fiquei com a pele toda arrepiada. Depois de ficar ali no vento, o calor lá fora iria parecer terrível. Ela embrulhou meu travesseiro e eu paguei.

"Amanhã, as etiquetas verdes vão estar com 50% de desconto", a senhora falou. "Você devia voltar. Também teremos umas roupas para crianças bem bonitinhas, que vou colocar em exposição hoje à noite."

"Obrigada", respondi e tive que controlar o medo de que *teria* que voltar amanhã àquele brechó. E todos os dias depois disso. Tive medo de que conversar com uma senhora de 70 anos sobre travesseiros bonitinhos fosse se tornar minha única diversão, toda a minha vida social.

*Indefinidamente não quer dizer para sempre*, pensei. Não posso passar o resto da vida me divertindo em um brechó. Saí para o calor e comecei a correr assim que pisei no estacionamento. Levava a sacola com meu travesseiro novo dependurada no pulso e ela batia no meu joelho a cada passo que dava.

Satisfeita com a compra, corri na direção do bosque e segui para casa.

Quando cheguei, fui direto para meu quarto e arranquei os tênis já na porta. Coloquei o travesseiro na cama por cima dos outros que já estavam lá e dei uns passos para atrás para avaliar o efeito. Gostei. Aquilo me dava um pouco de esperança.

Tomei banho, me vesti e estudei um pouco de Matemática, fazendo os exercícios que imaginei que estariam fazendo na aula naquele dia. Li um pouco. Assisti a um filme. Naveguei um pouco pela internet, até que resolvi procurar o website onde minha foto havia sido postada. Alguém havia tirado a foto dali e, inclusive, deletado todos os comentários maldosos, o que era bom. Apesar disso, pensei que talvez isso só quisesse dizer que a foto tinha sido publicada em outro lugar.

Logo depois, ouvi um carro descendo minha rua, subindo na calçada de casa e, então, deu duas buzinadas breves. Vonnie.

Corri escada abaixo e abri a porta para deixá-la entrar.

"Ai, meu Deus, Florzinha", disse, passando por mim voando para ir se sentar na poltrona reclinável. Mergulhou de lado nela. "Tinha uns vinte pais de alunos na diretoria essa manhã. Estavam furiosos."

"Com o quê?" Sentei no braço da poltrona.

"Sobre as mensagens. Por conta de a escola ter confiscado os celulares. Porque se trata da filha do superintendente. As pessoas querem que ele seja demitido. A mãe da Sarah está dizendo que o assunto deveria ser levado aos tribunais."

"Bom, isso é maravilhoso, considerando que foi o irmão de Sarah que começou a coisa toda", disse. Mas, por dentro, eu estava em pânico. A paz que tinha sentido ao voltar para casa depois de passar no brechó já tinha desaparecido. Fui jogada de volta à realidade, onde estava totalmente ferrada e todo mundo sabia disso.

"Além disso, levar à justiça? Para quê?"

"Não sei. Você conhece a Sarah. Gosta de fazer o maior drama. Você tem um refrigerante?" Balançou a mão.

Eu peguei uma latinha, ela abriu e deu um gole, balançando a cabeça.

"O que você vai fazer, Florzinha?"

"O que você quer dizer? Estou suspensa, lembra? Não há nada que eu possa fazer."

"Não, quero dizer... e se ficar sério mesmo? O que você vai fazer se a mãe da Sarah conseguir que a questão seja levada à justiça?"

Meu coração saltava de um lado para outro dentro do meu peito, como se fosse um animal selvagem, mas eu o engoli de volta e fiz um gesto distraído com a mão.

"Drama", lembrei a ela. "Quero dizer, não podem me levar à justiça. Não é como se eu tivesse cometido um crime ou algo assim."

"Imagino que sim", disse. "Mas acho que sou obrigada a dizer que isso é a única coisa sobre o que todo mundo está falando. Está no jornal e as pessoas estão mandando cartas para o editor e por aí vai. E a mensagem ainda está circulando. Ouvi dizer que tem gente lá no Mayville que já recebeu." No Colégio Mayville? Quantos colégios já tinham recebido aquilo? O Chesterton, a escola de ensino fundamental, duas faculdades e agora o Mayville.

"Não é possível. Nem conheço ninguém do Mayville."

Ela balançou a cabeça e deu outro gole.

"Acho que isso é bom, certo? Adams está tentando descobrir quem continua a mandar sua foto por aí. Essa merda toda está ficando grande. Quem for pego falando dessa história vai ficar na detenção no sábado e se for pego mandando a foto, será suspenso. Mas, claro, ninguém fala nada quando recebe a mensagem. Ninguém quer se envolver nesse caso."

"Nem eu", disse e senti meu queixo começar a tremer de novo. Queria afastar aquele sentimento ruim.

Ficamos sentadas por um tempo e por várias vezes ela tentou mudar de assunto. Alguém estava namorando outra pessoa, alguém passou mal no estacionamento, alguém estava brigando por algum motivo estúpido, mas, honestamente, não conseguia prestar atenção e ela também não estava muito animada ao me contar essas histórias. Era como se a minha história fosse a única sobre a qual valia a pena conversar agora e, se não podíamos falar dela, então não havia realmente sentido em falar de mais nada.

Finalmente, colocou a lata vazia do refrigerante na mesa ao lado da poltrona reclinável, se espreguiçou e levantou.

"Bom, preciso ir embora", falou. "Você vai ficar bem?"

Dei de ombros.

"Acho que vou ter que ficar por aqui por um bom tempo."

Ela fez uma expressão compreensiva.

"Florzinha. Pode acreditar, você não gostaria de estar lá. Já conversou com Rachel?"

"Não", respondi. "E não tenho planos de voltar a falar com ela nunca mais."

"Ela diz que se sente culpada por ter feito aquilo e pede desculpas. Segundo ela, era pra ser engraçado. Seu rosto estava na foto, então, todo mundo já sabia mesmo que era você. Ela não achava que a coisa toda iria tão longe."

Dei risada.

"Não iria destruir minha reputação e me fazer ser suspensa? Bom, eu não a perdoo."

Vonnie pareceu chateada.

"Entendi", disse, mas não acreditei que 'entender' queria dizer parar de andar por aí com a Rachel. E foi naquele instante que realmente compreendi como minha relação com Vonnie havia mudado.

Logo depois que Vonnie saiu, mamãe voltou para casa. Estava com o cabelo meio despenteado, como se tivesse passado a mão por ele várias vezes durante aquele dia, e parecia cansada.

Em vez de pegar um livro ou ir direto para o computador no escritório, foi para o quarto e deitou na cama com um braço passado sobre os olhos.

"Mamãe?", perguntei pela porta aberta. "Tudo bem?"

Primeiro, não respondeu, mas depois ouvi um "não" abafado.

Tensa e alerta, deitei na cama, ao lado de seu corpo exausto.

"Foi um dia ruim no trabalho?"

Ela mexeu um pouco o braço e me encarou só com um dos olhos.

"Dia ruim no geral", disse. "Seu pai vai se atrasar hoje e estou com enxaqueca, então, prepare alguma coisa para você jantar."

Seu tom de voz era bravo e amargo. E cansado. Realmente muito, muito cansado. A voz dela parecia muito como eu me sentia.

"Está bem. Por que papai vai se atrasar?"

Mamãe suspirou, deixando o braço cair ao lado do corpo e olhou para o teto.

"Você quer mesmo saber, Ashleigh? Ele está em uma reunião."

"Sobre a mensagem?"

"Claro que é sobre a mensagem." Detestei o tom de voz dela. Mamãe já tinha ficado brava comigo antes, mas nunca pareceu que queria se livrar de mim.

"Desculpa, mãe", falei novamente, apesar de já ter pedido desculpas antes, e de realmente lamentar o que aconteceu. Estava ficando bem cansada de pedir desculpas e percebi que era a única pessoa que estava agindo assim. Um monte de gente estava envolvido naquela história, mas só eu pedia desculpas. E ninguém se desculpava comigo. "Ouvi que uns repórteres estão circulando perto do colégio. É com eles que papai está reunido?"

"Sim, ele teve que falar com os repórteres. Estão em cima dessa história como abutres. Acho que esqueceram que o caso envolve crianças."

"Acha que vão colocar no noticiário?" Senti um nó na garganta e tentei me concentrar nas sombras se espalhando pelo teto e pelas paredes do quarto dos meus pais, as lâminas de luz passando pelos vãos da persiana. "Acha que vão vir aqui?"

"Não sei", falou. "Já estão no Escritório Central. Em parte, a história fica ótima por ser a filha do superintendente regional de educação, então ninguém sabe como vão lidar com isso", resmungou. "Mas quem liga para o que os repórteres vão fazer?", perguntou.

Eu me sentei.

"Eu ligo, mamãe. É tão humilhante, vejo todo mundo preocupado com eles mesmos, em como essa história faz eles serem vistos, mas estão esquecendo como tudo isso é vergonhoso para mim. Estou nua naquela foto."

Ela se ergueu para sentar e me encarar. As rugas em torno dos olhos absorviam a sombra do quarto e faziam mamãe parecer mais velha e com um olhar de feiticeira.

"É vergonhoso para todos nós. Mas é mais do que apenas vergonhoso."

"O que você quer dizer?" Pisquei.

"Ashleigh", ela disse. "Isso não vai acabar na sua vergonha. O que você fez... Você distribuiu pornografia infantil. Seu pai... vai se atrasar hoje porque está em uma reunião com a polícia. Você pode ser presa."

Olhamos uma para outra sem acreditar naquilo.

Ali estava o "mais". E era muito mais assustador do que pude imaginar.

# DIA 27

## Serviço comunitário

Levei o travesseiro comigo para o Diálogo Adolescente.

Eu me sentia meio idiota andando por aí com aquele travesseiro com a foto daquelas crianças saindo da minha mochila, como se estivesse na pré-escola, mas tinha uma ideia e queria testar.

"O que é isso?", Darrell perguntou, vindo por trás de mim no corredor e puxando o travesseiro da mochila. Deu uma avaliada. "Hum, legal. São seus irmãos?"

Balancei a cabeça negativamente.

"Não, sou filha única."

"Uiii, mimadinha", cantarolou e enfiou o travesseiro de volta na minha mochila, como se não aguentasse mais olhar para aquilo.

"Por favor, só de olhar pra ela a gente já sabe que é mimadinha", disse Kenzie, passando pertinho de mim com seu barrigão de grávida. Revirei os olhos, mas deixei para lá.

Mack já estava no computador dele. Em vez de sentar perto dele, fui direto para o fundo da sala, onde tinha uma mesa ao lado do armário com o material de arte. Já tinha verificado antes e, então, sabia exatamente do que precisava e onde encontrar. Comecei a trabalhar, espalhando uma porção de objetos aleatoriamente sobre a mesa – alguns lápis de cor, uma caneca com canetinhas, um urso de pelúcia, uma bola feita com elásticos, uma lanterna e meu celular. Bem no meio, colocado quase em diagonal, coloquei o travesseiro em cima de tudo, então recuei um passo e bati uma foto.

"Dá uma olhada", disse, apertei o botão da câmera para rever a imagem e fui até Mack em sua mesa de computador. Bati nas costas dele. Mack se virou e olhou na tela da câmera. Vi seus lábios se moverem enquanto lia as palavras no travesseiro. "Para o meu folheto. O que acha?"

"Legal." Ele concordou com a cabeça.

O tempo voou enquanto trabalhava na edição da foto até deixá-la perfeita. Tirei mais três, arrumando os objetos aqui e ali para deixar tudo certinho. Mas algo ainda estava sem força, brando demais. Não conseguia entender o que estava faltando.

Quando a Sra. Mosely levantou, colocou a alça da bolsa no ombro e disse, "Está certo, pessoal, vocês já estão duas horas mais perto de se livrar da minha cara feia", seguido do comentário de Darrell "Ah, Mose, você não tem cara feia, não. É parecida com minha mãe". Quase nem me dei conta do tempo que tinha passado.

Fomos embora e eu passei pelo escritório de papai, apenas para encontrar um bilhete grudado na porta me avisando que estaria em uma reunião até mais tarde e que eu deveria pegar uma carona com a mamãe. Assim que fui pegar o celular no bolso, vi Mack descendo pela calçada com a gola da jaqueta jeans levantada. Em vez de ligar, mandei uma mensagem de texto para mamãe, avisando que voltaria para casa caminhando e saí pela porta atrás de Mack.

"Eu vou com você", disse, saltitando na calçada perto dele.

"Para onde?"

Dei de ombros.

"Aonde você estiver indo. Pista de skate?"

Ele pensou sobre a ideia e concordou.

"Claro, vamos lá."

Quando chegamos na pista, subimos a rampa mais próxima e sentamos lá no alto, como se já tivéssemos feito aquilo um milhão de vezes. Tirei a mochila e a deixei atrás de mim. Mack arrancou os sapatos e os deixou de lado. Fiz o mesmo, apesar de minhas meias serem finas e meus dedos já terem esfriado durante a caminhada.

"Sabe aquele trilho ali?", Mack disse, apontado para uma espécie de corrimão enferrujado que se estendia entre duas rampas baixas, onde os skatistas davam saltos mais radicais. "Vi um garoto quebrar o braço ali.

O osso quebrou pelo meio e o braço ficou balançando, todo molengo."
Ele se levantou, se ajeitou no topo da rampa e, então, deslizou de meias.

"Nojento!", gritei e o segui.

"Sim, foi mesmo. Meu pai teve que levar o garoto para o hospital.
Mas o rapaz já estava de volta na semana seguinte, andando de skate com
o braço preso no gesso."

Corremos para subir a rampa mais baixa e escorregamos, então disparamos para a rampa mais alta e nos esforçamos para conseguir subir,
porque as pernas faziam força enquanto as meias escorregavam e a gente
tentava se agarrar nas bordas acima de nós. Chegamos ao topo, mas nossa
respiração ficou difícil.

"E, outra vez, vi um carinha quebrar os dois dentes da frente, tentando
descer de bicicleta aquela outra rampa ali."

Mack desceu a rampa, mas eu fiquei para trás, com as mãos no quadril,
os pés entorpecidos e os dedos vermelhos por causa do frio. Me sentia fora
de forma desde que deixei o *cross-country*.

"E você?", gritei. "Já se machucou aqui alguma vez?"

Como se fosse mágica, ele deu um passo errado e caiu da rampa,
dando um salto mortal desajeitado e batendo forte no concreto.

"Até agora, não", disse, esfregando atrás da cabeça, enquanto sentava.
"Mas, se você falar mais um pouco, talvez consiga."

Sentei e escorreguei de bunda como uma criancinha, parando logo
ao lado dele.

"Desculpa, está bem?"

Ele apertou os olhos e sorriu para mim.

"Já tive quedas bem piores antes. Só não tinha ninguém aqui me
olhando. Não, desde que meu pai", ele hesitou e mudou a frase, "parou
de me trazer aqui. E isso faz tempo."

Definitivamente, havia algo de errado com a expressão de Mack
quando falava sobre o pai, mas achei melhor deixar para lá. Já o conhecia
bastante para saber que, se eu começasse a fazer um monte de perguntas,
iria ficar quieto. Então, em vez disso, deitei de costas com os braços cruzados
debaixo da cabeça e fiquei olhando as nuvens que passavam suavemente.
Ouvi Mack subir novamente a rampa e escorregar. E mais uma vez, e de
novo. Na última, eu o ouvi subindo, mas houve uma pausa. Olhei para
ver o que estava fazendo e Mack estava calçando os sapatos.

"Já vamos embora?", perguntei. Sabia que hoje eu não estava sendo
uma boa conversa, mas, geralmente, isso não incomodava Mack. Não
queria ir embora ainda. Era gostoso ficar ali.

"Estou devendo uma coisa pra você."

Sentei. Ele jogou a mochila para mim, depois os tênis, primeiro um e em seguida o outro. Foi bom recolocá-los. Meus pés estavam frios.

"O que você tá me devendo?"

Mack saltou para fora da rampa, aterrissou sobre os pés, mas teve que dar uns passos antes de controlar o corpo de novo.

"O riacho."

Peguei minha mochila e seguimos pelo bosque. Depois de fazer uma curva bem para a direita, fomos nos afastando do parque de skate. Nossos passos amassavam as folhas e gravetos caídos no chão por causa da aproximação do inverno. Apesar de as árvores estarem perdendo as folhas, ali era surpreendentemente isolado. Podia ouvir os carros passando em alguma rua distante e enxergava as paredes laterais manchadas das casas através dos galhos nus das árvores, mas, ainda assim, não podia evitar de me sentir longe da civilização.

Nos enfiamos por um caminho meio sujo, que um dia parecia ter sido uma trilha e, de repente, chegamos a um riachinho, correndo seco entre umas poças aqui e ali.

"É aqui?"

"Sim."

"Não tem água", disse. "Talvez esteja errada, mas sempre achei que os riachos tivessem água."

Mack simplesmente continuou a andar, explorando as margens, até que ficou em pé sobre o leito do rio e entrou em um tubo de concreto.

"Vamos lá." Sua voz ecoou nas paredes.

Depois de um momento de hesitação, eu o segui pelo leito do riacho e cheguei à porta daquele túnel escuro. Poderia andar ali dentro apenas dobrando um pouco o corpo, mas não tinha certeza se queria. Lugares daquele tipo estavam sempre cheios de insetos e ratos.

"Mack!", chamei e ele surgiu de novo na entrada do tubo.

"Vamos lá, medrosa", disse. "É só um cano de drenagem. Não é esgoto nem nada. E está seco." Fiquei parada ali mais um pouco, sem me mexer. "Está bem, você que sabe", falou e voltou para dentro do tubo. "Era você que queria conhecer o riacho."

Respirei fundo enquanto via as costas da sua jaqueta jeans, até que ele desapareceu. Se meus pais soubessem que, depois que saía do Diálogo Adolescente, andava por aí com um cara como Mack – um garoto que conheci no serviço comunitário e, além disso, mal conheço – passeando dentro de canos de drenagem, onde possivelmente poderia ser estuprada e assassinada, ficariam alucinados. E quem poderia culpá-los?

Mas eu o segui mesmo assim.

Não era tão ruim dentro do tubo de drenagem quanto eu havia imaginado. Era úmido e havia folhas encharcadas sob meus pés. Um som distante de água pingando ecoava nas paredes de concreto ao meu redor, mas não havia ratos e nem aranhas com teias cheias de ovos, nem nada desse tipo. Além disso, já podia ver o buraco da saída logo adiante.

Mack ainda estava ali dentro, esperando por mim. Abaixou-se, pegou algo e me entregou: uma lanterna.

Apesar de ter mais sombras do que escuridão em si, acendi a lanterna. Quem sabe para iluminar o motivo de estarmos ali.

Mack ergueu o braço e indicou adiante.

"Isso aqui é só uma passagem debaixo da Rua Cypress", explicou. "Vai dar do outro lado do mesmo riacho. É como um pequeno túnel. A água da chuva da rua passa por aqui, mas não chove há um mês, então, está tudo bem seco. Vem."

Eu o segui, direcionando a lanterna para o chão por onde passaria, pois ainda não estava convencida de que não ia pisar em alguma coisa nojenta ou perigosa. Seguimos por ali, o som de nossos passos sobre as folhas e nossa respiração ofegante vibravam nas paredes à nossa volta. De vez em quando, ouvia o barulho grave de um "vrummm" e era um carro passando na rua sobre nossas cabeças.

Finalmente, vi um retângulo de luz brilhando pelo cano de drenagem de água pluvial. O túnel ficou mais largo e o teto arredondado se achatou. Mack parou entre a estrutura de dois drenos.

"Quando chove, aparecem duas cachoeiras aqui", ele disse. "Gosto de ficar entre elas de vez em quando e só ouvir o barulho da água. Mas tem que conseguir escalar um pouco a parede para não ficar o tempo todo dentro da água."

Apontei a lanterna e tentei imaginar como seria estar debaixo daquela rua durante uma tempestade. A chuva caindo lá de cima descia pelos dois lados e você tentava se manter seguro na parede, apenas para ouvir.

Mack recuou um pouco e se encostou na parede curva.

"Você vem muito aqui?", perguntei.

"Não tanto quanto costumava. É um bom lugar pra pensar. Um bom lugar pra sumir do mundo. Ficar escondido. Gosto da solidão."

Desliguei a lanterna e coloquei perto dele.

"Você me trouxe até aqui", falei.

"Não sabia que tinha escolha", ele respondeu, e depois deu risada.

Pensei em todas as vezes em que me sentei ao lado dele e vi sua sombra na máquina de doces. Sentei ao lado dele no banco na frente do Escritório Central. Corri até encontrá-lo na calçada. Pedi para ouvir a música que estava escutando. Pedi para ir passear com ele.

"É, acho que você não teve", disse.

Ficamos quietos por um minuto e comecei a pegar folhas no chão para amassar entre os dedos.

"Vou mostrar outra coisa pra você. Liga a lanterna", ele pediu e eu atendi. "Aponta a luz para aquela parede logo ali."

Virei a luz diretamente para a parede em frente e cheguei a engasgar. Como não tinha notado aquilo antes? Estava coberta, de cima a baixo, com grafites; alguns rabiscados na pedra, outros escritos em letras grandes e pretas, a maioria feita em cores vibrantes de spray. Palavras, desenhos, mensagens, nomes. Me levantei e fui até a parede, coloquei a mão e passei meus dedos pelos grafites. "Você fez isso?"

"Alguns. Um monte de gente grafitou aqui. Me dá a lanterna."

Entreguei a ele, que iluminou um ponto sobre minha cabeça. As palavras ROGER 22-6-70 estavam escritas no concreto, em um tom de branco acinzentado.

"Acho que esse foi o primeiro", disse. "Não consegui encontrar nada mais antigo." Ele moveu o foco de luz. "Esse é o meu favorito." Fui para o lado dele dar uma espiada. Em verde-claro fluorescente estava escrita a palavra RINO, com a letra "o", embelezada por um chifre. Perto dela, pintada com tinta cor-de-rosa havia uma confusão de rabiscos e, logo acima, a palavra 'motorista da paz'.

"É tão legal", comentei enquanto estudava cada palavra e ilustração. Mack tinha dado um passo para trás para fazer a luz da lanterna iluminar uma parte maior da parede. "Qual é o seu grafite?", eu quis saber.

Ele recuou mais um pouco e se inclinou para iluminar a parede mais perto do chão.

"Aqui está um", disse. Agachei perto dele e olhei. Em letras pretas, estava escrita a palavra SOLO. Acima dela, havia uma lua sombria e um raio de sua luz brilhava sobre aquela palavra.

"É seu apelido", perguntei. "Solo?"

"Não, meu apelido é Mack."

"Diminutivo de...?"

Ele suspirou.

"Meu nome de verdade é Henry. Meu pai começou a me chamar de Mack quando eu era criança, por causa dos *Mack Trucks*, a fábrica de caminhões. Ele dizia que eu era forte como um caminhão. E o apelido pegou."

"Então, o que quer dizer Solo?", eu quis saber, mas ele não respondeu.

Em vez disso, ele se levantou e apontou a luz para outra parte.

"Meu pai fez esse aqui quando eu era pequeno."

Era bem simples, bem direto, quase tão normal quanto àquele feito por Roger: DRAGÃO E MACK MAIO 1998.

Passei meus dedos sobre a palavra 'dragão'. Havia tantas perguntas que queria fazer. Tantas coisas que queria descobrir. Mas Mack nunca dava muita informação. Ele gostava da própria solidão. Conseguia me trazer ao parque de skate ou ao riacho, mas me levar junto para revisitar seu passado era diferente. Me sentia como se fosse roubar algo dele.

"Você quer deixar sua marca?", perguntou.

"Eu?"

"Sim, por que não? Tenho um spray."

"O que eu escreveria?"

"Não sei. Seu nome. O que quiser. Tem algum apelido?"

Olhei bem para a parede. Sim, tinha um apelido. Minha vida inteira agora se resumia aos apelidos.

"Claro, me dá o spray", disse com a garganta queimando de forma repentina. "Vou escrever só 'puta disponível'. Todo mundo vai saber quem deixou essa marca aqui. Mas posso resumir para 'puta' ou 'vadia', se a gente quiser economizar espaço."

"Não foi isso que quis dizer. Quis dizer, como..."

"Não, eu sei o que você quis dizer", falei. "Mas se escrever Ash ou Florzinha ou algum outro apelido estúpido, não significaria nada de verdade. Não é mais quem sou agora. Tudo que sou é 'puta disponível'. É só para isso que todo mundo liga agora."

"Você não é nada disso", Mack respondeu com a voz suave, desligando a lanterna.

"Como você sabe quem eu sou? Nem eu mesma tenho mais certeza. Eu tirei a foto. Portanto, se tirar aquela foto me torna uma puta, quem sou eu pra negar isso?"

E percebi como realmente estava acreditando naquilo. Tirar aquela foto foi um erro, mas, de alguma forma, aquele erro estava mesmo se transformando em mim. Como poderia continuar lutando contra aquilo, negando a verdade? Era difícil levantar para se defender, afirmar que não é a puta que todo mundo anda dizendo, quando a sua foto nua está em um site pornô. Como é que eu poderia culpar as pessoas por estarem tirando conclusões precipitadas a meu respeito? Como poderia responsabilizar as pessoas no website e no colégio que estavam me assediando? Como poderia achar que papai e mamãe estavam errados por concluir que eu e Kaleb estávamos transando?

"Isso é ridículo, Ashleigh. Aquelas pessoas não podem dizer quem você é. Não pode permitir que tenham esse tipo de poder. Você cometeu um erro. Você é humana."

"Mas você não percebe?", eu disse com a voz grave e alta naquele espaço fechado. "Elas realmente têm esse poder. Porque, quando penso em quem eu sou, a única coisa que me vem à cabeça é aquela foto."

"Então você precisa pensar melhor", ele disse.

Balancei a cabeça.

"Esquece, faz de conta que não falei nada. Eu... só não quero escrever meu nome na parede, é isso."

"Tudo bem", falou. "Sem problema."

Tentei encostar de novo na parede de concreto, procurando a mesma sensação de aventura e de alegria pelo isolamento que tinha sentido antes de ver os grafites.

Mas as paredes começaram a se fechar sobre mim e a escuridão baixou sobre meus olhos, fazendo eu me sentir apavorada e pequena. Tinha que sair dali.

"Obrigada por me trazer aqui, mas tenho que voltar pra casa. Vejo você amanhã", falei gemendo. E, apesar de ter certeza de que senti a mão dele encostar no meu cotovelo, virei e saí correndo pelo mesmo caminho que fizemos até ali juntos. Passei pelo bosque, atravessei o parque de skate e corri de volta para casa, fazendo todo o percurso sem olhar para trás nem uma vez.

# DIA 28

## Serviço comunitário

No intervalo para ir ao banheiro, não segui Mack até a máquina de doces. Estava com vergonha de falar com ele. Achava que deveria pedir desculpas, mas não sabia bem por quê. Por fazê-lo me mostrar seu lugar mais secreto e depois sair correndo? Por perder o controle quando me perguntou sobre apelidos? Antes de mais nada, por forçá-lo a virar meu amigo?

Quando voltou do intervalo, deixou um saquinho de balas em cima da minha mesa. Não olhamos um para o outro e não trocamos uma palavra. Dali a pouco, abri o pacote e comi uma daquelas balas redondas com um furinho no meio. Era como uma boia salva-vidas. Mais cedo, naquele mesmo dia, Phillip Moses tinha me chamado de puta e duas alunas do 2º ano haviam rido e fofocado durante o tempo todo em que estive com elas no banheiro. Na terceira aula, um cara ficou meia hora imitando e fazendo gestos como se estivesse agarrando meus peitos.

Mas Angela Firestone tinha conversado comigo na aula de Educação Física e, no almoço, algumas garotas sentaram mais perto de mim, como se isso não fosse um problema. Até mesmo Cheyenne tinha sorrido timidamente para mim no corredor em que costumávamos caminhar juntas, em vez de fingir que eu não existia, como costumava fazer nos últimos dias. O fato de ter reparado nesses pequenos detalhes me fez imaginar se não estaria fazendo o que Mack sugeriu no túnel na noite passada. *Você tem que pensar melhor*, ele tinha me dito. Quem sabe as coisas estavam se ajeitando sozinhas. Ou, talvez, eu estava pensando melhor.

Papai teve outra daquelas reuniões até mais tarde e mamãe me deu carona para casa depois do serviço comunitário. Peguei minha mochila e subi direto para o quarto. Estava lá há pouco tempo, quando ouvi uma batida leve na porta e Vonnie entrou.

"Oi", disse me cumprimentando meio desajeitada.

Sentei na cama e a encarei porque não sabia como deveria agir. Não sabia mais o que fazer. Tinha desistido de Vonnie, o que não era fácil. Quando retornei da suspensão, parecia que ela estava em outra. Não havia mais espaço para mim na vida dela e, na maioria das vezes, ela passava por mim como se nem soubesse quem eu era.

Além disso, descobri que Rachel agora ocupava meu lugar na mesa do almoço. E, desde que a justiça ordenou que a gente não tivesse mais contato uma com a outra, fui obrigada a me manter afastada, o que significava, essencialmente, que Vonnie tinha escolhido Rachel em vez de mim.

Como você segue em frente e aceita que sua melhor amiga, aquela que vai amar para sempre, te abandonou quando algo ruim aconteceu com você, por que isso poderia deixá-la malvista?

"Oi", eu disse, desconfiada. "O que aconteceu?"

Ela brincou com a ponta do cachecol cor-de-rosa de tricô que estava pendurado delicadamente em seu pescoço. Usava também um par de botas. Era de camurça branca com pedras de strass na ponta, salto alto e linda demais. Uns dias antes, no colégio, já havia reparado naquelas botas e quase corri para dizer a ela como eram incríveis, mas lembrei que agora havia um grande abismo entre nós. Não podia me aproximar dela, nem para dizer que amei aquelas botas, ou estaria indo contra a decisão do tribunal.

"Só estou com saudade", disse. "Faz muito tempo que a gente não se fala. Está tudo bem?"

Eu tive um surto ontem à noite num tubo de águas pluviais e saí correndo para longe da única pessoa do mundo que ainda acredita em mim. Estava evitando meu pai, que chegava tarde em casa, sempre de mau-humor e só pensando em beber. Tinha visto meu namorado chorar durante um pedido de desculpa e, ainda assim, não senti pena dele. Isso é estar bem? Não sabia mais o que era 'estar bem'. Fazia tanto tempo desde que me senti bem pela última vez. Mas Vonnie não precisava saber de nada disso, especialmente por que não tinha certeza se podia confiar no motivo pelo qual ela estava ali no meu quarto, diante de mim.

"Acho que sim", respondi. "Não tenho um milhão de amigos hoje em dia, mas vou sobreviver."

Ela se abaixou para sentar no chão e cruzou as pernas como sempre costumava fazer quando vinha aqui, como se nada tivesse mudado entre nós.

"Desculpa, Florzinha", falou. "Sei que tenho sido uma melhor amiga horrível."

"Verdade", respondi. Era mesmo e não vi nenhuma razão para fingir o contrário. Com certeza, nunca tinha estado na posição dela antes, mas poderia quase garantir que eu ficaria ao seu lado. Não me afastaria para salvar a minha própria reputação.

Ou, pelo menos, gostava de pensar que não agiria como ela. Mas agiria? Porque também já houve um tempo em minha vida em que teria dito que nunca tiraria uma foto nua para mandar para alguém.

Ela brincou com os strass da bota.

"Acha que consegue me perdoar? Desculpa, estou muito chateada. Sinto falta de você."

"Você ainda anda com a Rachel?", perguntei.

"Não muito."

"Porque ela é uma vaca, Vonnie, e você vai ter que escolher entre nós duas." Na verdade, não pensei muito antes de falar. As palavras saltaram da minha boca sem muita reflexão. Mas estava tranquila em relação àquilo, porque era verdade. Se Vonnie quisesse continuar amiga de Rachel, então não poderia voltar a ser minha amiga. Como Mack tinha dito, eu merecia uma 'melhor amiga' melhor do que aquela.

"Então, escolho você. Totalmente", respondeu sem nem parar para pensar.

Achei que talvez não devesse perdoá-la imediatamente. Como se fosse melhor adiar um pouco a decisão, fazê-la sofrer e se esforçar para conseguir meu perdão. Mas também sentia falta dela e queria ter minha amiga de volta. Mesmo que tudo aquilo tenha aberto meus olhos para o fato de a gente não ser melhores amigas do jeito que achava que fôssemos, nós já éramos amigas há muito tempo e tínhamos que nos perdoar. Não achava que guardar rancor resolveria alguma coisa.

"Está bem", disse. "Eu perdoo você."

Ela abriu um sorriso enorme.

"Obrigada." Houve um longo silêncio e, enquanto isso, fiquei ocupada tentando limpar as migalhas presas no teclado com as unhas. "Então... o fim do mundo deve estar mesmo chegando. Estou namorando um cara."

"Eu sei. Vi vocês dois juntos no corredor da escola."

"Não vai perguntar como estão as coisas?"

E percebi que havia em Vonnie uma qualidade admirável: a capacidade de seguir em frente. Ela passava por cima de esquisitices, estranhezas e sentimentos ruins. Não ficava remoendo as coisas. Nunca precisava esclarecer fatos e jamais jogava as coisas na cara de alguém. Pedia desculpas e seguia em frente. Para ela, a vida era apenas uma sequência de acontecimentos. Agora, nós duas estávamos na fase de 'perdoar e esquecer' e era minha escolha aceitar ou rejeitar isso.

"E como estão as coisas?"

Ela se inclinou, se apoiou nos cotovelos e esticou as pernas para frente.

"Hum. Ele tem mau hálito e você sabe que não suporto isso. É como deixar um cachorro colocar a língua na minha boca. Então, definitivamente, não estamos transando. Porque se o hálito dele é ruim, não posso nem imaginar o cheiro quando tirar as meias na minha frente."

Dei risada.

"Nojento! Mas é bonito. Por que você não tenta dar a ele um chiclete ou algo assim pra melhorar o hálito?"

Ela fez uma cara de nojo.

"É babão demais. Em vez disso, provavelmente vou só terminar com ele."

Balancei a cabeça. Era sempre tudo tão fácil para Vonnie.

"E você, Florzinha? Algum cara na sua vida agora?"

"Hum, definitivamente, não. Talvez, nunca mais."

"Ah, por favor, você não pode renunciar aos homens pra sempre só porque Kaleb mostrou ser um babaca."

Fechei meu laptop, coloquei de lado e me joguei de costas contra o travesseiro.

"Eu vi Kaleb outro dia."

Os olhos de Vonnie se arregalaram e ela se sentou.

"Não acredito! Mesmo? Ouvi por aí que ele está meio... totalmente deprimido. Não queria falar disso com você, mas já que vocês se encontraram... Como ele está?"

"Está péssimo", disse. "Mudou demais. Está magro, pálido, com olheiras debaixo dos olhos e coisas assim. Ele me pediu desculpa."

"Sério?"

Coloquei música para tocar e tirei da gaveta da mesa de cabeceira algumas revistas. Joguei uma para Vonnie, como nos velhos tempos.

"O advogado fez Kaleb agir assim."

"Pura cena. É um vermezinho sem espinha dorsal."

"Não sei, não", comentei. "Acho que ele realmente arruinou a vida dele."

"Ótimo", concluiu. "Não quero ser malvada, mas foi tudo culpa dele. O que ele fez foi inaceitável."

"Éééé...", concordei, mas me sentia um pouco injusta. Claro, o que Kaleb tinha feito era responsabilidade dele, mas, em algum grau, eu também tive a minha parte de culpa, certo? Fui eu quem tirei a foto. Fui eu que tomei a decisão, que fiquei em pé diante do espelho do banheiro de Vonnie e tirei minha roupa. E ainda fui eu que quis enviar a foto para ele. Se não tivesse feito tudo isso, ele não teria a foto para distribuir por aí. E devia estar sendo duro para ele pagar as consequências de algo tão bobo.

"E você? Como está indo o serviço comunitário?", Vonnie quis saber.

O rosto de Mack apareceu imediatamente diante de mim. O serviço comunitário tinha deixado de ser uma coisa horrível e acho que era por causa dele.

"Está tudo bem", avaliei. "Há umas pessoas realmente interessantes lá, mas tem também esse cara que é mesmo muito legal."

"Cara?" Vonnie se animou.

Balancei a cabeça, confirmando.

"Não é isso. É um amigo. Tem sido meu único amigo há um bom tempo."

Ela também balançou a cabeça.

"E ele está lá por quê?"

Fechei minha revista.

"Por que ele está lá? O que é isso? Você é policial de uma série de TV? Não sei."

Vonnie ficou paralisada, a mão parada do ar enquanto virava uma página e me encarou.

"Como não sabe? Então ele pode ser tipo um assassino ou algo assim e você virou amiga dele?"

"Ele não é um assassino. Eles não sentenciam assassinos à prestação de serviço comunitário. Provavelmente só se meteu em alguma confusão como eu."

"Se você diz", cantarolou. "Mas eu verificaria isso se fosse você, Florzinha. Antes de ficar toda amiguinha dele. A última coisa que você precisa é outra história com um cara mau."

Ela começou a falar sobre algum programa que tinha visto na TV e a ouvi tagarelando por um tempo, enquanto minha mente vagava. Depois, lemos uma para outra a seção de perguntas e respostas das nossas revistas, rindo como sempre e desejei que tudo voltasse ao normal entre nós. Mas não era assim. As pessoas mudavam, Vonnie tinha voltado para mim, mas ainda não sentia como se estivesse tudo bem. Estava faltando alguma coisa.

"Minha mãe falou sobre uma reunião do Conselho amanhã à noite...", Vonnie quis saber.

"É, acho que sim. Não sei muito sobre isso. Meus pais não conversam mais sobre esse tipo de coisa na minha frente."

"Minha mãe falou que vão discutir a respeito da 'questão da mensagem com conteúdo sexual'", Vonnie continuou, fazendo aspas com os dedos no ar. "E que, pelo menos, dois membros do conselho querem que seu pai renuncie ou seja demitido. Acha que isso vai acontecer?"

Na verdade, não gostava de pensar naquilo. Não gostava de pensar o que aquela confusão poderia significar para nossa família. A gente não sobreviveria só com o salário da mamãe. E o que papai ia fazer da vida? Ele adorava aquele emprego. Ficaria devastado.

"Não sei."

"É uma droga. Minha mãe disse que vai ter um monte de gente nessa reunião. Acha que pode ser realmente muito humilhante pra sua família. Se eu fosse você, não passaria perto dessa reunião, Florzinha."

"Acho que é uma ideia."

Vonnie ficou lá em casa até a gente ouvir a mamãe fazendo barulho na cozinha.

Depois que saiu, desci para ver se mamãe estava fazendo o jantar e não conseguia parar de pensar no que a mãe da Vonnie tinha falado sobre a reunião do conselho: seria humilhante para nossa família.

Mamãe estava fazendo uma sopa, com um avental colocado por cima de seu uniforme de trabalho e com os óculos aninhados no alto da cabeça, onde seus cabelos loiros iam se tornando grisalhos. Os olhos dela estavam cansados e parecia que agora tinha mais rugas no rosto do que costumava ter antes. Me aproximei da tábua sobre a pia e comecei a picar as cenouras que ela tinha colocado ali.

"Era a Vonnie?"

"Sim. Deu uma passada."

"Fazia séculos que eu não a via", sua voz soou distraída.

"A gente não estava se vendo muito ultimamente. Mas está tudo bem. Ainda somos amigas."

Mamãe me olhou.

"Bem, acho que isso é bom". Continuou a mexer a sopa na panela e eu comecei a cortar um talo de salsão.

"Está tudo bem no seu trabalho?", perguntei.

"Ah, está...", mamãe disse e encerrou a conversa. Não se virou para mim, não quis saber por que eu estava perguntando e nem fez nada que me fizesse acreditar que queria continuar aquele assunto.

"As pessoas estão... você sabe... as pessoas da pré-escola ouviram falar do... caso?" Juntei o salsão com as mãos e coloquei na panela, depois peguei a faca para cortar uma cebola.

Ela parou e respondeu:

"Tem alguns pais aborrecidos."

"O que isso quer dizer?"

Virou-se para mim e encostou no fogão.

"Ash, não se preocupe com isso. Para começar, eles são pais problemáticos. Aquele tipo que reclama de tudo."

Deixei a faca na tábua.

"Aborrecidos, como? O que você quer dizer com isso?", repeti.

Mamãe fechou os olhos e me dei conta de como estava abatida, como se tivesse ficado parada naquela posição por tanto tempo, que dormiu. Bem devagar, reabriu os olhos.

"Teve uns pais que tiraram os filhos da pré-escola. Acham que não posso ser um bom exemplo por causa do problema com você. Mas também não é nada de mais. Nós sempre temos uma lista de espera para preencher essas vagas."

Achei que devia dizer alguma coisa. Como se pudesse confortar mamãe ou lhe pedir desculpas. Mas nada que dissesse seria capaz de desfazer o que tinha acontecido. Era como se as consequências daquela história nunca mais fossem parar.

Depois de alguns minutos, a sopa começou a ferver; mamãe voltou a mexer e eu recomecei a picar. Acho que já tínhamos esgotado tudo que havia a dizer sobre esse assunto.

"Você vai à reunião do Conselho amanhã à noite?", perguntei.

"Sim. Mas antes terei tempo de pegar você no serviço comunitário e trazê-la pra casa. Assim, não terá que estar lá."

Geralmente, as reuniões do Conselho aconteciam no prédio do Escritório Central, alguns andares acima da sala 104. Fiquei imaginando se conseguiria sair do serviço comunitário e voltar para casa. Definitivamente, não queria ficar presa em uma multidão do mesmo tipo de gente que disse barbaridades sobre mim na internet e na imprensa. Não queria estar lá para ver a vida e a carreira do meu pai se transformarem em um campo de guerra. De jeito nenhum.

"Acha que papai vai renunciar?"

"Não tenho a menor ideia se o seu pai sabe o que vai fazer a essa altura do campeonato", mamãe respondeu e o tom de voz dela deixou claro que aquilo era o máximo que queria falar sobre esse assunto. Então, fechei minha boca.

Terminamos de colocar os ingredientes na panela e, então, mamãe abaixou o fogo para tudo cozinhar lentamente. Para mim, aquele cheirinho era familiar e caseiro. Me fez lembrar de quando era bem pequena, a sensação de estar segura, quente e acolhida, como eram os jantares com papai e mamãe com a gente perguntando como tinha sido o dia do outro.

Mas agora sabia que aquele cheirinho era apenas isso, um cheiro, e que mamãe e eu deveríamos trocar amabilidades sem sentido durante o jantar; que papai chegaria tarde, tomaria um drinque e jantaria em um silêncio absoluto. Ninguém ia querer contar como tinha sido o seu dia, porque tudo que queríamos era esquecer.

Como se a gente conseguisse.

# DIA 29

## Serviço comunitário

Eu estava uma pilha de nervos quando cheguei ao serviço comunitário no dia seguinte. O prédio estava vibrando de agitação. Um carro de polícia estava estacionado do lado de fora, o que dificilmente acontecia, e imaginei que alguém tinha convocado a segurança pública para manter a ordem naquela noite. Só esse pensamento já me apavorou um pouco.

Verdade seja dita, não queria estar lá de jeito nenhum. Quase fingi passar mal para ficar bem longe dali. Mas, no fim, sabia que quanto mais depressa terminasse o serviço comunitário, mais cedo poderia ter minha vida de volta. As férias de inverno estavam próximas e eu tinha uma pequena esperança de que esse período desse a todo mundo a chance de esquecer e seguir para o próximo grande escândalo. E assim eu poderia começar um novo semestre como se nada tivesse acontecido.

Mas e se não esquecessem? E se lembrassem daquela história para sempre? Tentava não lembrar que tinha um ano inteiro para recuperar depois que tudo aquilo aconteceu. Essa ideia era muito deprimente.

Fui a primeira a chegar e a Sra. Mosely olhou por cima da página de seu livro, quando entrei na sala.

"Não tinha certeza se você viria hoje", disse.

Coloquei meu papel sobre a mesa dela.

"Minha mãe vai me levar pra casa antes de a reunião começar."

Sra. Mosely me olhou por cima de seus óculos de leitura, depois tirou-os e deixou ficarem dependurados na corrente que tinha em volta do pescoço.

"Ashleigh, acho que você precisa saber que nunca tive ninguém nesse programa com o seu... problema."

*Maravilha*, pensei, *agora sou uma anomalia. Tenho um problema. Faz com que eu pareça uma viciada em pornografia.* Sra. Mosely continuou: "Sei de uma porção de adolescentes que enviam mensagens por aí e nada acontece com eles. Você não é a primeira garota do mundo a se arriscar a mandar uma foto ousada para o namorado. Você sabe disso, não sabe?"

Concordei com a cabeça, olhando para os meus sapatos. Aquela conversa estava ficando desconfortável.

"Já tive adolescentes aqui por causa de drogas, assalto e por todo tipo de coisas. Tive uma garota que veio para o programa porque foi pega tramando o assassinato da própria mãe. Dá para acreditar nisso? Boa aluna, não usava drogas, mas se envolveu com a turma errada e, quando viu, sabia que ia ser presa. Um plano de assassinato, Ashleigh... Mas nunca tive uma garota que veio ao programa porque foi vista nua. Queria que você soubesse disso. Seu caso é bem fora do comum por que... é fora do comum. Entendeu?"

Concordei com a cabeça, apesar de realmente não ter entendido nada do que ela me disse. Já sabia que meu caso era fora do comum. Isso não me fazia sentir nem um pouco melhor e nem me livrava do problema. Só queria ir para o meu computador e trabalhar.

"E se eu fosse o procurador distrital, pensaria duas vezes antes de chamar seu caso de outra coisa que não seja 'fora do comum'. Pornografia infantil é um rótulo muito sério", disse.

Eu sabia disso. Frequentemente, ficava acordada à noite imaginando como explicaria isso para as pessoas mais importantes do meu futuro. *Olha, antes que você me peça em casamento, tem que saber que distribuí pornografia infantil quando estava no ensino médio...* Ooops.

Mack entrou na sala, seguido por Darrell e Angel, que estavam dando risada de algo que viam na tela do celular dela.

Sra. Mosely recolocou os óculos e fechou o livro.

"Nada de celular na sala, por favor. Vocês conhecem a regra."

"Mas, Mose, você tem que ver isso. É hilário", Darrell falou, tirando o celular da mão de Angel e trazendo para a mesa de Sra. Mosely. Apesar de saber que não seriam estúpidos de mostrar para Sra. Mosely minha mensagem, ainda assim, senti um instante de nervoso ao ouvir "Você tem que ver isso", como se fosse minha foto nua. Aproveitei a oportunidade para sair de perto.

"Oi", falei, sentando em minha mesa ao lado de Mack.

"Oi."

Ele já navegava em alguma página da internet, esparramado em sua cadeira, com os fones bem apertados no ouvido e clicando o mouse em alta velocidade.

Meu folheto estava quase pronto e mandei imprimir uma cópia de rascunho. Depois, afastei a cadeira e fui buscar lá na impressora. Por alguma razão, quando passei pelo computador de Mack, um movimento na tela chamou minha atenção.

"O que você...", perguntei, abaixando por trás dele para ver a tela, mas logo parei. Animações de soldados armados circulavam pela tela, havia simulação de tiros em volta deles, enquanto atiravam em aviões que se aproximavam. "Videogame?"

Imediatamente, Mack parou de clicar e se abaixou, puxando a tomada do monitor para desligá-lo.

"Shhh!", me advertiu, com as sobrancelhas formando um nó de irritação.

"Videogame?", repeti, sem realmente ligar se alguém estava ouvindo. Kenzie deu uma olhada para nós e voltou a fofocar com Angel, balançando a cabeça como se estivesse diante de algo patético.

"Será que dá pra calar a boca?", Mack falou entredentes.

Ergui o corpo e cruzei os braços. Não fazia o menor sentido. Estávamos todos trabalhando, oferecendo nosso tempo. Não se saía dali sem ter um trabalho para apresentar, portanto, como Mack iria ser dispensado se passava o tempo jogando videogame?

"Mosely sabe? O que você vai fazer quando chegar sua vez de apresentar seu trabalho? Por que mesmo é que você está aqui, hein?" Todas aquelas perguntas que evitei fazer antes, agora vinham num turbilhão.

Ele se virou e me olhou direto nos olhos. Sua pele era seca, havia espinhas em volta da testa e os cachos caíam em volta do rosto como mato selvagem. Suas bochechas macias e suaves estavam vermelhas, como se estivesse envergonhado.

"É coisa minha", disse em voz baixa. "Me deixa."

"Tudo bem", falei e fui relutante na direção da impressora.

"Não ache que vou cobrir você. Uma hora a Sra. Mosely vai descobrir isso." Não conseguia entender por que ainda não tinha descoberto.

Mack deixou escapar um suspiro raivoso e ligou o computador de novo.

Trabalhamos em silêncio até que a Sra. Mosely limpou a garganta e anunciou que era hora do intervalo. Todo mundo se levantou, foi direto para o corredor esticar as pernas, checar o celular, enfim, fazer qualquer coisa que queriam fazer enquanto estavam trabalhando na classe. Fiquei para trás de propósito, no corredor, observando Mack ir como sempre à máquina de doces. Tinha certeza de que era a última pessoa que ele queria por perto agora. Em vez disso, encostei na parede e fiquei esperando o intervalo terminar.

"Por favor?", pediu uma senhora baixinha, descendo a escada e se apoiando em uma bengala a cada degrau. "Você sabe onde será a reunião do Conselho?"

Sra. Mosely correu na direção dela e segurou o cotovelo da senhorinha.

"Mostro para você", disse e desapareceu na escadaria, um passo de cada vez.

Joguei a cabeça para trás e fechei os olhos. As pessoas estavam chegando para a reunião do Conselho. Comecei a ficar bem nervosa, achando que todos fossem me reconhecer enquanto escapava dali com minha mãe. Como todos iriam olhar para mim, falar sobre mim e, provavelmente, ficar fofocando sobre como eu estava ali para cumprir a sentença de serviço comunitário por causa do que fiz aos seus pobres filhinhos e filhinhas. O que eu tinha feito a eles. Ridículo.

Acima de tudo, queria que Vonnie entrasse pela porta da frente como uma heroína e viesse me salvar. Me levando para fora como se eu fosse uma estrela de cinema, evitando os fotógrafos. Agora mesmo. Me levar daqui e me esconder em algum lugar onde as notícias de Chesterton não chegassem. Precisava de uma amiga.

Ouvi algo chacoalhar bem perto da minha orelha e meus olhos se arregalaram de susto. Era Mack com uma caixa de balas na mão. Chacoalhou de novo.

"Balas", disse.

"Obrigada." Estendi a mão e peguei.

"Onde Mosely foi?"

Cada um abriu sua caixa. Coloquei uma bala na palma da mão; ele virou a caixa direto na boca.

"Levou uma senhora lá para cima."

Balançou a cabeça.

"A reunião do Conselho."

Fiquei surpresa por ele saber daquilo.

"Sim. Eles planejam fazer meu pai renunciar."

"Não deveria. Não fez nada errado."

Chupei a bala, rolando-a na boca com a língua.

"Algumas pessoas discordariam dessa sua afirmação. Segundo elas, arruinei a vida de seus filhos para sempre. E ele deixou isso acontecer. Ou algo nesse gênero."

"Isso é besteira", comentou.

"Sei disso."

Apesar de a Sra. Mosely ainda não ter voltado e de estar todo mundo ainda circulando por ali, indo ao banheiro, conversando e rindo, Mack e eu fomos retornando devagar para a classe, para os computadores, sem deixar de saborear nossas balas.

Estava movendo uma caixa de texto no desenho do meu folheto, quando Mack se virou para mim.

"Não fui condenado", disse.

"O quê?"

"Nenhum tribunal me mandou estar aqui. Portanto..." Ele deu de ombros.

"Não entendi. O que você quer dizer com nenhum tribunal te mandou estar aqui?"

Ele olhou assustado na direção da porta como se tivesse medo que alguém entrasse e o ouvisse falar. Então abaixou os olhos e a voz.

"Minha mãe foi embora quando eu tinha 8 anos. E depois de três meses, meu pai se matou."

"Oh", disse com a mão ainda parada sobre o mouse. Não sabia o que dizer. Não tinha certeza nem se tinha conseguido processar o que ele me contou. Se a mãe foi embora e o pai foi embora, isso não fazia dele um órfão?

"Bom, é o seguinte. Não posso ficar com uma família temporária, porque já tenho 17 anos. Foi por isso que saí do colégio. Não tenho onde ficar. Chegava sempre atrasado porque não tenho despertador e eles decidiram me suspender ou outra merda assim, então, em vez disso, parei de ir ao colégio. Ficou mais fácil para todo mundo. Além disso, detestava o colégio, então, não foi uma grande perda."

"O que quer dizer com você não tem onde ficar? Onde você mora?"

Ele deu de ombros.

"Por aí. Já fiquei na casa da Mosely várias vezes. Na casa de amigos. De vez em quando, quando o tempo está bom, durmo na rua. No parque de skate, no riacho ou em qualquer outro lugar. Lugares em que meu pai costumava ir."

Imediatamente, a imagem da palavra SOLO, iluminada por um raio de luar, reapareceu na minha frente. SOLO, como em solitário. Durante todo esse tempo, tinha me sentido terrivelmente sozinha, enquanto meus pais me defendiam e Vonnie confiava em mim. Não tinha a menor ideia do que "sozinho" realmente significava.

"Isso é terrível", falei.

"No começo, Mosely queria que eu viesse aqui para poder pesquisar e escrever sobre suicídio, porque não conhecia pessoalmente o que isso podia causar a uma família. Mas, depois, quando terminei esse trabalho, ela me deixou continuar vindo, porque assim tenho um lugar para ir à tarde. Especialmente quando faz frio. É ruim lá fora quando está frio. Então, respondendo àquela sua pergunta, 'sim, Mosely sabe sobre o videogame'. Ela não liga."

"Ah", falei de novo, consciente de que devia parecer boba. Mas meio que merecia parecer tola depois de tudo que choraminguei para ele, e depois de despejar todos os meus problemas nas costas dele, sem nem ter ideia de como sua vida era na realidade. "Ok."

O resto do grupo começou a voltar.

"Olha só pra isso. Dois alunos esforçados, estudando mais enquanto a professora está fora", Kenzie falou quando nos viu.

"Que seja", respondi.

"Desculpa, o que foi que você disse, supermodelo? Acho que toda essa merda acontecendo diante do seu nariz está fazendo você fazer barulhos estranhos. Talvez você devesse tirar uma foto e mandar pra todo mundo."

Mack a encarou.

"Ela quis dizer: 'Cala a merda da sua boca'. Algum problema pra entender isso?"

Kenzie revirou os olhos.

"Pfff... o que você é, pai dela? Ah, não. Não, o pai dela está lá em cima pronto para ser demitido, porque a filha dele é uma putinha."

Dei um pulo, mas Kenzie já estava enfiando o barrigão de grávida na cadeira com as costas viradas para nós e Sra. Mosely estava voltando para a sala. Meu rosto queimava de tão brava que estava. E envergonhada. Tinha acabado de descobrir que Mack não era um criminoso e Kenzie tinha acabado de lembrar a ele que eu era uma delinquente.

Depois de uns minutos, Mack bateu no meu ombro.

"Só pra você saber, eu também tenho a mensagem."

Claro que tinha. Por que não teria? Por que não ia mais às aulas no Chesterton? Que diferença isso fazia? Uma porção de gente que não frequentava o Chesterton também recebeu a mensagem. Provavelmente, todo mundo naquela sala tinha a mensagem no celular. Quem eu queria enganar? Ia demorar muito tempo até que conseguisse sentar em uma sala com pessoas que não tivessem me visto nua. Queria chorar. Estava enganada se pensei que ele era diferente dos outros.

Mack recostou-se na cadeira.

"Lá atrás, quando ainda tinha um celular. Mas não abri a mensagem", disse.

Olhei para ele.

"Nunca vi aquela foto", garantiu.

E algo de honesto no rosto dele me disse que era verdade. E aquilo acendeu em mim uma pequena chama de esperança de que talvez existissem pessoas lá fora que receberam a mensagem e que, além de não distribuir para os amigos, não fofocar sobre aquilo com todos os conhecidos, não publicar na internet e não me xingar e espalhar rumores a meu respeito... simplesmente deletaram a foto sem nem olhar.

Talvez essas pessoas realmente existissem lá fora.

Ou, quem sabe, Mack era o único.

E acho que isso também já era muito bom. Apenas o fato de existir alguém que me fazia sentir muito melhor, já me deixava com aquela sensação de flutuar, como o que sinto depois de correr.

Tinha acabado de comer minha última bala quando mamãe apareceu na porta da sala para me pegar. Estava cinco minutos adiantada, mas Sra. Mosely disse que compreendia e não iria descontar esse tempo da minha folha de controle.

Mack tirou os fones de ouvido enquanto eu desligava o computador e juntava minhas coisas.

"Então, você não vai à reunião?", perguntou.

"De jeito nenhum. Você vai?"

"Não tenho lugar melhor pra ir. E ainda tenho umas coisas pra imprimir. Pode ser divertido."

Franzi a testa.

"Não é divertido. É o emprego do meu pai. E é idiota, como você mesmo disse." Fechei a mochila e coloquei a alça no ombro. "Eu, pelo menos, não quero testemunhar isso."

"Venha logo, Ash", mamãe chamou da porta. Levantou a manga da blusa de gola rolê para ver as horas.

"Você podia ir comigo", Mack disse.

"Dessa vez não vai rolar", resmunguei. "Vejo você amanhã."

Segui mamãe, que virou à esquerda em vez de sair para a direita.

"Estacionei nos fundos", falou andando depressa e tive que acelerar o passo para acompanhá-la. "Por aqui, não teremos que passar pelo corredor da entrada principal. Talvez já haja muita gente ali."

Portanto, mamãe foi minha heroína. Ela foi a amiga com o carro de fuga no térreo, não Vonnie. Estava me tirando dali como se eu fosse uma estrela de cinema. Mamãe foi a salvadora de que precisava e nem tive que pedir nada a ela.

"Obrigada", disse, mas enquanto a gente se apressava para sair pela porta, comecei a desacelerar.

Mack tinha razão. Aquilo era idiota. A coisa toda – o escândalo, a reunião do Conselho, a maneira como estava deixando tudo aquilo me definir. Eu me acovardava pelos cantos do colégio, fingia que era cega, surda e estava congelada e morta, uma fugitiva. Estava dando aos outros o poder sobre a minha vida.

Por quanto tempo tinha deixado outras pessoas decidirem quem eu era? Por quanto tempo mais continuaria a ser a namorada chorosa de Kaleb? E a "mais ou menos" melhor amiga de Vonnie? Ou a puta disponível? Qual foi a última vez que eu disse quem eu era? Qual foi a última vez que fui simplesmente Ashleigh?

*Então, acho bom você pensar melhor...*

Parei de andar.

"Quero ficar", disse.

"O quê?" Mamãe se virou.

"Quero ficar. Quero ir à reunião."

"Ai, Ashleigh, deixa disso. Vamos lá. Não temos tempo pra isso. Tenho que estar de volta aqui em-"

"Não estou brincando, mamãe. Quero ir à reunião."

Ela voltou alguns passos com a mão ainda procurando a chave do carro na bolsa.

"Meu amor, acho que você não deve. Vai ser difícil para o seu pai."

"Então, é exatamente por isso que devo estar lá." Ela ainda me olhava em dúvida. "Mãe, sei o que estou fazendo. Não vai ser mais difícil do que tudo aquilo que já passei antes, quando toda essa confusão começou." Essa parte era verdade. Tudo pelo que já havia passado tinha sido humilhante, vergonhoso, doloroso e solitário e nada daquilo tinha importância. Nada disso tinha um propósito.

Agora, isso era importante. Isso tinha propósito.

"Por favor, confie em mim", disse. "Estou bem. Suave na nave." E dei um sorriso, apesar do frio na barriga que eu sentia, que me deixava nervosa e enjoada.

Mamãe pareceu refletir por um instante, depois tirou devagar a mão da bolsa. Colocou o braço em volta do meu ombro e, juntas, voltamos para dentro do prédio do Escritório Central.

# A REUNIÃO

O Escritório Central não tinha uma sala de reunião onde coubesse mais de 50 pessoas sentadas. Geralmente, isso não era um problema. A maioria das reuniões do Conselho era totalmente ignorada pela maior parte da comunidade, portanto, não havia necessidade de um espaço grande. Durante anos, papai reclamou que a comunidade era tão apática que era impossível fazer as pessoas ligarem para a educação dos filhos até que algo provocasse nelas uma reação. A julgar pela multidão que estava se juntando hoje na sala, parece que ele tinha razão.

A primeira coisa que notei quando mamãe e eu entramos foi uma câmera de TV. A imprensa local estava lá. Me dei conta de que essa reunião era notícia e, em uma comunidade tão pequena como a nossa, era notícia das grandes. Mamãe ficou com o braço em volta do meu ombro, enquanto nós duas passávamos entre as pessoas – aparentemente, sem sermos reconhecidas –, seguindo para a sala dos fundos, onde papai estava sentado, organizando suas anotações.

Parecia sombrio, curvado sobre a mesa de trabalho com uma xícara de café na frente.

"O que foi?", perguntou para mamãe.

"Ela quis vir", ela respondeu. "Não consegui dizer não. Isso tudo é sobre ela."

"Não é", ele respondeu, com a atenção focada em nós duas ao mesmo tempo. "Não é sobre você, é sobre mim. Você não devia estar aqui. Deixe a sua mãe te levar para casa."

"Pai, isso tudo não estaria acontecendo se não fosse por minha causa. É claro que é sobre mim. Estou bem."

Os dedos de papai tremeram em volta dos papéis que segurava e senti um arrepio de preocupação por causa dele.

"Estou bem", repeti e ele pareceu aceitar.

Ficamos na sala dos fundos até o último minuto antes do horário previsto para a reunião começar. Papai foi para a mesa comprida onde ficavam os conselheiros e sentou em sua cadeira habitual ao lado direito do presidente. Mamãe sentou na primeira fila, ao lado da secretária de papai, com o queixo erguido de modo desafiador.

Eu fiquei em pé perto da porta, tentando não olhar demais ao redor, mas não conseguia. Havia gente demais ali. Cada cadeira estava ocupada, as pessoas estavam em pé em volta da sala inteira e ainda tinha gente no corredor querendo entrar. A câmera de TV circulou. Senti o rosto corar e prendi a respiração quando a vi passar por mim. Fingia não saber que a câmera estava ali, o que era bem difícil por causa do tamanho daquela coisa. Talvez o *cameraman* não me reconhecesse. Quem sabe, para os repórteres, eu era apenas parte da multidão.

Vi a mãe de Vonnie, os pais de Rachel e minha professora de Inglês. Vi um repórter que reconheci da TV e uma porção de pessoas que já tinha visto circulando no Escritório Central, incluindo a Sra. Mosely. O Diretor Adams estava lá, alguns estudantes bisbilhotavam pelo fundo da sala e havia também algumas pessoas idosas prestando muita atenção, entre elas, a senhorinha de bengala que Sra. Mosely ajudou a subir as escadas.

E lá, na última fila, estava Mack, sentado logo atrás da Sra. Mosely, com os joelhos encostados na cadeira na frente dele. Estava sem um dos fones e brincava com a parte da frente da camisa. Parecia estar curioso, se divertindo.

Eu não conhecia Mack. Não mesmo. Mas sabia o suficiente sobre ele. Sabia que já tinha perdido mais na vida do que eu jamais perderia na minha. Sabia que não estava choramingando por tudo aquilo, nem se acovardando, nem sentindo raiva ou vergonha. Estava seguindo em frente, cuidando de si mesmo, fazendo as coisas.

Também sabia que tinha recebido a mensagem, mas não olhou e, de algum jeito, era tudo que precisava saber a respeito dele. Ele não tinha olhado.

Segui pela última fila e me sentei ao lado dele. Quando me reconheceu, colocou outra caixinha de Tic Tac na palma da minha mão.

A reunião começou devagar. A secretária seguia a agenda; passaram por questões de orçamento, falaram sobre mensagens trocadas sobre algumas coisas que deveriam ser realizadas no ano seguinte. As pessoas se mexiam desconfortáveis nas cadeiras, cruzando e descruzando as pernas, enquanto esperavam o conselho chegar ao assunto que as levou até ali – a questão mais crucial.

Finalmente, o presidente do conselho anunciou o novo tema da agenda.

"Com certeza", disse, olhando para a folha de papel diante dele, "há a questão do, hum..., do pedido de renúncia do superintendente Maynard pela, hum... má administração da... hum... questão da mensagem no Colégio Chesterton. Vamos abrir para os comentários da audiência."

Má administração? O que quis dizer com má administração? Papai tinha confiscado celulares, contatado a polícia e ele – meu próprio pai – havia concordado com a minha suspensão do colégio. De que outra maneira poderia ter administrado a situação? Para mim, aquilo parecia um complô. O presidente queria papai fora e aquilo era tudo que precisava como pretexto.

Uma mulher foi para o microfone, arrumando o suéter nas costas. Ficou em pé como se achasse que sua boca precisava estar em cima do microfone para ser ouvida. O resultado foi que todos os seus 'Os' e 'Ts' e 'Ss' pipocavam terrivelmente no ouvido da gente.

"Minha filha frequenta o Colégio Chesterton", começou, "e, embora ela não tenha recebido a mensagem, um dos garotos de sua classe mostrou a foto..."

Minhas mãos fecharam com força enquanto ouvia aquela mulher falar sobre como sua filha tinha sido prejudicada pela minha foto e podia sentir os ombros começarem a doer por causa da tensão. Depois dela, falou outra mulher e, em seguida, um homem. De alguma maneira, todo mundo reclamava por ter sido vítima do que eu fiz e todos reclamavam do meu pai.

Quando a quarta pessoa levantou para ir falar no microfone, Mack bateu no meu ombro com o dele.

"Vamos embora daqui", sussurrou.

"Tenho que ficar aqui." Neguei com a cabeça.

"Tem uma coisa que a gente pode fazer", ele disse e se abaixou para pegar um rolo de folhas de papel que estava no chão.

Me mostrou uma. Era um pequeno pôster com aquela foto que eu tinha tirado para o meu folheto com o travesseiro colocado no centro bem visível: UMA IMAGEM VALE MAIS DO QUE MIL PALAVRAS.

Só que ele havia mudado um pouco. Logo ao lado do travesseiro, acrescentou a frase: MAS NÃO CONTA A HISTÓRIA INTEIRA.

Pisquei e reli algumas vezes, enquanto um sorriso se formava no meu rosto. Estava perfeito.

Ele vasculhou o bolso da jaqueta jeans e tirou dois rolos de fita adesiva. Me passou um e eu peguei.

Levantamos juntos, ignorando as pessoas que se viraram em suas cadeiras para nos olhar com curiosidade. Circulamos por trás e nas laterais da sala, pregando aqueles pôsteres nas paredes.

"Meu jovem", o presidente do conselho disse, depois de perceber que as pessoas estavam claramente incomodadas. "Meu jovem, você não pode perturbar a reunião..."

Mas nós ignoramos o presidente também e continuamos a pendurar mais um pôster com pedaços de fita adesiva, enquanto as vozes começaram a murmurar ao nosso redor e, então, as pessoas começaram a andar de um lado para o outro pela sala de reunião, rindo e comentando. Minhas mãos tremiam, mas eu me sentia ótima.

"Muito obrigada por isso", falei. Colamos mais dois pôsteres na porta de entrada da sala e fomos para o estacionamento deixar a mensagem presa nos limpadores de para-brisa do maior número possível de carros. Depois, sentamos no banco e esperamos o fim da reunião. Os fios dos fones de ouvido dele estavam esticados entre nós dois e Mack usava seu chapéu fedora colocado divertidamente na cabeça.

Por fim, as pessoas começaram a sair do prédio, algumas olhando para nós com curiosidade, outras pareciam estar se divertindo. Mamãe e papai foram os últimos a sair, andando de braços dados. O conselho tinha votado e decidido, por unanimidade, não tomar mais nenhuma atitude no caso. Papai não teve que pegar seu discurso de renúncia no bolso de seu blazer. Ele não teria que renunciar. Pelo menos, não hoje. Não por causa dessa história.

# DIA 30

## Serviço comunitário

Eu comprei meu almoço. Pela primeira vez, desde aquele dia em que atirei a taça de pudim na lata de lixo, comprei e comi meu almoço na minha antiga mesa com a cabeça erguida. Sanduíche de peru, batatas fritas, brownie e achocolatado. Como uma criança do ensino fundamental.

Um grupo de garotas me chamou de puta quando passou pelo meu armário mais cedo naquele mesmo dia, mas não sei se foi a reunião do conselho na noite anterior, os pôsteres ou os sundaes de creme que papai nos deu depois para celebrar a vitória, mas, de repente, eu estava resolvida. Não seria mais vítima de ninguém.

"E aí?!", chamei logo depois que passaram. Elas se viraram. Fizeram cara de zombaria, revirando os olhos como se doesse olhar para mim. "Podem me chamar do que quiserem. Nada disso vai me chatear mais. Mas, se me chamar de puta faz vocês se sentirem melhor, então deviam dar atenção pra isso, porque vocês têm algum problema."

Elas não responderam, só balançaram a cabeça e seguiram em frente, cochichando umas com as outras. Não dei a mínima. Me sentia triunfante e tinha decidido que estava cansada de sentir fome só porque tinha medo de almoçar no refeitório.

Levei minha bandeja para o caixa e puxei meu cartão de identificação para pagar e, depois, parei rapidamente na porta para observar.

Primeiro, meu cérebro viu aquilo do mesmo jeito que nas semanas anteriores: assustador, inamistoso, solitário. Mas lembrei que, se pude distribuir pôsteres na reunião do conselho na noite passada, poderia fazer qualquer coisa. Se eu pude enfrentar aquelas garotas no corredor, podia também sentar na minha antiga mesa. Podia ter minha vida de volta. Então, fui em frente.

Caminhei diretamente para a mesa onde Vonnie, Cheyenne e Annie estavam sentadas. Colei um sorriso no rosto e sentei.

"Oi, Florzinha", Vonnie disse, tirando um saco de batatas fritas da sua lancheira.

"Oi", respondi, fazendo questão de manter contato visual com todas as três. Queria que Cheyenne e Annie entendessem que eu estava pegando de volta o meu espaço, não importa se elas gostavam disso ou não. Eu não ia mais me esconder e, se não conseguiam lidar com o que isso significava para a preciosa reputação delas, não era problema meu.

"Oi, Ash." Cheyenne sorriu. Annie também me abriu um sorriso espontâneo.

Era tudo o que precisava.

Sentei e comecei a comer, achando que aquela era a melhor refeição da minha vida inteira. Nós conversamos sobre as aulas, o dever de casa e quem estava usando que tipo de roupa para esse inverno. Ninguém falou nada sobre mensagens, fotos nuas, Kaleb ou serviço comunitário.

Logo depois, Rachel veio até nossa mesa e ficou em pé por trás do ombro de Cheyenne com um sorriso azedo no rosto. Teve que esperar um pouquinho até todas nós notarmos a presença dela.

"Você não deveria estar sentada aqui", falou.

Engoli a porção de sanduíche que estava mastigando.

"Na verdade, é *você* quem não deveria estar aqui. Eu cheguei antes, o que quer dizer que é melhor você ficar longe."

Ela inclinou a cabeça para o lado, como se estivesse olhando para algum tipo de imbecil.

"Eu sento aqui todos os dias e você sabe disso."

Dei um golinho no achocolatado.

"Mas hoje cheguei aqui primeiro, o que quer dizer que você precisa achar outro lugar pra sentar. Foi o que eu fiz ultimamente. Só que com muito menos drama."

"Von? É sério?", Rachel choramingou, colocando a mão no quadril, como se estivesse desafiando Vonnie a me mandar embora. Prendi a respiração, esperando para ver qual seria a resposta dela. Parei de mastigar, com medo de engolir. Vonnie tinha me dito que ia parar de andar com Rachel. Aquele era o verdadeiro teste da nossa amizade. Se Vonnie escolhesse Rachel, para mim seria o fim.

"Estou sentada com a Ashleigh", Vonnie disse, enquanto Cheyenne e Annie balançavam afirmativamente a cabeça. Engoli e respirei.

Rachel apertou os olhos pelas costas de Vonnie, uma expressão de ódio total e, então, bufou.

"Que seja", resmungou e se virou, enquanto procurava outro lugar no refeitório para se sentar.

Uma parte de mim se sentiu vitoriosa. Venci uma pequena batalha. Minhas amigas me apoiaram por vontade própria. E se não tivessem feito isso, eu já estava preparada para encontrar amigas melhores. Estava tomando as rédeas da minha existência. Talvez pela primeira vez na vida.

Vonnie e as garotas voltaram a comer, falando animadamente, mas eu observava ao redor, só entrando na conversa quando alguém me fazia alguma pergunta específica. A maior parte do tempo, pensei em Rachel. Sobre o que tinha acontecido entre nós. Precisava resolver o meu assunto com ela.

Quando o sinal tocou, todas nós levantamos das cadeiras. Joguei o lixo, coloquei a bandeja na esteira e me virei para procurar Rachel na multidão.

Por fim, consegui localizá-la saindo do refeitório com duas garotas que eu não conhecia. Virou no corredor e eu a acompanhei até que chegou ao seu armário.

"Rachel", chamei.

Ela se virou com a expressão do rosto indo imediatamente da curiosidade para o nojo.

"O que você quer?", respondeu. "Você deve ficar longe de mim."

"Para minha proteção, Rachel, não pra sua. Lembra? Não fiz nada pra você. Foi exatamente o contrário. Mas isso não importa agora. Acho que a gente tem que conversar."

Ela se encostou contra o armário fechado. A garota do armário ao lado tentava disfarçar, mas era óbvio que estava nos ouvindo.

"Sobre o que a gente tem que conversar?", Rachel perguntou com a voz aborrecida.

Respirei fundo.

"Não quero nunca mais ser sua amiga, mas acho que é impossível para nós passarmos a vida nos evitando. Então, sei que a determinação do tribunal foi que você fique longe de mim, mas honestamente não ligo a mínima."

Rachel revirou os olhos.

"Ah, então agora você é superior a mim, é isso?"

"Não, mas... o que você fez realmente prejudicou a minha vida. Achava que éramos amigas, o que tornou tudo ainda pior. Ainda não entendi por que você fez aquilo. Mas estou cansada de pensar nisso. Estou cansada de a minha vida girar em torno daquela foto. Portanto, se você chegar perto de novo, não vou fazer confusão por isso. Quero que minha vida volte ao normal. Só vou... ignorar você." Não podia oferecer de novo minha amizade a ela, mas isso era o mais próximo que conseguiria chegar.

A garota ao nosso lado finalmente fechou o armário e foi embora. A multidão nos corredores estava diminuindo; logo só ficaríamos nós duas ali em pé. Percebi que o Sr. Green, o professor de Francês, estava diante da porta da sala dele, nos observando com cautela, como se esperasse que uma briga começasse entre nós.

"Era pra ser uma brincadeira", argumentou Rachel. "Eu não quis ser maldosa."

"Bom, não foi engraçado", respondi. "Mas estou cheia de tudo isso agora, o que você faz ou fala não me interessa mais."

Virei e andei para longe e foi uma sensação ótima deixá-la ali parada. Espero que Rachel tenha compreendido que não preciso de uma ordem judicial para mantê-la fora da minha vida. Espero tê-la feito entender que não importa a "brincadeira" que queira fazer comigo, vou sair sempre por cima. Brigar com Rachel só seria um estímulo. Mostrar a ela que eu a ignorava – e realmente sentir e agir assim – era o melhor jeito de desarmá-la.

Ela não me causava mais nenhum sofrimento.

Sabia que estava longe de conseguir paz, mas, pelo menos, já estava um passo mais próxima.

Depois do colégio, contei para Mack tudo que tinha acontecido enquanto a gente andava ao redor do prédio do Escritório Central recolhendo os pôsteres por ordem da Mosely. Ele riu alto quando lhe disse sobre a expressão do rosto de Rachel quando percebeu que eu não ia mais bajulá-la.

Quando terminamos, fomos para a sala 104 e direto para nossos computadores. Só tinha mais algumas horas para terminar meu folheto. Minha sentença de serviço comunitário estava quase completa.

Mas, antes de começar a trabalhar, enrolei alguns daqueles pôsteres e coloquei na minha mochila. Planejava pendurar alguns no meu quarto. Meu tempo na sala 104 estava acabando, mas não queria esquecer do que vivi ali. Não tudo.

# ÚLTIMO DIA

## Serviço comunitário

Sra. Mosely trouxe pizza para o dia da minha formatura.

Em pé, diante do semicírculo de cadeiras, meu estômago roncava por um pedaço da pizza de pepperoni.

A cadeira de Kenzie estava vazia porque ela tinha entrado em trabalho de parto na noite anterior. Ninguém sabia se já tinha tido o bebê, apesar de Angel continuar mandando mensagens de texto para descobrir. Kenzie não respondia, o que nos fazia especular se isso queria dizer que estava na sala de parto nesse exato momento. A gente brincava, fingindo sentir pena das enfermeiras por terem que cuidar dela enquanto sentia as contrações.

Kenzie teria que terminar de cumprir sua sentença depois que saísse do hospital, mas eu já teria ido embora e jamais saberia se teve um menino ou uma menina. Não que isso fosse importante. Duvidava que nossos caminhos voltassem a se cruzar. Pelo menos, esperava que não.

Tínhamos duas pessoas novas no Diálogo Adolescente. Uma menina de apenas 12 anos, que estava encrencada por fugir de casa várias vezes. E um garoto que quebrou o braço da mãe tentando arrancar dela as chaves do carro. Nenhum deles era aluno do Colégio Chesterton, mas os dois já sabiam por que eu estava ali. Porém descobri que já não ligava tanto para isso como antes. As pessoas falavam. Deixa falar. Não havia nada que eu pudesse fazer para detê-las. Elas conheciam aquelas 'mil palavras', mas não a história inteira.

E, claro, Mack ainda estava lá. Trouxe para ele uma sacola cheia de doces como presente de despedida.

A Sra. Mosely fez seu discurso habitual sobre respeitar e ouvir minha apresentação e, então, levantei e falei sobre os eventos que me levaram a estar ali.

Enfim, abri meu folheto, que estava repleto de fatos a respeito de mensagens com conteúdo sexual e o segurei virado para frente para todo mundo poder ver.

"Os estudos mostram que um a cada cinco estudantes com idade entre 12 e 17 anos já enviaram ou receberam mensagens com fotos de pessoas nuas", comecei e descobri que, enquanto falava, estava muito menos mortificada com o que me aconteceu. Não estava sozinha. Não era só comigo. Outras pessoas passaram pela mesma história que eu e algumas delas se saíram muito bem. Talvez eu também acabasse bem. Na verdade, acho que me sairia melhor do que aquelas outras pessoas que enviaram minha foto para os amigos só por crueldade. Porque você pode superar um erro do passado, mas é muito mais difícil deixar de ser uma pessoa cruel.

Li todos os dados do meu folheto. Estava orgulhosa do meu trabalho. Esperava que aquilo ajudasse alguém a não entrar na mesma confusão que eu. E também mostrei o pôster que Mack fez, porque também estava orgulhosa daquilo.

Quando terminei, Sra. Mosely disse que a gente podia fazer o intervalo da pizza. Peguei um prato de papel, coloquei duas fatias e fui direto para meu lugar habitual, no computador ao lado de Mack. Só que, dessa vez, enquanto mastigava, já não tinha mais nenhum trabalho para fazer.

Então coloquei no mesmo videogame que Mack estava jogando e comecei a brincar.

"Está contente de ir embora?", ele perguntou, afastando a cadeira enquanto segurava um prato cheio de fatias de pizza.

"Sim. Definitivamente", disparei.

"O que vai fazer com seu tempo agora?", ele perguntou.

"Além de ir para o colégio? Correr, eu acho", respondi. "Sinto falta de correr. Achei que não sentiria, porque não teria mais a companhia do Kaleb. Mas vi que gosto mesmo de correr. Não vou sentir falta dele."

E era verdade. Durante certo tempo, achava que morreria se soubesse que ele estava namorando outra pessoa, mas nem tenho pensado mais nele nos últimos dias. Odiava o fato de sua vida ter sido tão prejudicada por tudo o que aconteceu e acreditava que estivesse mesmo arrependido. Mas o que houve com ele não me dizia respeito mais. A gente tinha terminado e eu estava seguindo em frente. Isso era tudo que importava.

Sra. Mosely estava ajudando um dos novatos com a pesquisa e todo mundo voltou ao trabalho com os dedos engordurados de pizza, deixando marcas nos teclados.

Exceto por Mack e eu. Escorregamos na cadeira até ficarmos bem confortáveis. Esticamos o fio dos fones de ouvido entre nós e nos acomodamos para jogar. Depois que a pizza acabou, abrimos a sacola de doces que eu tinha trazido de presente e mergulhamos de cabeça, enchendo a barriga de chocolate e açúcar.

Quando deu o horário, fizemos fila para sair como em qualquer outro dia, só que, dessa vez, eu não voltaria, o que me parecia bem estranho.

Papai estava me esperando do lado de dentro do saguão, com o sobretudo já todo abotoado e um cachecol enrolado em volta do pescoço. Estava, finalmente, ficando frio lá fora, e podia ver a respiração de Mack formar pequenas nuvens de fumaça na frente de sua boca enquanto caminhava devagar na calçada.

Parei e me virei para papai.

"Acho que hoje vou caminhar até em casa", disse.

As sobrancelhas dele se ergueram.

"Está congelando lá fora."

"Vou correr uma parte do trajeto", respondi. "Além disso, tenho meu casaco. Vou ficar bem."

Papai deu de ombros e puxou a porta. Foi para o carro e eu corri para perto de Mack.

"Vou com você", falei, trazendo as pernas bem alto até a barriga a cada passada para manter o corpo quente. "Parque de skate?"

"Tudo bem." Ele assentiu.

Não conseguimos ficar muito tempo nas rampas por causa do frio. Estava mesmo congelando. Mas, para mim, estava bom, porque o que realmente queria era voltar ao riacho. Tinha algo para fazer lá.

Fui na frente e Mack me seguiu devagarinho e em silêncio. Estava surpreendentemente quente dentro do tubo de drenagem e agora entendia por que, às vezes, Mack dormia ali, especialmente quando estava seco. Nossos passos ecoavam nas paredes como da outra vez, só que agora havia mais propósito na caminhada. Passei direto pelos retângulos de luz e fui para a parede grafitada.

"Trouxe uma coisa", disse. Abri a mochila e tirei de lá uma latinha de tinta spray cor prata, que tinha pegado na garagem de casa naquela manhã.

Mack não disse nada, apenas sorriu, com sua pele fria e ressecada escondida por aquele monte de cachos oleosos. Enquanto chacoalhei e abri a lata, ele só observou.

Abaixei para encontrar um espaço vazio perto de SOLO e apertei meu dedo no spray. Sabia exatamente o que iria escrever. Eu não era apenas a namorada chorosa de Kaleb. Não era apenas a melhor amiga de Vonnie. Não era apenas uma atleta de *cross-country*. E, definitivamente, não era uma puta disponível.

Eu não era os meus erros. Não era definida por mais ninguém.

Apenas eu podia dizer quem eu era.

E eu era... eu.

Apenas Ashleigh.

Para celebrar, apertei o spray e desenhei na parede um enorme e lindo "A".

# AGRADECIMENTOS

Itens encontrados no Brechó Mil Palavras de Apreciação da Escrita (e suas histórias):

**Dois pompons gigantes e brilhantes, um lenço macio e um par de muletas:** pertencentes à minha agente, Cori Deyoe, cujo apoio incansável e encorajamento nunca me faltaram.

**Uma lanterna e um cabo de segurança:** de propriedade da minha editora, Julie Scheina, cujas revisões me ajudaram a extrair a história, trazendo-a para a superfície para ver tudo de forma completa e com muito mais clareza.

**Um punhado de lápis vermelhos e um par de óculos de raio-X:** presente de Pam Garfinkel, que respondeu perguntas, deu opiniões e fez sugestões como ninguém.

**Um dicionário desgastado e muito amado:** pertencente a Barbara Bakowski e Barbara Perry, que não deixaram de me impressionar com seu domínio da língua e atenção aos detalhes.

**E um avental de pintor:** de Erin McMahon e seu lindo trabalho gráfico.

**Uma galinha de borracha e um vidro de espuma de banho:** tirados do guarda-roupa de Susan Vollenweider, a primeira pessoa a ler o Capítulo 1 e que me encorajou a continuar, mas o mais importante: a pessoa que mais me ouve, que me faz rir e que resiste à tentação de atirar objetos na minha cabeça quando fico chorona.

**Um kit de primeiros socorros**: que um dia foi de Rhonda Stapleton. Ela deixou tudo de lado para ler e dar sugestões nos títulos dos capítulos.

**Um roupão felpudo**: por dentro, tem uma etiqueta escrito Michelle Zink, a autora mais amada e acolhedora que conheço.

**Um relógio sem ponteiros e sem bateria e um ursinho para abraçar**: doados por meus filhos, que são tão pacientes com meu tempo dividido e que compartilham o computador comigo. Vocês são os queridinhos da mamãe.

**Uma grande caixa com... coisas incríveis**: presente do meu marido Scott, que não faz nada além de me dar apoio infinito, ideias e solução para problemas. Além de me ajudar com pesquisa artigos, fazer contatos, me abraçar e, o mais importante, acreditar em mim. Eu te amo.

Obrigada a todos vocês!

# NOTA DA AUTORA

Eu era adolescente na década de 1980. Não tínhamos celulares. Nem laptops, redes sociais, Skype ou mensagens instantâneas. Nossas câmeras tinham baixa definição; as fotos eram granuladas e levavam uma semana para revelar, a menos que você fosse rico o bastante para usar a fantástica revelação em uma hora.

De muitas formas, éramos menos conectados, forçados a confiar nos bilhetes passados de mão em mão na sala de aula e a esperar, às vezes por horas ou até dias, pela resposta. Éramos obrigados a ligar para os amigos, amarrados na parede da cozinha pelo fio enrolado do telefone (e o cabelo da gente sempre, *sempre* dava um nó no fio). Toda foto que a gente tirava era bisbilhotada por quem revelava o filme. Na verdade, na loja do shopping center perto da minha casa, a máquina ficava na vitrine, exibindo vagarosamente uma por uma as fotos reveladas para quem passasse por ali. Assim, todo mundo bisbilhotava nossas fotografias.

Antes do tempo dos celulares com câmera e das mensagens instantâneas, quando tínhamos receio de ser flagrados nus pelos colegas, estávamos falando de um terrível acidente público de nudismo, como o clássico pesadelo de acabar pelado no meio da prova de Álgebra ou daquele grande desastre da amarração do biquíni realmente acontecer na piscina pública.

Mas nada disso quer dizer que nós não ficávamos nus na frente de quem não deveríamos. Claro que sim. A década de 1980 pode parecer tempos pré-históricos, mas ainda assim nós éramos humanos. E humanos ficam nus. Humanos experimentam fazer coisas como sexo e aceitam desafios impensados ou tomam péssimas decisões para se exibir, chamar a atenção, fazer piada ou, às vezes, até sem razão nenhuma.

E por sermos humanos, a gente se atrapalhava e, com certeza, havia consequências negativas para algumas de nossas piores decisões. Algumas consequências eram piores do que outras – vergonha, constrangimento público, recuperação nas aulas, prisão. Exatamente como essas experiências e nossas piores decisões, todas essas punições horríveis também já existiam antes do sexting.[2]

Estatísticas recentes apontam que 20% dos adolescentes já enviaram fotos ou vídeos nus ou seminus para outras pessoas. É muita fotografia de gente pelada flutuando por aí no ciberespaço, apenas esperando para ser vista pelos olhos errados. Esperando apenas por um acidente, uma brincadeira, uma piada de mau gosto ou uma história de vingança. Esperando apenas para ser passada adiante.

Pode ser que você tenha tido, ou não, um episódio de nudez na sua vida, mas todos nós já passamos por algum momento em que nos sentimos terrivelmente expostos diante de nossos colegas. Cada um de nós já teve a sua vez de se sentir... despidos.

Ninguém quer estar nessa situação de nudez. Ninguém quer estar com o corpo nu – ou, nesse caso, com a alma despida – para todo mundo ver, julgar e comentar. Queremos manter nossas partes mais íntimas cobertas, sejam internas ou externas. Queremos decidir quando, como e para quem vamos nos expor.

Mas se nos encontramos em uma situação de nudez, em 1983 ou em 2013, literal ou figurativamente, o modo como lidamos com isso é o que mais importa. Não há nada que possa ser feito para reviver aquele momento de nudez e aquela mensagem enviada. Não há como voltar no tempo para encobrir o que foi feito e manter segredo; mas sempre há tempo para se aprender a seguir em frente. Como Bea fala para Valerie no meu primeiro romance, *A Lista Negra*: "Assim como sempre há tempo para a dor, também sempre há tempo para a cura".

Nós vamos deixar as pessoas com seus julgamentos e os dedos ágeis para apertar "Enviar", nos colocarem para baixo? Vamos deixar que as

---

[2] Sexting – enviar mensagens de texto por celular com conteúdo erótico, um hábito muito comum entre adolescentes no mundo inteiro (N.T.)

pessoas que querem nos machucar nos definam? Vamos deixar que elas digam quem somos, só porque pensam que nos conhecem, baseados por um momento em que estávamos vulneráveis?

Ou nós, como Mack, vamos nos lembrar de que a pessoa que nos "julga" sabe apenas uma parte da nossa história, conhece apenas uma parte do que realmente somos? Ou, como Ashleigh, finalmente, vamos nos recuperar, porque não importa quão despidos tenhamos ficado, uma decisão ruim não constrói nossa identidade?

E, por fim, é nossa responsabilidade decidir o quanto queremos nos expor diante do mundo. Sempre foi assim.

Tecnologias à parte.

# ENTREVISTA COM JENNIFER BROWN

**O QUE A FEZ QUERER ESCREVER ESSA HISTÓRIA?**

Como em todos os meus livros, quis escrever sobre isso porque é relevante. Existem adolescentes pelo mundo todo que estão passando pelas mesmas experiências e humilhações que Ashleigh, simplesmente porque tomaram uma decisão ruim. Existe uma porção de adolescentes que precisa ouvir que não estão sozinhos.

Passei muito tempo da minha adolescência me sentido isolada, então é importante para mim atingir os adolescentes que estão sofrendo, fazer com que saibam que há luz no fim desse túnel pelo qual eles estão atravessando e que tudo vai melhorar. Não tenho as respostas, mas se posso criar uma personagem com quem os leitores se identificam, então oferecer esperança a essa personagem e, em troca, dar esperança também aos meus leitores, estou feliz.

**O QUE ACONTECE COM ASHLEIGH E KALEB É BEM ASSUSTADOR. ISSO PODE MESMO ACONTECER?**

Pode e acontece! Muitas leis mudaram, ou estão mudando, com a criação de códigos sobre envio de conteúdo sexual entre adolescentes. Em alguns estados americanos, enviar uma foto de um adolescente nu já é considerado pornografia infantil. Adolescentes e jovens adultos podem ser detidos, acusados, condenados, obrigados a cumprir serviço comunitário ou até mesmo passar alguns anos na prisão, sendo considerados criminosos sexuais.

Mas existem muito mais histórias de adolescentes que têm que lidar com danos emocionais por causa de mensagens com fotos nuas que deram errado. Já houve casos em que esses "nudes" se tornaram virais e os adolescentes foram ridicularizados a ponto de terem que mudar de escola ou ser suspensos das aulas. E, infelizmente, já houve até adolescentes que cometeram suicídio como resultado do *bullying*.

É por isso que é tão importante pensar antes de apertar o "Enviar". Tudo o que a gente envia para o ciberespaço fica lá para sempre. Você não tem como reaver mais nada.

### POR QUE KALEB FEZ UMA COISA TÃO RUIM PARA ASHLEIGH?

Vingança pura e simples. Estava bravo com Ashleigh e queria que ela pagasse pelo que achava que ela havia feito. Kaleb pensou apenas no curto prazo. Sempre que a gente decide algo com raiva, isso traz culpa, porque não percebemos os efeitos duradouros que as ações podem ter. Não pensamos como aquilo pode se espalhar depressa e ir muito longe; não pensamos sequer nos problemas que aquilo pode causar a nós mesmos. Apesar de não ter a intenção de fazer Ashleigh passar por tanta humilhação como passou (mas com certeza queria que ela passasse por *alguma* humilhação), certamente, ele não tinha a intenção de se colocar na linha de fogo como fez.

### POR QUE VONNIE, CHEYENNE E ANNIE NÃO FICARAM AO LADO DE ASHLEIGH QUANDO ELA SE ENCRENCOU?

Vonnie, Cheyenne e Annie não sabiam como lidar com aquele problema. Vonnie sentia culpa pela sua própria parte no que aconteceu, mas também acreditava que o problema não era tão sério quanto Ashleigh dizia. Vonnie achava que, um dia, tudo aquilo iria passar e prefere manter distância para não se encrencar também.

Além disso, Ashleigh foi suspensa das aulas e, portanto, por algumas semanas a turma foi ao colégio sem ela, a vida de todos seguiu em frente e, por fim, elas ficaram só meio... distantes.

Mas não se separaram naquele sentido de que nunca mais serão amigas de novo. Todo mundo precisa apenas de um pouco de espaço e de tempo. Acho que é importante lembrar disso também. A raiva não beneficia ninguém. Um pouco de tempo para pensar pode ser tudo o que é necessário para reparar um relacionamento abalado.

**SUAS HISTÓRIAS SÃO SEMPRE SÉRIAS. VOCÊ NUNCA PENSOU EM ESCREVER COMÉDIA OU ALGO DO TIPO?**

Posso sim escrever comédias. De fato, já escrevi por mais de quatro anos uma coluna de humor para o jornal *Kansas City Star*. Mesmo assim, escrever comédias, apesar de ser mais fácil para mim do que os temas sérios, nunca me deixa confortável. Fiquei bem feliz por parar de escrever textos de humor. Portanto, nesse momento, não tenho planos de escrever sobre temas engraçados – especialmente comédias para adolescentes – mas a gente nunca sabe o que o futuro nos reserva.

**MUITOS DE SEUS LIVROS FOCAM NA HISTÓRIA DE UM RELACIONAMENTO ADOLESCENTE QUE VAI MAL. POR QUÊ?**

Porque tenho lembranças vívidas dos meus relacionamentos adolescentes. Problemas com melhores amigas e namorados me causaram muita dor e angústia! Pode ser que uma parte de mim ainda esteja tentando resolver relacionamentos que foram ruins na década de 1980, mas outra parte de mim já aprendeu que, definitivamente, eu não estou sozinha. Relacionamentos causam angústia em todo mundo! A complexidade da relação entre duas pessoas, geralmente, me deixa intrigada. Há tanta coisa para falar a respeito. Posso escrever mil livros e nunca esgotar o assunto.

## LEIA TAMBÉM

**A Lista Negra**
Jennifer Brown
Tradução de Claudio Blanc

E se você desejasse a morte de uma pessoa e isso acontecesse? E se o assassino fosse alguém que você ama? O namorado de Valerie Leftman, Nick Levil, abriu fogo contra vários alunos na cantina da escola em que estudavam. Atingida ao tentar detê-lo, Valerie também acaba salvando a vida de uma colega que a maltratava, mas é responsabilizada pela tragédia por causa da lista que ajudou a criar. A lista com o nome dos estudantes que praticavam *bullying* contra os dois. A lista que ele usou para escolher seus alvos. Agora, ainda se recuperando do ferimento e do trauma, Val é forçada a enfrentar uma dura realidade ao voltar para a escola para terminar o Ensino Médio. Assombrada pela lembrança do namorado, que ainda ama, passando por problemas de relacionamento com a família, com os ex-amigos e a garota a quem salvou, Val deve enfrentar seus fantasmas e encontrar seu papel nessa história em que todos são, ao mesmo tempo, responsáveis e vítimas. A lista negra, de Jennifer Brown, é um romance instigante, que toca o leitor; leitura obrigatória, profunda e comovente. Um livro sobre *bullying* praticado dentro das escolas que provoca reflexões sobre as atitudes, responsabilidades e, principalmente, sobre o comportamento humano. Enfim, uma bela história sobre autoconhecimento e o perdão.

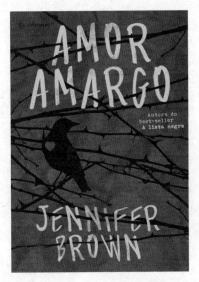

**Amor amargo**
Jennifer Brown
Tradução de Guilherme Meyer

Último ano do colégio: a formatura da estudiosa Alex se aproxima, assim como a promessa feita com seus dois melhores amigos, Bethany e Zach, de viajarem até o Colorado, local para onde sua mãe estava indo quando morreu em um acidente. O Dia da Viagem se torna cada vez mais próximo, e tudo corre conforme o planejado. Até Cole aparecer. Encantador, divertido, sensível, um astro dos esportes. Alex parece não acreditar que o garoto está ali, querendo se aproximar dela. Quando os dois iniciam um relacionamento, tudo parece caminhar às mil maravilhas, até que ela começa a conhecê-lo de verdade... Em um retrato realista de um relacionamento conturbado, a autora Jennifer Brown – do sucesso A lista negra – nos leva até o limite de nossos sentimentos.

Este livro foi composto com tipografia Bembo e impresso
em papel Off-White 70 g/m² na Assahi.